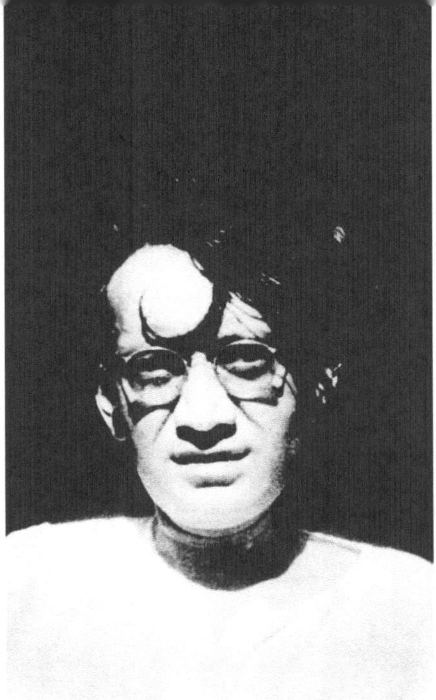

सआदत हसन मंटो

मई 11, 1912—जनवरी 18, 1955

भारत-विभाजन की पृष्ठभूमि में लिखी 'टोबा टेक सिंह' लेखक मंटो की सबसे मशहूर कहानी है। मई 11, 1912 को जन्मे सआदत हसन मंटो का साहित्यिक सफ़र अंग्रेज़ी, फ्रेंच और रूसी लेखकों की रचनाओं के अनुवाद से आरम्भ हुआ। शुरू के लेखन में मंटो समाजवादी और वामपंथी सोच से प्रभावित नज़र आते हैं, लेकिन देश के बँटवारे ने उन को बहुत गहरा और अमिट घाव दिया जिसकी परछाईं उनकी अनेक कहानियों में मिलती है, जिन में उन दिनों के पागलपन, क्रूरता और दहशत को दर्शाया गया है। कई बार उनकी लिखी कहानियों पर अश्लीलता के आरोप लगाए गए। 1947 में विभाजन के बाद, मंटो पाकिस्तान में जा बसे। लेकिन वहाँ उन्हें मुम्बई जैसा बौद्धिक वातावरण और दोस्त नहीं मिले और वह अकेलेपन और शराब के अँधेरे में डूबने लगे और 1955 में गुर्दे की बीमारी के कारण उनकी मौत हो गई।

काली सलवार
और अन्य कहानियाँ

सआदत हसन मंटो

राजपाल

स्थापित 1912
100 वर्षों की श्रेष्ठ प्रकाशन परम्परा
राजपाल

ISBN : 9789350643822

KALI SALVAAR AUR ANYA KAHANIYAN (Stories)
by Saadat Hasan Munto

राजपाल एण्ड सन्ज़

1590, मदरसा रोड, कश्मीरी गेट-दिल्ली-110006
फोन: 011-23869812, 23865483, फैक्स: 011-23867791
e-mail : sales@rajpalpublishing.com
www.rajpalpublishing.com
www.facebook.com/rajpalandsons

क्रम

काली सलवार

दिल्ली आने से पहले वह अम्बाला छावनी में थी, जहाँ कई गोरे उसके ग्राहक थे। उन गोरों से मिलने-जुलने की वजह से वह अंग्रेज़ी के दस-पन्द्रह जुमले सीख गयी थी। उनको वह आम बात-चीत में इस्तेमाल नहीं करती थी। लेकिन जब वह दिल्ली आयी और उसका कारोबार न चला तो एक दिन उसने अपनी पड़ोसिन, तमंचा जान से कहा—"दिस लैफ़ वेरी बैड। यानी यह ज़िन्दगी बहुत बुरी है, जबकि खाने ही को नहीं मिलता।"

अम्बाला छावनी में उसका धंधा बहुत अच्छी तरह चलता था। छावनी के गोरे, शराब पीकर उसके पास आ जाते थे और वह तीन-चार घंटों ही में आठ-दस गोरों को निपटाकर, बीस-तीस रुपये पैदा कर लिया करती थी। ये गोरे उसके देश के लोगों के मुक़ाबिले में बहुत अच्छे थे। इसमें कोई शक नहीं कि वे ऐसी ज़बान बोलते थे, जिसका मतलब सुलताना की समझ में नहीं आता था, पर उनकी भाषा को न जानना उसके लिए बहुत अच्छा साबित होता था। अगर वे उससे कुछ रियायत चाहते तो वह सिर हिलाकर कह दिया करती थी, "साहब, हमारी समझ में तुम्हारी बात नहीं आता।" और अगर वे उससे ज़रूरत से ज़्यादा छेड़छाड़ करते तो वह उनको अपनी ज़बान में गालियाँ देना शुरू कर देती थी। वे हैरत से उसके मुँह की तरफ़ देखते तो वह उनसे कहती—"साहब, तुम एकदम उल्लू का पट्ठा है। हरामज़ादा है—समझा?" यह कहते वक़्त, वह अपने स्वर में सख़्ती पैदा न करती, बल्कि बड़े प्यार के साथ उनसे बातें करती। गोरे हँस देते, और हँसते वक़्त, वे सुलताना को बिलकुल उल्लू के पट्ठे दिखायी देते। पर यहाँ, दिल्ली में, जब से वह आयी थी, एक भी गोरा उसके यहाँ नहीं आया था। तीन महीने उसको हिन्दुस्तान के इस शहर में रहते हो गये थे, जहाँ उसने सुना था कि बड़े लाट साहब रहते हैं, जो गर्मियों में शिमला चले जाते हैं। इस दौरान, सिर्फ़ छह आदमी उसके पास आये थे। सिर्फ़ छह, यानी महीने में दो। और उन छह ग्राहकों से उसने, खुदा झूठ न बुलवाये तो, साढ़े अट्ठारह रुपये वसूल किये थे। तीन रुपये से ज़्यादा पर कोई मानता ही नहीं

था। सुलताना ने उनमें से पाँच आदमियों को अपना रेट दस रुपये बताया था, पर ताज्जुब की बात है कि उनमें से हर एक ने यही कहा कि भई, हम तीन रुपये से ज़्यादा एक कौड़ी नहीं देंगे। जाने क्या बात थी कि उनमें से हर एक ने उसे सिर्फ़ तीन रुपये के क़ाबिल समझा। इसलिए जब छठा आया तो उसने खुद उससे कहा—"देखो, मैं तीन रुपये एक टैम के लूँगी। उससे एक अधेला तुम कम कहो तो न होगा। अब तुम्हारी मर्ज़ी हो तो रहो, नहीं जाओ।" छठे आदमी ने यह बात सुनकर तकरार नहीं की और उसके यहाँ ठहर गया। जब दूसरे कमरे में दरवाज़े बन्द करके वह अपना कोट उतारने लगा तो सुलताना ने कहा—"लाइये, एक रुपया दूध का।"

उसने एक रुपया तो न दिया, लेकिन नये बादशाह की चमकती हुई अठन्नी जेब से निकाल कर उसको दे दी और सुलताना ने भी चुपके से ले ली कि चलो, जो आया है, ग़नीमत है।

साढ़े अट्ठारह रुपये तीन महीने में।—बीस रुपया महीना तो उस कोठे का किराया था, जिसको मकान-मालिक अंग्रेज़ी में 'फ्लैट' कहता था। उस फ्लैट में ऐसी संडास थी, जिसमें ज़ंजीर खींचने से सारी गन्दगी, पानी के ज़ोर से, एकदम नीचे नाली में ग़ायब हो जाती थी और बड़ा शोर होता था। शुरू-शुरू में तो उस शोर ने उसे बहुत डराया था। पहले दिन, जब वह उस संडास में गयी तो उसकी कमर में तेज़ दर्द हो रहा था। निबटकर जब उठने लगी तो उसने लटकी हुई ज़ंजीर का सहारा ले लिया। उस ज़ंजीर को देखकर उसने सोचा—'चूँकि ये मकान ख़ास तौर पर हम लोगों के रहने के लिए बनाये गये हैं, इसीलिए यह ज़ंजीर लगायी गयी है कि उठते समय तकलीफ़ न हो और सहारा मिल जाया करे।' पर जैसे ही उसने ज़ंजीर को पकड़कर उठना चाहा, ऊपर खट-खट-सी हुई और फिर एकदम पानी इस शोर के साथ बाहर निकला कि डर के मारे उसके मुँह से चीख़ निकल गयी।

ख़ुदाबख़्श दूसरे कमरे में अपना फ़ोटोग्राफ़ी का सामान दुरुस्त कर रहा था और एक साफ़ बोतल में हाइड्रो कोनेन डाल रहा था कि उसने सुलताना की चीख़ सुनी। दौड़कर वह बाहर निकला और उसने सुलताना से पूछा—"क्या हुआ? वह चीख़ तुम्हारी थी?"

सुलताना का दिल धड़क रहा था। उसने कहा—"यह मुआ पाख़ाना है या क्या है? बीच में यह रेलगाड़ियों की तरह ज़ंजीर क्या लटका रखी है। मेरी कमर में दर्द था। मैंने कहा, चलो इसका सहारा ले लूँगी। पर इस मुई ज़ंजीर को छेड़ना था कि वह धमाका हुआ कि मैं तुमसे क्या कहूँ।"

इस पर ख़ुदाबख़्श बहुत हँसा था और उसने सुलताना को उस संडास के बारे

में सब कुछ बता दिया था कि यह नये फ़ैशन की है, जिसमें ज़ंजीर हिलाने से सब गन्दगी ज़मीन में धँस जाती है।

खुदाबख़्श और सुलताना का आपस में कैसे सम्बन्ध हुआ, यह एक लम्बी कहानी है। खुदाबख़्श रावलपिण्डी का रहने वाला था। इण्ट्रेन्स पास करने के बाद उसने लॉरी चलानी सीखी और चार बरस तक रावलपिण्डी और कश्मीर के बीच लॉरी चलाने का काम करता रहा। इसके बाद कश्मीर में उसकी दोस्ती एक औरत से हो गयी। उसको भगाकर वह साथ ले आया। लाहौर में चूँकि उसको कोई काम न मिला, इसलिए उसने औरत को पेशे पर बैठा दिया। दो-तीन बरस तक यह सिलसिला चलता रहा, फिर वह औरत किसी और के साथ भाग गयी। खुदाबख़्श को मालूम हुआ कि वह अम्बाला में है। वह उसकी तलाश में आया। यहाँ उसको सुलताना मिल गयी। सुलताना ने भी उसको पसन्द किया, चुनांचे दोनों का सम्बन्ध हो गया।

खुदाबख़्श के आने से सुलताना का कारोबार एकदम चमक उठा। औरत चूँकि अन्ध-विश्वासी थी, इसलिए उसने समझा कि खुदाबख़्श बड़ा भागवान है, जिसके आने से इतनी तरक्की हो गयी है। इस विश्वास ने उसकी नज़रों में खुदाबख़्श का मान और भी बढ़ा दिया।

खुदाबख़्श मेहनती आदमी था। सारा दिन हाथ-पर-हाथ धरकर बैठना पसन्द नहीं करता था, चुनांचे उसने एक फ़ोटोग्राफ़र से दोस्ती कर ली, जो रेलवे स्टेशन के बाहर मिनट-कैमरे से फ़ोटो खींचा करता था। उससे उसने फ़ोटो खींचना सीखा, फिर सुलताना से साठ रुपये लेकर एक कैमरा भी ख़रीद लिया। धीरे-धीरे एक पर्दा बनवाया, दो कुर्सियाँ ख़रीदीं और फ़ोटो धोने का सब सामान लेकर उसने अलग अपना काम शुरू कर दिया।

काम चल निकला। चुनांचे उसने थोड़े ही दिनों के बाद अपना धंधा अम्बाला छावनी में जमा लिया। यहाँ वह गोरों के फ़ोटो खींचता। एक महीने के अन्दर-अन्दर छावनी में अनेक गोरों से उसकी जान-पहचान हो गयी, चुनांचे वह सुलताना को वहीं ले गया। छावनी में, खुदाबख़्श के ज़रिये, कई गोरे सुलताना के स्थायी ग्राहक बन गये।

सुलताना ने कानों के लिए बुन्दे ख़रीदे। साढ़े पाँच तोले की आठ कंगनियाँ भी बनवायीं। दस-पन्द्रह अच्छी-अच्छी साड़ियाँ भी जमा कर लीं। घर में फ़र्नीचर वग़ैरह भी आ गया। किस्सा संक्षेप में यह कि अम्बाला छावनी में वह बड़ी खुशहाल थी, पर एकाएक जाने खुदाबख़्श के दिल में क्या आया कि उसने दिल्ली जाने की ठान ली। सुलताना इनकार कैसे करती, जबकि वह खुदाबख़्श को अपने लिए बहुत शुभ मानती थी। उसने खुशी-खुशी दिल्ली जाना स्वीकार कर लिया। बल्कि उसने यह भी सोचा कि इतने बड़े शहर में, जहाँ लाट साहब रहते हैं, उसका धंधा और भी अच्छा चलेगा।

अपनी सहेलियों से वह दिल्ली की तारीफ़ सुन चुकी थी। फिर वहाँ हज़रत निज़ामुद्दीन औलिया की ख़ानकाह (आश्रम) थी, जिनके लिए उसके मन में अगाध श्रद्धा थी। चुनांचे, जल्दी-जल्दी घर का भारी सामान बेच-बाच कर, वह ख़ुदाबख़्श के साथ दिल्ली आ गयी। यहाँ पहुँचकर, ख़ुदाबख़्श ने बीस रुपये माहवार पर यह फ्लैट ले लिया, जिसमें दोनों रहने लगे।

एक ही किस्म के नये मकानों की लम्बी-सी कतार सड़क के साथ-साथ चली गयी थी। म्यूनिसिपल कमेटी ने शहर का यह हिस्सा ख़ास तौर पर तवायफ़ों के लिए बना दिया था, ताकि वे शहर में जगह-जगह अपने अड्डे न बनायें। नीचे दुकानें थीं और ऊपर रिहायशी फ्लैट। चूँकि सब इमारतें एक ही डिज़ाइन की थीं, इसलिए शुरू-शुरू में अपना फ्लैट तलाश करने में उसे बड़ी मुश्किल होती थी। पर जब नीचे लॉण्ड्रीवाले ने अपना बोर्ड घर के माथे पर लगा दिया तो उसे एक पक्की निशानी मिल गयी।

'यहाँ मैले कपड़ों की धुलाई की जाती है।'—यह बोर्ड पढ़ते ही, वह अपना फ्लैट पहचान लिया करती थी। इसी तरह उसने और बहुत-सी निशानियाँ कायम कर ली थीं। मसलन, जहाँ बड़े-बड़े अक्षरों में 'कोयले की दुकान' लिखा था, वहाँ उसकी सहेली हीरा बाई रहती थी, जो कभी-कभी रेडियो-स्टेशन में गाने जाया करती थी। जहाँ—'सम्भ्रांत लोगों के लिए खाने का बेहतरीन इन्तज़ाम है'—लिखा था, वहाँ उसकी दूसरी सहेली मुख़्तार रहती थी। निवाड़ के कारख़ाने के ऊपर अनवरी रहती थी, जो उसी कारख़ाने के सेठ के पास नौकर थी। चूँकि सेठ साहब को रात के समय अपने कारख़ाने की देख-भाल करनी पड़ती थी, इसलिए वे अनवरी के पास ही रहते थे।

'दुकान खोलते ही ग्राहक थोड़े ही आते हैं।' चुनांचे, जब एक महीने तक सुलताना बेकार रही तो उसने यही सोचकर अपने दिल को तसल्ली दी। पर जब दो महीने बीत गये और कोई आदमी उसके कोठे पर न आया तो उसे बड़ी चिन्ता हुई। उसने ख़ुदाबख़्श से कहा—"क्या बात है ख़ुदाबख़्श, पूरे दो महीने हो गये हैं हमें यहाँ आये हुए, किसी ने भी इधर का रुख़ नहीं किया। मानती हूँ, आजकल बाज़ार बहुत मन्दा है, पर इतना मन्दा भी तो नहीं कि महीने भर में कोई शक्ल देखने ही न आये।"

ख़ुदाबख़्श को भी यह बात बहुत अर्से से खटक रही थी, पर वह चुप था। लेकिन जब सुलताना ने ख़ुद बात छेड़ी तो उसने कहा—"मैं भी कई दिनों से इस बारे में सोच रहा हूँ। एक बात समझ आती है, वह यह कि जंग की वजह से लोग-बाग दूसरे धंधों में पड़कर, इधर का रास्ता भूल गये हैं—या फिर यह हो सकता है कि..." वह इसके आगे कुछ कहने ही वाला था कि सीढ़ियों पर किसी के चढ़ने की आवाज़ आयी। ख़ुदाबख़्श और सुलताना, दोनों का ध्यान उस आवाज़ की तरफ़ गया।

थोड़ी देर के बाद दस्तक हुई। ख़ुदाबख़्श ने लपककर दरवाज़ा खोला। एक आदमी अन्दर आया। यह पहला ग्राहक था, जिससे तीन रुपये में सौदा पटा। इसके बाद पाँच और

आये, यानी तीन महीने में छह, जिनसे सुलताना ने सिर्फ़ साढ़े अट्ठारह रुपये वसूल किये।

बीस रुपये माहवार तो फ्लैट के किराये में चले जाते थे। पानी का टैक्स और बिजली का बिल अलग। इसके अलावा, घर के दूसरे ख़र्च—खाना-पीना कपड़े-लत्ते, दवा-दारू! और आमदनी कुछ भी नहीं थी। साढ़े अट्ठारह रुपये तीन महीने में आये तो उसे आमदनी तो नहीं कह सकते। सुलताना परेशान हो गयी। साढ़े पाँच तोले की आठ कंगनियाँ, जो उसने अम्बाले में बनवायी थीं, आहिस्ता-आहिस्ता बिक गयीं। आख़िरी कंगनी की जब बारी आयी तो उसने ख़ुदाबख़्श से कहा—"तुम मेरी सुनो और चलो वापस अम्बाला। यहाँ क्या धरा है?... भई होगा, पर हमें तो यह शहर रास नहीं आया। तुम्हारा काम भी वहाँ ख़ूब चलता था। चलो, वहीं चलते हैं। जो नुकसान हुआ, उसको अपने सर का सदका समझो। इस कंगनी को बेच आओ। मैं असबाब वग़ैरह बाँधकर तैयार रखती हूँ। आज रात की गाड़ी से यहाँ से चल देंगे।"

ख़ुदाबख़्श ने कंगनी सुलताना के हाथ से ले ली और कहा—"नहीं जानेमन! अम्बाला नहीं जायेंगे। यहीं दिल्ली में रहकर कमायेंगे। ये तुम्हारी चूड़ियाँ सब-की-सब यहीं वापस आयेंगी। अल्लाह पर भरोसा रखो। वह बड़ा कारसाज़ है। यहाँ भी वह कोई-न-कोई असबाब बना ही देगा।"

सुलताना चुप हो रही। चुनाँचे आख़िरी कंगनी भी हाथ से उतर गयी। बुच्चे हाथ देखकर उसको बहुत दुख होता था। पर क्या करती! पेट भी तो आख़िर किसी बहाने से भरना ही था।

जब पाँच महीने बीत गये और ख़र्च के मुकाबले में आमदनी, चौथाई से भी कुछ कम रही तो सुलताना की परेशानी और भी ज़्यादा बढ़ गयी। ख़ुदाबख़्श भी अब सारा-सारा दिन घर से ग़ायब रहने लगा था। सुलताना को इसका भी दुख था। इसमें कोई शक नहीं कि पड़ोस में उसकी दो-तीन मिलने वालियाँ मौजूद थीं, जिनके साथ वह अपना वक़्त काट सकती थी, पर हर रोज़ उनके यहाँ जाना और घंटों बैठे रहना उसको बहुत बुरा लगता था। चुनांचे, धीरे-धीरे उसने उन सहेलियों से मिलना-जुलना बिलकुल छोड़ दिया। सारा दिन वह अपने सुनसान मकान में बैठी रहती। कभी छालिया काटती रहती, कभी अपने पुराने और फटे हुए कपड़ों को सीती रहती और कभी बाहर बालकनी में आकर, जँगले के साथ लगकर खड़ी हो जाती और सामने रेलवे शेड में खड़े और चलते इंजनों की तरफ़ घंटों बेमतलब देखती रहती।

सड़क की दूसरी तरफ़ माल-गोदाम था, जो इस कोने से उस कोने तक फैला हुआ था। दाहिने हाथ को, लोहे की छत के नीचे, बड़ी-बड़ी गाँठें पड़ी रहतीं और हर तरह के सामान के ढेर-से लगे रहते थे। बायें हाथ को खुला मैदान था, जिसमें अनगिनत रेल की पटरियाँ बिछी हुई थीं। धूप में लोहे की ये पटरियाँ चमकतीं तो सुलताना अपने हाथों को देखती, जिन पर नीली-नीली नसें उन पटरियों की तरह उभरी रहती थीं। उस

लम्बे और खुले मैदान में हर वक़्त इंजन और गाड़ियाँ चलती रहतीं। कभी इधर, कभी उधर। उन इंजनों और गाड़ियों की छक-छक, फक-फक, हमेशा गूँजती रहती थी। सुबह-सवेरे, जब वह उठकर बालकनी में आती तो अजीब-सा नज़ारा दिखता। धुँधलके में इंजनों के मुँह से गाढ़ा-गाढ़ा धुआँ निकलता और गँदले आकाश की तरफ़ मोटे और भारी आदमियों की तरह उठता दिखायी देता था। भाप के बड़े-बड़े बादल भी एक शोर के साथ पटरियों से उठते और आँख झपकते में हवा के अन्दर घुल-मिल जाते। फिर कभी-कभी, जब वह गाड़ी के डिब्बे को, जिसे इंजन ने धक्का देकर छोड़ दिया होता, अकेले पटरियों पर चलता देखती तो उसे अपना ख़याल आता। वह सोचती कि उसे भी किसी ने ज़िन्दगी की पटरी पर धक्का देकर छोड़ दिया है और वह अपने आप चलती चली जा रही है। दूसरे लोग काँटे बदल रहे हैं और वह चली जा रही है—न जाने कहाँ। फिर एक दिन ऐसा आयेगा, जब इस धक्के का ज़ोर धीरे-धीरे ख़त्म होगा और वह कहीं रुक जायेगी। किसी ऐसी जगह, जो उसकी देखी-भाली न होगी।

यूँ तो वह बेमतलब घंटों रेल की उन टेढ़ी-बाँकी पटरियों और ठहरे तथा चलते हुए इंजनों की ओर देखती रहती, पर तरह-तरह के ख़याल उसके दिमाग़ में आते रहते थे। अम्बाला छावनी में वह जब रहती थी तो स्टेशन के पास ही उसका घर था। पर वहाँ उसने कभी इन चीज़ों को ऐसी नज़रों से नहीं देखा था। अब तो कभी-कभी उसके दिमाग़ में यह भी ख़याल आता कि वह जो सामने रेल की पटरियों का जाल-सा बिछा है और जगह-जगह से भाप और धुआँ उठ रहा है, एक बहुत बड़ा चकला है। बहुत-सी गाड़ियाँ हैं, जिनको चन्द मोटे-मोटे इंजन इधर-उधर धकेलते रहते हैं। सुलताना को तो कभी-कभी ये इंजन सेठों जैसे लगते, जो अम्बाला में कभी-कभार उसके यहाँ आया करते थे। फिर कभी, जब वह किसी इंजन को धीरे-धीरे गाड़ियों की कतार के पास से गुज़रता देखती तो उसे ऐसा महसूस होता कि कोई आदमी, चकले के किसी बाज़ार में से, ऊपर कोठों की ओर देखता जा रहा है।

सुलताना समझती थी कि ऐसी बातें सोचना, दिमाग़ की ख़राबी की वजह से है। जब उसको अक्सर इस किस्म के ख़याल आने लगे तो उसने बालकनी में जाना छोड़ दिया। ख़ुदाबख़्श से उसने बार-बार कहा, ‘‘देखो, मेरे हाल पर रहम करो। यहाँ घर में रहा करो। मैं सारा दिन यहाँ बीमारों की तरह पड़ी रहती हूँ’’—पर उसने हर बार सुलताना से यह कहकर उसको तसल्ली दे दी, ‘‘जानेमन। मैं बाहर कुछ कमाने की फ़िक्र कर रहा हूँ। अल्लाह ने चाहा तो चन्द दिनों में ही बेड़ा पार हो जायेगा।’’

पूरे पाँच महीने हो गये थे, पर अभी तक न सुलताना का बेड़ा पार हुआ था, न ख़ुदाबख़्श का। मुहर्रम का महीना सिर पर आ रहा था, पर सुलताना के पास काले कपड़े बनवाने

के लिए कुछ भी न था। मुख़्तार ने लेडी हैमिल्टन की, एक नयी काट की कमीज़ बनवायी थी, जिसकी आस्तीनें काली जार्जेट की थीं। उसके साथ मैच करने के लिए उसके पास काली साटन की सलवार थी, जो काजल की तरह चमकती थी। अनवरी ने रेशमी जार्जेट की एक बहुत नफ़ीस साड़ी ख़रीदी थी। उसने सुलताना से कहा था कि वह उस साड़ी के नीचे सफ़ेद बोस्की का पेटीकोट पहनेगी क्योंकि यह नया फ़ैशन है। उस साड़ी के साथ पहनने के लिए अनवरी एक काली मख़मल का जूता लायी थी, जो बड़ा नाज़ुक था। सुलताना ने जब ये तमाम चीज़ें देखीं तो उसको इस एहसास ने बहुत दुख दिया कि वह मुहर्रम मनाने के लिए ऐसा लिबास ख़रीदने में असमर्थ है।

अनवरी और मुख़्तार के पास यह लिबास देखकर, जब वह घर आयी तो उसका मन बहुत उदास था। ऐसा लगता था कि एक फोड़ा-सा उसके अन्दर पैदा हो गया है। घर बिलकुल ख़ाली था। ख़ुदाबख़्श रोज़ की तरह बाहर था। देर तक वह दरी पर गाव-तकिया सिर के नीचे रखकर लेटी रही। पर जब उसकी गर्दन, ऊँचाई की वजह से, अकड़-सी गयी, तो वह बाहर बालकनी में चली गयी, ताकि इन दुखदायी ख़यालों को अपने दिमाग़ में से निकाल दे।

सामने पटरियों पर गाड़ियों के डिब्बे खड़े थे, पर इंजन कोई भी न था। शाम का वक़्त था। छिड़काव हो चुका था, इसलिए गर्द-ग़ुबार दब गया था। बाज़ार में ऐसे आदमी चलने शुरू हो गये थे, जो ताक-झाँक करने के बाद, चुपचाप घरों का रुख़ करते हैं। ऐसे ही एक आदमी ने गर्दन ऊँची करके सुलताना की तरफ़ देखा। सुलताना मुस्कुरा दी और उसको भूल गयी, क्योंकि अब सामने पटरियों पर एक इंजन नमूदार हो गया था। सुलताना ने ग़ौर से उसकी ओर देखना शुरू किया और धीरे-धीरे यह ख़याल उसके दिमाग़ में आया कि इंजन ने भी काला लिबास पहन रखा है। यह अजीबो-ग़रीब ख़याल दिमाग़ में से निकालने के लिए जब उसने सड़क की ओर देखा तो उसे वही आदमी बैलगाड़ी के पास खड़ा नज़र आया, जिसने उसकी तरफ़ ललचाई नज़रों से देखा था। सुलताना ने हाथ से इशारा किया। उस आदमी ने इधर-उधर देखकर हल्के-से इशारे से पूछा—"किधर से आऊँ?" सुलताना ने उसे रास्ता बता दिया। वह आदमी थोड़ी देर खड़ा रहा, लेकिन फिर बड़ी फुर्ती से ऊपर चला आया।

सुलताना ने उसे दरी पर बैठाया। जब वह बैठ गया तो उसने बात शुरू करने के लिए कहा—"आप ऊपर आते हुए डर क्यों रहे थे?"

वह आदमी यह सुनकर मुस्कुराया—"तुम्हें कैसे मालूम हुआ?...डरने की बात ही क्या थी?"

इस पर सुलताना ने कहा—"यह मैंने इसलिए कहा कि आप देर तक वहीं खड़े रहे और फिर कुछ सोचकर इधर आये।"

यह सुनकर वह फिर मुस्कुराया, "तुम्हें ग़लतफ़हमी हुई है। मैं तुम्हारे ऊपर वाले

फ्लैट की तरफ़ देख रहा था। वहाँ खड़ी कोई औरत, एक मर्द को ठेंगा दिखा रही थी। मुझे यह मंज़र पसन्द आया। फिर बालकनी में हरा बल्ब जला तो मैं कुछ देर के लिए ठहर गया। हरी रौशनी मुझे पसन्द है। आँखों को बहुत अच्छी लगती है।'' यह कहकर उसने कमरे का जायज़ा लेना शुरू कर दिया। फिर वह उठ खड़ा हुआ।

सुलताना ने पूछा—''आप जा रहे हैं?''

उस आदमी ने जवाब दिया—''नहीं, तुम्हारे इस मकान को देखना चाहता हूँ। चलो, मुझे तमाम कमरे दिखाओ।''

सुलताना ने उसको तीनों कमरे, एक-एक करके, दिखा दिये। उस आदमी ने बिलकुल ख़ामोशी से उन कमरों का मुआयना किया। जब वे दोनों फिर उसी कमरे में आ गये, जहाँ पहले बैठे थे तो उस आदमी ने कहा—''मेरा नाम शंकर है।''

सुलताना ने पहली बार ग़ौर से शंकर की तरफ़ देखा। वह मँझोले कद का, मामूली शक्ल-सूरत का आदमी था, पर उसकी आँखें असाधारण रूप से साफ़ और स्वच्छ थीं। कभी-कभी उनमें एक अजीब किस्म की चमक पैदा होती थी। गठीला और कसरती बदन था। कनपटियों पर उसके बाल सफ़ेद हो रहे थे। सलेटी रंग की गर्म पतलून पहने था। सफ़ेद कमीज़ थी, जिसका कॉलर गर्दन पर से ऊपर को उठा हुआ था।

शंकर कुछ इस तरह दरी पर बैठा था कि लगता था, शंकर की बजाय ग्राहक सुलताना है। इस एहसास ने सुलताना को कुछ परेशान कर दिया, चुनांचे उसने शंकर से कहा—''फ़रमाइये...''

शंकर बैठा था। यह सुनकर लेट गया, ''मैं क्या फ़रमाऊँ, कुछ तुम ही फ़रमाओ। बुलाया तुमने ही है मुझे।''

जब सुलताना कुछ न बोली तो वह उठ बैठा, ''मैं समझा! लो, अब मुझसे सुनो। जो कुछ तुमने समझा, ग़लत है। मैं उन लोगों में से नहीं हूँ, जो कुछ देकर जाते हैं। डॉक्टरों की तरह मेरी भी फ़ीस है। मुझे जब बुलाया जाय तो फ़ीस देनी ही पड़ती है।''

सुलताना यह सुनकर चकरा गयी। लेकिन इसके बावजूद, उसे अनायास हँसी आ गयी, ''आप काम क्या करते हैं?''

शंकर ने जवाब दिया, ''यही, जो तुम लोग करते हो।''

''क्या?''

''तुम क्या करती हो?''

''मैं...मैं...मैं कुछ भी नहीं करती।''

''मैं भी कुछ नहीं करता।''

सुलताना ने भन्नाकर कहा—''यह तो कोई बात न हुई...आप कुछ-न-कुछ तो ज़रूर करते होंगे।''

शंकर ने बड़े इत्मीनान से जवाब दिया—''तुम भी कुछ-न-कुछ ज़रूर करती होगी।''

“झक मारती हूँ।”

“मैं भी झक मारता हूँ।”

“तो आओ, दोनों झक मारें।”

“हाज़िर हूँ। पर झक मारने के दाम मैं कभी नहीं दिया करता।”

“होश की दवा करो...यह लंगरख़ाना नहीं है।”

“और मैं भी वालंटियर नहीं।”

सुलताना यहाँ रुक गयी। उसने पूछा, “ये वालंटियर कौन होते हैं।”

शंकर ने जवाब दिया—“उल्लू के पट्ठे।”

“मैं उल्लू की पट्ठी नहीं।”

“मगर वह आदमी ख़ुदाबख़्श, जो तुम्हारे साथ रहता है, ज़रूर उल्लू का पट्ठा है।”

“क्यों?”

“इसलिए कि वह कई दिनों से एक ऐसे पहुँचे हुए फ़कीर के पास अपनी किस्मत खुलवाने के लिए जाता है, जिसकी अपनी किस्मत ज़ंग-लगे ताले की तरह बन्द है।” यह कहकर शंकर हँसा।

इस पर सुलताना ने कहा—“तुम हिन्दू हो, इसीलिए हमारे इन बुज़ुर्गों का मज़ाक उड़ाते हो।”

शंकर मुस्कुराया, “ऐसी जगहों पर हिन्दू-मुस्लिम का सवाल पैदा नहीं हुआ करता। बड़े-बड़े पंडित और मौलवी भी यहाँ आयें तो शरीफ़ आदमी बन जायें।”

“जाने क्या ऊट-पटाँग बातें करते हो...बोलो, रहोगे?”

“उसी शर्त पर, जो पहले बता चुका हूँ।”

सुलताना उठ खड़ी हुई, “तो जाओ, रस्ता पकड़ो।”

शंकर आराम से उठा। पतलून की जेबों में अपने दोनों हाथ ठूँसे और जाते हुए बोला—“मैं कभी-कभी इस बाज़ार से गुज़रा करता हूँ। जब भी तुम्हें मेरी ज़रूरत हो, बुला लेना—बहुत काम का आदमी हूँ।”

शंकर चला गया और सुलताना काले लिबास को भूलकर देर तक उसके बारे में सोचती रही। उस आदमी की बातों ने उसके दुख को बहुत हल्का कर दिया था। अगर वह अम्बाला में आया होता, जहाँ वह ख़ुशहाल थी, तो उसने किसी और ही रंग में उस आदमी को देखा होता और बहुत मुमकिन है, उसे धक्के देकर बाहर निकाल दिया होता। पर यहाँ चूँकि वह बहुत उदास रहती थी, इसलिए शंकर की बातें उसे पसन्द आयीं।

शाम को, जब ख़ुदाबख़्श आया तो सुलताना ने उससे पूछा—“तुम आज सारा दिन किधर ग़ायब रहे हो?”

खुदाबख़्श थक कर चूर-चूर हो रहा था। कहने लगा, "पुराने किले के पास से आ रहा हूँ। वहाँ एक बुजुर्ग कुछ दिनों से ठहरे हुए हैं। उन्हीं के पास रोज़ाना जाता हूँ कि हमारे दिन फिर जायें।"

"उन्होंने कुछ कहा तुमसे?"

"नहीं! अभी तो मेहरबान नहीं हुए।...पर सुलताना, मैं जो उनकी ख़िदमत कर रहा हूँ, वह अकारथ कभी नहीं जायेगी। अल्लाह का फ़ज़्ल रहा तो ज़रूर वारे-न्यारे हो जायेंगे।"

सुलताना के दिमाग़ में मुहर्रम मनाने का ख़याल समाया हुआ था। खुदाबख़्श से रोनी आवाज़ में कहने लगी—"सारा-सारा दिन बाहर ग़ायब रहते हो। मैं यहाँ पिंजरे में कैद रहती हूँ। न कहीं जा सकती हूँ, न आ सकती हूँ। मुहर्रम सर पर आ गया है। कुछ तुमने इसकी भी फ़िक्र की। मुझे काले कपड़े चाहिए। घर में फूटी कौड़ी तक नहीं। कंगनियाँ थीं, सो वो एक-एक करके बिक गयीं। अब तुम ही बताओ, क्या होगा? ...यूँ फ़कीरों के पीछे कब तक मारे-मारे फिरा करोगे। मुझे तो ऐसा दिखायी देता है कि यहाँ दिल्ली में ख़ुदा ने भी हमसे मुँह मोड़ लिया है। मेरी सुनो तो अपना काम शुरू कर दो। कुछ तो सहारा हो ही जायेगा।"

खुदाबख़्श दरी पर लेट गया और कहने लगा—"पर यह काम शुरू करने के लिए भी तो थोड़ी-बहुत पूँजी चाहिए।...खुदा के लिए, अब ऐसी दुख-भरी बातें न करो। मुझसे अब सही नहीं जा सकतीं। मैंने सचमुच अम्बाला छोड़ने में सख़्त ग़लती की। पर जो करता है, अल्लाह ही करता है और हमारी भलाई के लिए ही करता है। क्या पता, कुछ देर और तकलीफ़ें सहने के बाद हम..."

सुलताना ने बात काटकर कहा—"तुम ख़ुदा के लिए कुछ करो। चोरी करो या डाका डालो, पर मुझे एक सलवार का कपड़ा ज़रूर ला दो। मेरे पास सफ़ेद बोस्की की कमीज़ पड़ी है, उसको मैं रँगवा लूँगी। सफ़ेद शीन का एक नया दुपट्टा भी मेरे पास मौजूद है। वही, जो तुमने मुझे दीवाली पर ला कर दिया था, वह भी कमीज़ के साथ ही रँगवा लिया जायेगा। एक सिर्फ़ सलवार की कसर है, सो वह तुम किसी-न-किसी तरह पैदा कर दो... देखो, तुम्हें मेरी जान की कसम, किसी-न-किसी तरह ज़रूर ला दो। मेरी भाती खाओ (मृत्यु-भोजन) अगर न लाओ।"

खुदाबख़्श उठ बैठा, "अब तुम ख़ाह-म-ख़ाह ज़ोर दिये चली जा रही हो।...मैं कहाँ से लाऊँगा...अफ़ीम खाने के लिए तो मेरे पास एक पैसा नहीं।"

"कुछ भी करो, मगर मुझे साढ़े चार गज़ काली साटन ला दो।"

"दुआ करो कि आज रात ही अल्लाह दो-तीन आदमी भेज दे।"

"लेकिन तुम कुछ नहीं करोगे...तुम अगर चाहो तो ज़रूर इतने पैसे पैदा कर सकते हो। जंग से पहले यह साटन बारह-चौदह आने गज़ मिल जाती थी। अब सवा

रुपये गज़ के हिसाब से मिलती है। साढ़े चार गज़ पर कितने रुपये ख़र्च हो जायेंगे?''

''अब तुम कहती हो तो मैं कोई हीला करूँगा।'' यह कहकर ख़ुदाबख़्श उठा, ''लो, अब उन बातों को भूल जाओ। मैं होटल से खाना ले आऊँ।''

होटल से खाना आया। दोनों ने मिलकर निगला और सो गये।

सुबह हुई। ख़ुदाबख़्श पुराने किलेवाले फ़कीर के पास चला गया और सुलताना अकेली रह गयी। कुछ देर लेटी रही; कुछ देर सोयी रही; इधर-उधर कमरों में टहलती रही। दोपहर का खाना खाने के बाद, उसने अपना सफ़ेद शीन का दुपट्टा और सफ़ेद बोस्की की कमीज़ निकाली और नीचे लॉण्ड्रीवाले को रँगने के लिए दे आयी। कपड़े धोने के अलावा वहाँ रँगने का काम भी होता था। यह काम करने के बाद उसने वापस आकर फ़िल्मों की किताबें पढ़ीं, जिनमें उसकी देखी हुई फ़िल्मों की कहानी और गीत छपे हुए थे। ये किताबें पढ़ते-पढ़ते वह सो गयी। जब उठी तो चार बज चुके थे, क्योंकि धूप आँगन में से मोरी के पास पहुँच चुकी थी। नहा-धोकर निपटी तो गर्म चादर ओढ़कर, बालकनी में आ खड़ी हुई। सुलताना लगभग एक घंटे तक बालकनी में खड़ी रही। अब शाम हो गयी थी। बत्तियाँ जल रही थीं। नीचे सड़क में रौनक के आसार नज़र आने लगे। सर्दी में थोड़ी-सी तेज़ी आ गयी—पर सुलताना को यह नागवार न लगी। वह सड़क पर आते-जाते ताँगों और मोटरों की तरफ़ देर से देख रही थी। सहसा उसे शंकर नज़र आया। मकान के नीचे पहुँचकर उसने गर्दन ऊँची की और सुलताना की तरफ़ देखकर मुस्कुरा दिया। सुलताना ने अनायास हाथ का इशारा किया और उसे ऊपर बुला लिया।

जब शंकर ऊपर आ गया तो सुलताना बहुत परेशान हुई कि उससे क्या कहे। दरअसल उसने ऐसे ही, बिना सोचे-समझे, उसे इशारा कर दिया था। शंकर बहुत निश्चिन्त था, मानो उसका अपना घर है। चुनांचे, बड़ी बेतकल्लुफ़ी से पहले दिन की तरह वह गाव-तकिया सिर के नीचे रखकर लेट गया। जब सुलताना ने देर तक उससे कोई बात न की तो उसने कहा—''तुम मुझे सौ दफ़ा बुला सकती हो और सौ दफ़ा ही कह सकती हो कि चले जाओ।... मैं ऐसी बातों पर कभी नाराज़ नहीं हुआ करता।''

सुलताना असमंजस में पड़ गयी। कहने लगी—''नहीं बैठो, तुम्हें जाने को कौन कहता है।''

शंकर इस पर मुस्कुरा दिया, ''तो मेरी शर्तें तुम्हें मंज़ूर हैं?''

''कैसी शर्तें?'' सुलताना ने हँसकर कहा, ''क्या निकाह कर रहे हो मुझसे?''

''निकाह और शादी कैसी?...न तुम उम्र भर किसी से निकाह करोगी, न मैं। ये रस्में हम लोगों के लिए नहीं...छोड़ो इन फ़िज़ूल बातों को, कोई काम की बात करो।''

''बोलो, क्या बात करूँ?''

''तुम औरत हो, कोई ऐसी बात शुरू करो, जिससे दो घड़ी दिल बहल जाये।''

सुलताना मन-ही-मन अब शंकर को स्वीकार कर चुकी थी। कहने लगी—''साफ़-साफ़

कहो, तुम मुझसे क्या चाहते हो?''

''जो दूसरे चाहते हैं।'' शंकर उठकर बैठ गया।

''तुम में और दूसरों में फिर फ़र्क ही क्या रहा?''

''तुम में और मुझमें कोई फ़र्क नहीं। उनमें और मुझमें ज़मीन-आसमान का फ़र्क है। ऐसी बहुत-सी बातें होती हैं, जो पूछनी नहीं चाहिए, ख़ुद समझनी चाहिए।''

सुलताना ने थोड़ी देर तक शंकर की इस बात को समझने की कोशिश की, फिर कहा—''मैं समझ गयी।''

''तो कहो, क्या इरादा है?''

''तुम जीते, मैं हारी। पर मैं कहती हूँ, आज तक किसी ने ऐसी बात मंजूर न की होगी।''

''तुम ग़लत कहती हो।... इसी मुहल्ले में तुम्हें ऐसी सीधी-सादी और भोली औरतें भी मिल जायेंगी, जो कभी यकीन नहीं करेंगी कि औरत ऐसी ज़िल्लत क़ुबूल कर सकती है, जो तुम बिना किसी एहसास के क़ुबूल करती रही हो। लेकिन उनके यकीन न करने के बावजूद तुम हज़ारों की तादाद में मौजूद हो।... तुम्हारा नाम सुलताना है न?''

''सुलताना ही है।''

शंकर उठ खड़ा हुआ और हँसने लगा, ''मेरा नाम शंकर है... ये नाम भी अजीब और ऊट-पटाँग होते हैं। चलो, आओ, अन्दर चलें।''

शंकर और सुलताना दरीवाले कमरे में वापस आये तो दोनों हँस रहे थे। न जाने किस बात पर। जब शंकर जाने लगा तो सुलताना ने कहा—''शंकर, मेरी एक बात मानोगे?''

शंकर ने जवाब में कहा—''पहले बात बताओ।''

सुलताना कुछ झेंप-सी गयी, ''तुम कहोगे कि मैं दाम वसूल करना चाहती हूँ, मगर...''

''कहो-कहो...रुक क्यों गयी हो।''

सुलताना ने साहस से काम लेकर कहा—''बात यह है कि मुहर्रम आ रहा है। मेरे पास इतने पैसे नहीं कि मैं काली सलवार बनवा सकूँ। यहाँ के सारे दुखड़े तो तुम मुझसे सुन ही चुके हो। कमीज़ और दुपट्टा मेरे पास मौजूद था, जो आज मैंने रँगवाने के लिए दे दिया है।''

शंकर ने यह बात सुनकर कहा—''तुम चाहती हो कि मैं तुम्हें कुछ रुपये दे दूँ, जिनसे तुम काली सलवार बनवा सको।''

सुलताना ने झट कहा—''नहीं, मेरा मतलब यह है कि अगर हो सके तो तुम मुझे एक काली सलवार ला दो।''

शंकर मुस्कुराया, "मेरी जेब में तो संजोग ही से कभी कुछ होता है। फिर भी मैं कोशिश करूँगा। मुहर्रम की पहली तारीख़ को तुम्हें यह सलवार मिल जायेगी। लो, बस अब ख़ुश हो गयीं?"

फिर उसने सुलताना के बुन्दों की ओर देखकर पूछा—"क्या ये बुन्दे तुम मुझे दे सकती हो?"

सुलताना ने हँसकर कहा—"तुम इनका क्या करोगे? चाँदी के मामूली बुन्दे हैं। ज़्यादा-से-ज़्यादा पाँच रुपये के होंगे।"

शंकर बोला—"मैंने तुम से बुन्दे माँगे हैं, इनकी कीमत नहीं पूछी। बोलो, देती हो?"

"ले लो।" यह कहकर सुलताना ने बुन्दे उतारकर शंकर को दे दिये। उसके बाद उसे अफ़सोस हुआ, पर शंकर जा चुका था।

सुलताना को बिलकुल विश्वास नहीं था कि शंकर अपना वादा पूरा करेगा। पर आठ दिन के बाद, मुहर्रम की पहली तारीख़ को सुबह नौ बजे दरवाज़े पर दस्तक हुई। सुलताना ने दरवाज़ा खोला तो शंकर खड़ा था। अख़बार में लिपटी हुई चीज़ उसने सुलताना को दी और कहा—"साटन की काली सलवार है... देख लेना, शायद लम्बी हो... अब मैं चलता हूँ।"

शंकर सलवार देकर चला गया। उसने सुलताना से और कोई बात न की। उसकी पतलून में सिलवटें पड़ी हुई थीं। बाल बिखरे हुए थे। ऐसा लगता था कि अभी-अभी सोकर उठा है और सीधा इधर ही चला आया है।

सुलताना ने कागज़ खोला। साटन की काली सलवार थी। वैसी ही, जैसी कि वह मुख़्तार के पास देखकर आयी थी। सुलताना बहुत ख़ुश हुई। बुन्दों और उस सौदे का जो अफ़सोस उसे हुआ था, इस सलवार ने और शंकर की वादा-वफ़ाई ने दूर कर दिया।

दोपहर को वह नीचे लॉण्ड्री वाले से अपनी रँगी हुई कमीज़ और दुपट्टा ले आयी। तीनों काले कपड़े जब उसने पहन लिये तो दरवाज़े पर दस्तक हुई। सुलताना ने दरवाज़ा खोला तो मुख़्तार अन्दर आयी। उसने सुलताना के तीनों कपड़ों की ओर देखा और कहा—"कमीज़ और दुपट्टा तो रँगा हुआ मालूम होता है, पर यह सलवार नयी है।...कब बनवायी?"

सुलताना ने जवाब दिया—"आज ही दर्ज़ी लाया है।" यह कहते हुए उसकी नज़रें मुख़्तार के कानों पर पड़ीं—"ये बुन्दे तुमने कहाँ से लिये?"

मुख़्तार ने जवाब दिया—"आज ही मँगवाये हैं।"

इसके बाद दोनों को थोड़ी देर ख़ामोश रह जाना पड़ा।

शहीद-साज़

मैं काठियावाड़, गुजरात का रहने वाला हूँ। जात का बनिया हूँ। पिछले बरस, जब हिन्दुस्तान के बँटवारे पर टण्टा हुआ तो मैं बिलकुल बेकार था। माफ़ कीजियेगा, मैंने लफ़्ज़ 'टण्टा' इस्तेमाल किया। मगर इसमें कोई हर्ज नहीं। इसलिए कि उर्दू ज़बान में बाहर के लफ़्ज़ आने ही चाहिए, चाहे वे गुजराती ही के क्यों न हों।

जी हाँ, मैं बिलकुल बेकार था। लेकिन कोकीन का थोड़ा-सा धंधा चल रहा था, जिससे कुछ आमदनी की थोड़ी-सी सूरत हो ही जाती थी। जब बँटवारा हुआ और इधर के आदमी उधर और उधर के इधर, हज़ारों की तादाद में आने-जाने लगे तो मैंने सोचा—'चलो, पाकिस्तान चलें। कोकीन का न सही, कोई दूसरा कारोबार शुरू कर दूँगा।' चुनांचे, मैं वहाँ से चल पड़ा और रास्ते में तरह-तरह के छोटे-मोटे धंधे करता, पाकिस्तान पहुँच गया।

मैं चला तो इसी नीयत से था कि कोई मोटा कारोबार करूँगा, चुनांचे पाकिस्तान पहुँचते ही मैंने हालात को अच्छी तरह जाँचा और एलॉटमेण्टों का काम शुरू कर दिया। मस्का-पालिश मुझे आता ही था। चिकनी-चुपड़ी बातें कीं। एक-दो आदमियों के साथ दोस्ती गाँठी और एक छोटा-सा मकान एलॉट करा लिया। इससे काफ़ी फ़ायदा हुआ तो मैं दूसरे शहरों में घूम-फिर कर मकान और दुकानें एलॉट कराने का धंधा करने लगा।

काम कोई भी हो, आदमी को मेहनत करनी पड़ती है। इसलिए मुझे भी एलॉटमेंण्टों के सिलसिले में काफ़ी दौड़-धूप करनी पड़ी। कहीं किसी को मस्का लगाया; किसी की मुट्ठी गर्म की; किसी को खाने की दावत दी; किसी को नाच-रंग की—कहने का मतलब यह कि बेशुमार बखेड़े थे। दिन भर ख़ाक छानता। बड़ी-बड़ी कोठियों के चक्कर लगाता और शहर का चप्पा-चप्पा देखकर, अच्छा-सा मकान तलाश करता, जिसको एलॉट कराने से ज़्यादा फ़ायदा हो।

आदमी की मेहनत कभी बेकार नहीं जाती, सो एक बरस के अन्दर-अन्दर मैंने लाखों रुपये पैदा कर लिये। अब ख़ुदा का दिया सब कुछ था—रहने के लिए

बड़ी-सी कोठी। बैंक में बे-हिसाब माल-पानी। माफ़ कीजियेगा, मैं काठियावाड़, गुजरात की ज़बान में बोल गया। मगर कोई हर्ज नहीं, उर्दू ज़बान में बाहर के लफ़्ज़ भी शामिल होने चाहिए—जी हाँ, अल्लाह का दिया सब कुछ था—रहने को बढ़िया-सी कोठी, नौकर-चाकर, पैकार्ड मोटर, बैंक में ढाई लाख रुपये, कारख़ाने और दुकानें अलग—यह सब कुछ था। लेकिन मेरे दिल का चैन जाने कहाँ उड़ गया। यूँ तो कोकीन का धंधा करते हुए भी, दिल पर कभी-कभी बोझ-सा महसूस होता था। लेकिन अब तो जैसे दिल रहा ही नहीं था। या फिर यूँ कहिये कि बोझ इतना आ पड़ा कि दिल उसके नीचे दब गया। पर यह बोझ किस बात का था?

आदमी दिमाग़ वाला हूँ। दिमाग़ में कोई सवाल पैदा हो जाये तो मैं उसका जवाब ढूँढ ही निकालता हूँ। ठण्डे दिल से (हालाँकि दिल का कुछ पता ही न था) मैंने ग़ौर करना शुरू किया कि इस गड़बड़-घोटाले की वजह क्या है?

औरत? हो सकती है। मेरी अपनी तो कोई थी नहीं। जो थी, वह काठियावाड़ गुजरात में ही अल्लाह को प्यारी हो गयी थी। लेकिन दूसरों की औरतें जो थीं; मिसाल के तौर पर अपने माली ही की थी। अपना-अपना टेस्ट है साहब। सच पूछिये तो औरत जवान होनी चाहिए और यह ज़रूरी नहीं कि पढ़ी-लिखी हो और डांस करना जानती हो। अपन को तो सारी जवान औरतें चलती हैं। (काठियावाड़, गुजरात का मुहावरा है, जिसका उर्दू में कोई जोड़ नहीं।)

औरत का तो सवाल ही उठ गया और दौलत का पैदा ही नहीं हो सकता, इसलिए कि बन्दा ज़्यादा लालची नहीं; जो कुछ है, उसी से सबर-सन्तोष है। लेकिन फिर यह दिल वाली बात क्यों पैदा हो गयी थी।

आदमी चतुर हूँ। कोई मसला सामने आ जाय तो उसकी तह तक पहुँचने की कोशिश करता हूँ। कारख़ाने चल रहे थे, दुकानें भी चल रही थीं, रुपया अपने आप पैदा हो रहा था। मैंने अलग-थलग होकर सोचना शुरू किया और बहुत देर के बाद इस नतीजे पर पहुँचा कि दिल की गड़बड़ सिर्फ़ इसलिए है कि मैंने कोई नेक काम नहीं किया।

काठियावाड़, गुजरात में तो मैंने बीसियों नेक काम किये थे। मिसाल के तौर पर, जब मेरा दोस्त पाण्डुरंग मर गया तो मैंने उसकी विधवा को अपने घर डाल लिया और दो बरस तक उसे धंधा करने से रोके रखा। लँगड़े विनायक की लकड़ी की टाँग टूट गयी तो उसे नयी ख़रीद दी। लगभग चालीस रुपये उस पर उठ गये थे। जमना बाई को गरमी हो गयी, साली को (माफ़ कीजियेगा) कुछ पता ही नहीं था। मैं उसे डॉक्टर के पास ले गया। छह महीने तक बराबर उसका इलाज कराता रहा।... लेकिन पाकिस्तान आकर मैंने कोई नेक काम नहीं किया था और दिल की गड़बड़ की यही वजह थी, वरना बाक़ी सब ठीक था।

मैंने सोचा, 'क्या करूँ?' ख़ैरात देने का ख़याल आया। लेकिन एक दिन शहर में घूमा तो देखा कि लगभग हर आदमी भिखारी है। कोई भूखा है, कोई नंगा। किस-किस का पेट भरूँ, किस-किस का अंग ढाँपूँ? सोचा, एक लंगर खोल दूँ। लेकिन एक लंगर से क्या होता है और फिर अनाज कहाँ से लाता? ब्लैक मार्केट से ख़रीदने का ख़याल पैदा हुआ तो यह सवाल भी साथ ही पैदा हो गया कि एक तरफ़ गुनाह करके, दूसरी तरफ़ नेक काम का मतलब ही क्या है?

घंटों बैठ-बैठकर मैंने लोगों के दुख-दर्द सुने। सच पूछिये तो हर शख़्स दुखी था। वे भी, जो दुकानों के चबूतरों पर सोते हैं और वे भी, जो ऊँची ऊँची हवेलियों में रहते हैं। पैदल चलने वाले को यह दुख था कि उसके पास काम का कोई जूता नहीं। मोटर में बैठने वाले को यह दुख था कि उसके पास कार का नया मॉडल नहीं। हर आदमी की शिकायत अपनी जगह सही थी। हर आदमी की इच्छा अपनी-अपनी जगह माक़ूल थी।

मैंने ग़ालिब की एक ग़ज़ल, अल्लाह बख़्शे, शोलापुर की अमीना बाई चितलेकर से सुनी थी, एक शे'र याद रह गया है—''किसकी हाजत रवा करे कोई''—माफ़ कीजियेगा, यह उसका दूसरा बन्द है या हो सकता है कि पहला ही हो।

जी हाँ, मैं किस-किस की हाजत रवा करता, जब सौ-में-सौ ही हाजतमन्द थे। मैंने फिर यह भी सोचा कि ख़ैरात देना कोई अच्छा काम नहीं है। मुमकिन है, आप मुझसे सहमत न हों। लेकिन मैंने शरणार्थियों के कैम्पों में जा-जाकर हालात को अच्छी तरह परखा तो मुझे मालूम हुआ कि ख़ैरात ने बहुत-से रिफ़्यूजियों को बिलकुल निकम्मा बना दिया है। दिन भर हाथ-पर-हाथ धरे बैठे हैं; ताश खेल रहे हैं; जुगार हो रही है (माफ़ कीजियेगा 'जुगार' का मतलब है, जुआ यानी क़ुमार-बाज़ी); गालियाँ बक रहे हैं और फोकट यानी मुफ़्त की रोटियाँ तोड़ रहे हैं। ऐसे लोग भला पाकिस्तान को मज़बूत बनाने में क्या मदद दे सकते हैं। इसलिए मैं इस नतीजे पर पहुँचा कि भीख देना हरगिज़-हरगिज़ नेकी का काम नहीं है। लेकिन फिर नेकी के काम का और कौन-सा रास्ता है?

कैम्पों में धड़ाधड़ आदमी मर रहे थे। कभी हैज़ा फूटता था, कभी प्लेग। हस्पतालों में तिल धरने की जगह नहीं थी। मुझे बड़ा तरस आया। सोचा कि एक हस्पताल बनवा दूँ। मगर सोचने पर ख़याल छोड़ दिया। पूरी स्कीम तैयार कर चुका था। बिल्डिंग के लिए टेण्डर मँगवाता; दाख़िले की फ़ीसों का रुपया जमा हो जाता; अपनी ही एक कम्पनी खड़ी कर देता और टेण्डर उसके नाम निकाल देता। ख़याल था, एक लाख रुपया इमारत पर ख़र्च करूँगा। ज़ाहिर है कि सत्तर हज़ार रुपये में पूरी बिल्डिंग खड़ी कर देता और पूरे तीस हज़ार रुपये बचा लेता। मगर यह सारी स्कीम धरी-की-धरी रह गयी, जब मैंने सोचा कि अगर मरने वालों को बचा लिया गया तो यह जो इतनी

आबादी है, वह कैसे कम होगी।

देखा जाये तो यह सारा लफ़ड़ा ही फ़ालतू आबादी का है। 'लफ़ड़ा' का मतलब है, झगड़ा—वो झगड़ा, जिसमें फ़ज़ीहत भी हो, लेकिन इससे भी इस शब्द का पूरा मतलब मैं बता नहीं सकता।

जी हाँ, देखा जाये तो यह सारा लफ़ड़ा ही इस फ़ालतू आबादी की वजह से है। अब लोग बढ़ते ही जायेंगे तो इसका यह मतलब नहीं कि ज़मीन भी साथ-साथ बढ़ती जायेगी, आसमान भी साथ-साथ फैलता जायेगा, बारिशें ज़्यादा होंगी या ज़्यादा अनाज पैदा होगा; इसलिए मैं इस नतीजे पर पहुँचा कि हस्पताल बनवाना कभी भी नेक काम नहीं हो सकता।

फिर सोचा, मस्जिद बनवा दूँ। लेकिन अल्लाह बख़्शे, शोलापुर की अमीना बाई चितलेकर का गाया हुआ एक शे'र याद आ गया—'नाम मंज़ूर है तो फ़ैज़ के असबाब बना'—वह 'मंज़ूर' को 'मंजूर' और 'फ़ैज़' को 'फ़ैज' कहा करती थी। नाम मंज़ूर है तो फ़ैज़ के असबाब बना, पुल बना, चरागाह बना, मस्जिदें-तालाब बना।

किस कम्बख़्त को नाम-वाम की इच्छा है। वे जो नाम उछालने के लिए पुल बनाते हैं, नेकी का क्या काम करते हैं?—ख़ाक! मैंने कहा—नहीं, यह मस्जिद बनवाने का ख़याल बिलकुल ग़लत है। बहुत-सी अलग मस्जिदों का होना भी क़ौम के हक़ में कभी फ़ायदेमन्द नहीं हो सकता, इसलिए कि जनता बँट जाती है।

थक-हारकर, मैं हज की तैयारियाँ कर रहा था कि अल्लाह मियाँ ने मुझे खुद ही एक रास्ता बता दिया। शहर में एक जलसा हुआ। जब ख़त्म हुआ तो लोगों में अफ़रा-तफ़री फैल गयी। इतनी भगदड़ मची कि तीस आदमी मर गये। इस हादसे की ख़बर दूसरे रोज़ जब अख़बारों में छपी तो पता चला कि वे मरे नहीं थे, बल्कि शहीद हुए थे।

मैंने सोचना शुरू किया। सोचने के अलावा मैं कई मौलवियों से भी मिला। पता चला कि जो लोग अचानक हादसों का शिकार होते हैं, उन्हें शहादत का दर्जा मिलता है। यानी कि वह रुतबा, जिससे बड़ा कोई और रुतबा नहीं। मैंने सोचा कि अगर लोग मरने की बजाय शहीद हुआ करें तो कितना अच्छा हो। वे लोग, जो आम मौत मरते हैं, ज़ाहिर है कि उनकी मौत बिलकुल बेकार जाती है। अगर वे शहीद हो जाते हैं तो एक बात बनती है।

मैंने इस बात पर और बारीकी से ग़ौर करना शुरू किया।

चारों तरफ़, जिधर देखो, ख़स्ता-हाल इन्सान थे। पीले चेहरे; चिन्ता-फ़िक्र, दुख और रोज़ी-रोटी के बोझ-तले पिसे हुए; धँसी हुई आँखें, बेजान चाल; घिसे-फटे कपड़े—रेलगाड़ी के बेकार माल की तरह; या तो किसी टूटे-फूटे झोंपड़े में पड़े हैं या बाज़ारों में लावारिस जानवरों की तरह मुँह उठाये, बे-मतलब घूम रहे हैं। क्यों

जी रहे हैं, किसके लिए जी रहे हैं और कैसे जी रहे हैं—इसका कुछ पता ही नहीं। कोई महामारी फैली, हज़ारों मर गये; और कुछ नहीं तो भूख और प्यास से ही घुल-घुल कर मरे। सर्दियों में अकड़ गये। गर्मियों में सूख गये। किसी की मौत पर किसी ने दो आँसू बहा दिये। बहुतों की मौत ख़ुश्क ही रही।

ज़िन्दगी समझ में न आयी, ठीक है। उससे रस न पाया, यह भी ठीक है... वो किस का शे'र है, ख़ुदा भला करे, शोलापुर की अमीनाबाई चितलेकर क्या दर्द-भरी आवाज़ में गाया करती थी—'मर के भी चैन न पाया तो किधर जायेंगे'। मेरा मतलब है कि अगर मरने के बाद भी ज़िन्दगी न सुधरी तो लानत है ससुरी पर। मैंने सोचा, क्यों न ये बेचारे, ये किस्मत के मारे हुए, दर्द के ठुकराये हुए लोग, जो इस दुनिया में हर अच्छी चीज़ के लिए तरसते हैं, उस दुनिया में ऐसा दर्जा पायें कि वे, जो यहाँ पर उनकी तरफ़ देखना भी पसन्द नहीं करते, वहाँ उनको देखें और रश्क करें। उसकी एक ही सूरत थी कि वे आम मौत न मरें, बल्कि शहीद हों।

अब सवाल यह था—क्या ये लोग शहीद होने के लिए राज़ी होंगे? मैंने सोचा, क्यों नहीं। वह कौन-सा मुसलमान है, जिसमें शहीद होने का जोश न हो। मुसलमानों की देखा-देखी तो हिन्दुओं और सिक्खों में भी यह रुतबा पैदा कर दिया गया है। लेकिन मुझे सख़्त नाउम्मीदी हुई। जब मैंने एक मरियल-से आदमी से पूछा, "क्या तुम शहीद होना चाहते हो?" तो उसने जवाब दिया, "नहीं।"

समझ में न आया कि वह आदमी जी कर क्या करेगा। मैंने उसे बहुत समझाया कि देखो बड़े मियाँ, ज़्यादा-से-ज़्यादा तुम डेढ़ महीना और जियोगे। चलने की तुम में ताकत नहीं। खाँसते-खाँसते ग़ोता खाते हो तो ऐसा लगता है कि बस दम निकल गया। फूटी कौड़ी तक तुम्हारे पास नहीं। ज़िन्दगी भर तुमने सुख नहीं देखा; आगे भी देखोगे, इसका सवाल ही नहीं पैदा होता; फिर और जी कर क्या करोगे। फ़ौज में तुम भरती नहीं हो सकते। इसलिए मोर्चे पर मुल्क के लिए लड़ते-लड़ते जान देने का ख़याल भी बेकार-सा है। तब क्या यह ठीक नहीं होगा कि तुम कोशिश करके यहीं बाज़ार में या डेरे में, जहाँ तुम रात को सोते हो, अपनी शहादत का बन्दोबस्त कर लो। उसने पूछा, "यह कैसे हो सकता है?"

मैंने जवाब दिया, "यह सामने केले का छिलका पड़ा है, मान लो कि तुम इस पर से फिसल गये... ज़ाहिर है कि तुम मर जाओगे और शहादत का दर्जा पाओगे।" पर यह बात उसकी समझ में न आयी। कहने लगा, "मैं क्यों आँखों-देखे, केले के छिलके पर पाँव धरने लगा—क्या मुझे अपनी जान प्यारी नहीं?" अल्लाह...अल्लाह, क्या जान थी—हड्डियों का ढाँचा, झुर्रियों की गठरी। मुझे बहुत अफ़सोस हुआ और उस वक्त और भी ज़्यादा हुआ, जब मैंने सुना कि वह कम्बख़्त, जो बड़ी आसानी से शहादत का रुतबा पा सकता था, ख़ैराती हस्पताल में लोहे की चारपाई पर

खाँसता-खँखारता मर गया।

एक बुढ़िया थी—मुँह में दाँत, न पेट में आँत। आख़िरी साँसें ले रही थी। मुझे बहुत तरस आया। बेचारी की सारी उम्र ग़रीबी, दुख और चिन्ता में बीती थी। मैं उसे उठाकर रेल के पाटे पर ले गया। (माफ़ कीजियेगा, हमारे यहाँ पटरी को पाटा कहते हैं।) लेकिन साहब, जैसे ही उसने गाड़ी की आवाज़ सुनी, होश में आ गयी और चाबी के खिलौने की तरह उठकर भाग गयी।

मेरा दिल टूट गया, लेकिन फिर भी मैंने हिम्मत न हारी। बनिये का बेटा अपनी धुन का पक्का होता है। भलाई का जो साफ़ और सीधा रास्ता मुझे नज़र आया था, उसे मैंने अपनी आँख से ओझल न होने दिया।

मुग़लों के वक़्त का एक बहुत बड़ा अहाता ख़ाली पड़ा था। उसमें एक सौ इक्यावन छोटे-छोटे कमरे थे। बहुत ही ख़स्ता हालत में। मेरी तजुर्बेकार आँखों ने अन्दाज़ा लगा लिया कि पहली ही तेज़ बारिश में सबकी छतें गिर जायेंगी; सो मैंने इस अहाते को साढ़े दस हज़ार रुपये में ख़रीद लिया और इसमें एक हज़ार, ग़रीब, बेसहारा लोग बसा दिये। दो महीने किराया वसूल किया—एक रुपया माहवार के हिसाब से। तीसरे महीने, जैसा कि मेरा अन्दाज़ा था, पहली ही बड़ी बारिश में सब कमरों की छतें नीचे आ रहीं और सात सौ आदमी, जिनमें बच्चे-बूढ़े सभी लोग थे, शहीद हो गये।

वह जो मेरे दिल पर बोझ-सा था, कुछ हद तक हल्का हो गया। आबादी में सात सौ आदमी कम भी हो गये, साथ ही उन्हें शहादत का दर्जा भी मिल गया—उधर का पलड़ा भारी ही रहा।

तब से मैं यही काम कर रहा हूँ। हर रोज़, बिसात के मुताबिक़, दो-तीन आदमियों को शहादत का जाम पिला देता हूँ।

जैसा कि मैं पहले ही कह चुका हूँ, काम कोई भी हो, इन्सान को मेहनत करनी ही पड़ती है। ख़ुदा भला करे, शोलापुर की अमीनाबाई चितलेकर एक शे'र गाया करती थी, लेकिन माफ़ कीजियेगा, वह शे'र यहाँ ठीक नहीं बैठता। कुछ भी हो, कहना यह है कि मुझे काफ़ी मेहनत करनी पड़ती है। मिसाल के लिए एक आदमी को (जिसका वजूद छकड़े के पाँचवें पहिये की तरह बेमतलब और बेकार था) जामे-शहादत पिलाने के लिए मुझे पूरे दस दिन जगह-जगह केले के छिलके गिराने पड़े। लेकिन मौत की तरह, जहाँ तक मैं समझता हूँ, शहादत का भी एक दिन तय है। दसवें दिन जाकर कहीं वह पथरीले फ़र्श पर केले के छिलके पर से फिसला और शहीद हो गया।

आजकल मैं एक बहुत बड़ी इमारत बनवा रहा हूँ। ठेका मेरी ही कम्पनी के पास है। दो लाख का है। उसमें से पचहत्तर हज़ार तो मैं साफ़ अपनी जेब में डाल

लूँगा। बीमा भी करा लिया है। मेरा ख़याल है, जब तीसरी मंज़िल खड़ी की जायेगी तो सारी बिल्डिंग धड़ाम से गिर पड़ेगी, क्योंकि मसाला ही मैंने ऐसा लगवाया है। उस वक़्त तीन सौ मज़दूर काम पर लगे होंगे। ख़ुदा के फ़ज़्ल से मुझे पूरी-पूरी उम्मीद है कि ये सब-के-सब शहीद हो जायेंगे। लेकिन अगर कोई बच गया तो इसका यह मतलब होगा कि वह परले दर्जे का पापी है, जिसकी शहादत अल्लाह ताला को मंज़ूर नहीं।

बी ज़मानी बेगम

"ज़मीन फट रही है, आसमान काँप रहा है, हर तरफ़ धुआँ है, आग के शोलों में दुनिया उबल रही है, ज़लज़ले आ रहे हैं...यह क्या हो रहा है?"

"तुम्हें मालूम नहीं?"

"नहीं तो!"

"लो सुनो...दुनिया भर को मालूम है।"

"क्या?"

"वही ज़मानी बेगम...वही मुई चड्डो..."

"हाँ हाँ, क्या हुआ उसे?"

"वही जो होता आया है...लेकिन इस उम्र में...? शर्म नहीं आयी बदबख़्त को।"

"यह बदबख़्त ज़मानी बेगम है कौन?"

"हाय...वही सिकन्दर की होती-सोती...मुई टख़याई चंगेज़ के पास रही, हलाकू की दाश्ता (रखैल) बनी, कुछ दिन उस लँगड़े तैमूर के साथ मुँह काला करती रही...वहाँ से निकली तो नैपोलियन की बग़ल में जा घुसी...अब यह मुवा हिटलर बाक़ी रह गया था!"

"तो अब क्या हिटलर के घर है?"

"बुआ, घर-घाट कैसा...निबाह हो सकता है कभी ऐसी औरत का!"

"तलाक़ हो गयी क्या?"

"तुम कैसी बातें करती हो बुवा...! तलाक़ तो तब हो, जो सहरे-जलवों की ब्याही हो...और फिर ऐसे मर्दों का भी क्या एतिबार है...दो दिन मज़े किये और चलो छुट्टी हुई।"

"तो अब क्या हो रहा है...यह फ़ज़ीहता किस बात का?"

"फ़ज़ीहता क्या है, पूरे दिनों से है...बच्चा पैदा होने वाला है।"

"तो फिर हो क्यों नहीं चुकता?"

"हाँ सच तो है...कोई पहलौठी का तो है नहीं।"

डॉक्टर आते रहे, लेकिन बी ज़मानी के बच्चा पैदा न हुआ—प्रसव-वेदना की लहरों में इज़ाफ़ा हो गया, ज़लज़ले और ज़्यादा ज़ोर से आने लगे, शोलों की ज़बानें और ज़्यादा तेज़ हो गयीं।

डॉक्टरों ने कान्फ्रेंस की, मेडिकल की सारी किताबें छानी गयीं—तय हुआ कि हामिला (गर्भवती) को तेहरान ले जाया जाये, वहाँ रूस के माहिर डॉक्टर को बुलाया जाये और उससे मश्वरा किया जाये।

तेहरान में ख़ासतौर पर जल्दी-जल्दी एक मैटरनिटी होम तैयार किया गया—बी ज़मानी बेगम दर्द से तड़पती रही और दुनिया के तीन बड़े डॉक्टर मश्वरा करते रहे।

एक बोला, "साहेबान, इसमें कोई शक नहीं कि होने वाला बच्चा हमारा नहीं है, लेकिन इन्सानियत के नाम पर हमें मरीज़ों को इस मुश्किल से निजात दिलानी ही पड़ेगी।"

दूसरा बोला, "हम तीन बड़े डॉक्टर तीन मुख़्तलिफ़ क़िस्म के तरीक़ा-ए-इलाज के माहिर हैं...सबसे पहले ज़रूरत इस बात की है कि हम एक तरीक़ा-ए-इलाज पर सहमत हों। अगर ऐसा हो गया तो बी ज़मानी बेगम के बच्चा पैदा होना कोई मुश्किल नहीं।"

तीसरा बोला, "बिलकुल दुरुस्त है...आइये, हम फ़ौरन यह नेक काम शुरू कर दें।"

तीनों तरीक़े मिलाकर एक नया तरीक़ा बनाया गया, जिस पर तीनों बड़े डॉक्टर मुत्तफ़िक़ (सहमत) हो गये।

दुनिया का चेहरा ख़ुशी से तमतमा उठा—मगर बी ज़मानी के बच्चा पैदा न हुआ।

"यह क्या हो रहा है...बच्चा पैदा क्यों नहीं हुआ अभी तक?"

"बच्चा तो पैदा हो रहा था, मगर उसे रोक दिया गया है।"

"क्यों?"

"डॉक्टर सोच रहे हैं कि उसे गोद कौन लेगा।"

"हूँ...तो फ़ैसला क्या हुआ?"

"तुम कैसी बातें करती हो बुवा...ऐसे मामलों का इतनी जल्दी फ़ैसला कैसे हो सकता है...ख़ैर छोड़ो इस क़िस्से को, कुछ-न-कुछ हो ही जायेगा...जिसके औलाद नहीं है, वह ग़रीब उसे गोद ले लेगा।"

औलाद हर एक के थी। किसी के चार बच्चे थे, किसी के पाँच और किसी के सात। अब फैसला कैसे हो।

एक और कान्फ्रेंस हुई, डम बारटन औक्स में।

एक और मैटरनिटी होम अफ़रातफ़री में बनाया गया। तीनों बड़े डॉक्टर वहाँ जमा हुए। हर एक ने सोचा, हर एक ने मामले की अहमियत समझने की कोशिश की।

बी ज़मानी बेगम बिस्तर पर पड़ी दर्द से कराहती रही।

एक बोला, "साहेबान, हम औलाद वाले हैं...इस बच्चे के वुजूद के हम ज़िम्मेदार नहीं, लेकिन इन्सानियत का तक़ाज़ा है कि हम इसकी पैदाइश में हर मुमकिन तरीक़े से मदद करें...आख़िर इसमें होनेवाले बच्चे का क्या क़ुसूर है।"

दूसरा बोला, "हम डॉक्टर हैं। हमारा मज़हब दवा है...हम चाहें तो इस होने वाले अशुभ बच्चे को, जिससे हमारा कोई रिश्ता नहीं, एक फ़रमांबरदार, आज्ञाकारी, आज़ादी पसन्द और इन्सानियत दोस्त नौजवान बना सकते हैं।"

तीसरा बोला, "बिलकुल दुरुस्त है...इस बच्चे की पैदाइश से दुनिया का एक बहुत बड़ा बोझ दूर हो जायेगा...हम डॉक्टर हैं। अपने फ़र्ज़ से हमें ग़ाफ़िल नहीं रहना चाहिए।"

आख़िर तय हो गया, एक और दस्तावेज़ पर अँगूठे भी लगा दिये गये कि होने वाले बच्चे को तीनों बड़े डॉक्टर गोद ले लेंगे और तीनों मिलकर उसकी परवरिश करेंगे।

लेकिन बी ज़मानी बेगम की तकलीफ़ फिर भी रफ़ा न हुई। वह पड़ी दर्द से कराहती रही।

"आख़िर यह मुसीबत क्या है?"

"कुछ समझ में नहीं आता?"

"क़िस्सा यह है कि बच्चे को गोद लेने का तो फ़ैसला हो गया है, लेकिन इस बी ज़मानी का भी तो कुछ बंदोबस्त होना चाहिए।"

"मैं तो कहती हूँ, सात झाड़ू और हुक़्क़े का पानी..."

"लानत भेजें मुई हर्राफ़ा (बदचलन) पर..."

"नहीं बुवा, वह सोच रहे हैं कि यह कमबख़्त कहीं फिर..."

"ओह..."

एक और कान्फ्रेंस हुई।

तीनों बड़े डॉक्टर आख़िरी बार पोस्डम में जमा हुए।

जल्दी-जल्दी एक मैटरनिटी होम तैयार किया गया—बी ज़मानी बेगम विचलित होती रही और उधर कान्फ्रेंस होती रही।

एक बोला, "साहेबान, दुनिया के कल्याण के लिए आज इस बात का क़तई

तौर पर फ़ैसला हो जाना चाहिए कि बी ज़मानी बेगम का यह बच्चा उसका आख़िरी बच्चा हो।"

दूसरा बोला, "दुनिया के थन इस औरत के बेशुमार हरामी बच्चों को दूध पिला-पिलाकर सूख गये हैं...अब हमें इसको बाँझ करना ही पड़ेगा।"

तीसरा बोला, "बिलकुल दुरुस्त है...होने वाले बच्चे की सेहत और तंदुरुस्ती का ख़याल रखते हुए भी हमें ऐसा ही करना चाहिए।"

तय हो गया कि बच्चा फ़ौरन पैदा किया जाये और बी ज़मानी बेगम को हमेशा के लिए बाँझ कर दिया जाये।

ऑप्रेशन शुरू हुआ—मैटरनिटी होम के बाहर दुनिया की सारी क़ौमें जमा हो गयीं। बहुत देर तक सन्नाटा छाया रहा।

इसके बाद मैटरनिटी होम का दरवाज़ा फट से खुला और एक सफ़ेदपोश नर्स बाहर निकली—उसने अपनी बारीक आवाज़ में ऐलान किया, "मुबारक हो...बी ज़मानी बेगम के बच्चा पैदा हो गया है...ज़च्चा और बच्चा दोनों बेहोश हैं।"

दुनिया की सारी क़ौमें चिन्ता में डूब गयीं।

एक बूढ़ा, लंगोटी पहने, खाँसता-खँखारता नर्स की तरफ़ बढ़ा।

नर्स ने पूछा, "तुम कौन हो?"

बूढ़े ने अपने ख़ुश्क होंठों पर ज़बान फेरी और लरज़ाँ आवाज़ में कहा, "मेरा नाम हिन्दुस्तान है।"

"ओह...क्या चाहते हो तुम?"

"मैं सिर्फ़ यह पूछने आया हूँ कि लड़का हुआ है या लड़की?"

"दुनिया की सारी क़ौमें बेइख़्तियार खिलखिलाकर हँस पड़ीं।"

देख कबीरा रोया

नगर-नगर ढिंढोरा पीटा गया कि जो आदमी भीख माँगेगा, उसको गिरफ़्तार कर लिया जायेगा।

गिरफ़्तारियाँ शुरू हुईं।

लोग ख़ुशियाँ मनाने लगे कि एक बहुत पुरानी लानत दूर हो गयी।

कबीर ने यह देखा तो उसकी आँखों में आँसू आ गये।

लोगों ने पूछा, "ऐ जुलाहे, तू क्यों रोता है?"

कबीर ने रोकर कहा, "कपड़ा दो चीज़ों से बनता है—ताने और पेटे से..गिरफ़्तारियों का ताना तो शुरू हो गया, पर पेट भरने का पेटा कहाँ है?"

एक एम.ए.एल.एल.बी. को दो सौ खड्डियाँ अलाट हो गयीं।

कबीर ने यह देखा तो उसकी आँखों में आँसू आ गये।

एम.ए.एल.एल.बी. ने पूछा, "ऐ जुलाहे के बच्चे, तू क्यों रोता है...? क्या इसलिए कि मैंने तेरा हक़ मार लिया है?"

कबीर ने रोते हुए जवाब दिया, "तुम्हारा क़ानून तुम्हें यह नुक्ता समझाता है कि खड्डियाँ पड़ी रहने दो और धागे का जो कोटा मिले, उसे बेच दो, आख़िर मुफ़्त की खटखट से क्या फ़ायदा...लेकिन यह खटखट ही जुलाहे की जान है।"

छपी हुई किताब के फ़रमे थे, जिनके छोटे-बड़े लिफ़ाफ़े बनाये जा रहे थे।

कबीर का उधर से गुज़र हुआ—उसने दो-तीन लिफ़ाफ़े उठाये और उन पर छपी हुई तहरीर पढ़कर उसकी आँखों में आँसू आ गये।

लिफ़ाफ़े बनाने वाले ने हैरत से पूछा, "मियाँ कबीर, तुम क्यों रोने लगे?"

कबीर ने जवाब दिया, "इन काग़ज़ों पर भगत सूरदास की कविता छपी हुई

है...लिफ़ाफ़े बनाकर इसकी बेइज़्ज़ती न करो।"

लिफ़ाफ़े बनाने वाले ने हैरत से कहा, "जिसका नाम सूरदास है, वह भगत कभी नहीं हो सकता।"

कबीर ने ज़ोर-ज़ोर से रोना शुरू कर दिया।

एक ऊँची इमारत पर लक्ष्मी की बहुत ख़ूबसूरत मूर्ति स्थापित थी।

चन्द लोगों ने जब उस इमारत को अपना दफ़्तर बनाया तो उस मूर्ति को टाट के टुकड़ों से ढाँप दिया।

कबीर ने यह देखा तो उसकी आँखों में आँसू उमड़ आये।

दफ़्तर के आदमियों ने उसे ढाढस दी और कहा, "हमारे मज़हब में यह बुत जाइज़ नहीं।"

कबीर ने टाट के टुकड़ों की तरफ़ अपनी सजल आँखों से देखते हुए कहा : "ख़ूबसूरत चीज़ को बदसूरत बना देना भी किसी मज़हब में जाइज़ नहीं।"

दफ़्तर के आदमी हँसने लगे—कबीर दहाड़ें मार-मारकर रोने लगा।

पंक्तिबद्ध फ़ौजों के सामने जरनल ने तक़रीर करते हुए कहा, "अनाज कम है, कोई परवाह नहीं...फ़सलें तबाह हो गयी हैं, कोई फ़िक्र नहीं...हमारे सिपाही दुश्मन से भूखे ही लड़ेंगे।"

दो लाख फ़ौजियों ने 'ज़िन्दाबाद, ज़िन्दाबाद' के नारे लगाने शुरू कर दिये।

कबीर चिल्ला-चिल्लाकर रोने लगा।

जनरल को बहुत गुस्सा आया—वह पुकार उठा, "ऐ शख़्स, बता सकता है, तू क्यों रोता है?"

कबीर ने रोनी आवाज़ में कहा, "ऐ मेरे बहादुर जनरल, भूख से कौन लड़ेगा?"

दो लाख फ़ौजियों ने 'कबीर-मुर्दाबाद' के नारे लगाने शुरू कर दिये।

"भाइयो, दाढ़ी रखो, मूँछें कतरो और शरई पाजामा पहनो...बहनो, एक चोटी करो, सुर्ख़ी सफ़ेदी न लगाओ, बुर्क़ा पहनो..." बाज़ार में एक मौलवी चिल्ला रहा था।

कबीर ने यह सब देखा तो उसकी आँखें भीग गयीं।

चिल्लाने वाले मौलवी ने और ज़्यादा चिल्लाकर पूछा, "कबीर, तू क्यों रोने लगा?"

कबीर ने अपने आँसू ज़ब्त करते हुए कहा, "तेरा भाई है न तेरी बहन...और यह जो तेरी दाढ़ी है, इसमें तूने डाई क्यों लगा रखी है...क्या तुझे सफ़ेदी अच्छी नहीं लगती।"

मौलवी ने कबीर को गालियाँ देनी शुरू कर दीं—कबीर की आँखों से टप-टप आँसू गिरने लगे।

एक जगह बहस हो रही थी।

"अदब 'बराए-अदब' (साहित्य मात्र साहित्य) है।"

"बकवास करते हो...अदब 'बराए-ज़िन्दगी' है।"

"वह ज़माना लद गया...अदब (साहित्य) तो प्रोपेगेंडे का दूसरा नाम है।"

"तुम्हारी ऐसी-की-तैसी..."

"तुम्हारे स्टालिन की ऐसी-की-तैसी..."

"तुम्हारे पुरातनपंथी और फ़लाँ-फ़लाँ बीमारियों के मारे हुए फ़्लाबेयर और बादेलेयर की ऐसी-की-तैसी..."

कबीर रोने लगा।

बहस करने वाले बहस छोड़कर उसकी तरफ़ मुख़ातिब हुए।

एक ने कबीर से पूछा, "तुम्हारी अंतःचेतना में ज़रूर कोई चीज़ है, जिसे ठेस पहुँची है।"

दूसरे ने कहा, "तुम्हारे आँसू बुर्जुवायी सदमे का नतीजा हैं।"

कबीर और ज़्यादा रोने लगा।

बहस करने वालों ने तंग आकर एक साथ सवाल किया, "मियाँ, यह तो बताओ कि तुम रोते क्यों हो?"

कबीर ने कहा, "मैं इसलिए रोया था कि आपकी समझ में आ जाये, अदब 'बराए-अदब' है, या अदब 'बराए-ज़िन्दगी' है।"

बहस करनेवाले हँसने लगे।

एक ने कहा, "यह साम्यवादी मसख़रा है।"

दूसरे ने कहा, "नहीं, यह बुर्जुवायी (पूँजीवादी) बहुरूपिया है।"

कबीर की आँखों में फिर आँसू आ गये।

आदेश जारी हो गया कि शहर की तमाम वेश्याएँ एक महीने के अन्दर-अन्दर शादी कर लें और शरीफ़ाना ज़िन्दगी बसर करें।

कबीर एक चकले से गुज़रा तो वेश्याओं के उड़े हुए चेहरे देखकर उसने रोना शुरू कर दिया।

एक मौलवी ने उससे पूछा, "मौलाना, आप रो क्यों रहे हैं?"

कबीर ने रोते हुए जवाब दिया, "नैतिकता के दीक्षक इन वेश्याओं के पतियों के लिए क्या बंदोबस्त करेंगे?"

मौलवी तो कबीर की बात न समझा और हँसने लगा और कबीर की आँखें और ज़्यादा अश्कबार (सजल) हो गयीं।

दस-बारह हज़ार के मजमे में एक आदमी भाषण दे रहा था, "भाइयो, अपहरण के बाद छुड़ाई औरतों का मसला हमारा सबसे बड़ा मसला है। इसका हल हमें सबसे पहले सोचना है...अगर हम लापरवाह रहे तो ये औरतें क़हबाख़ानों (बार) में चली जायेंगी और फ़ाहिशा (अनाचारिणी) बन जायेंगी...सुन रहे हो, फ़ाहिशा बन जायेंगी...तुम्हारा फ़र्ज़ है कि तुम इनको इस ख़ौफ़नाक मुस्तक़बिल (भविष्य) से बचाओ और अपने घरों में इनके लिए जगह पैदा करो...अपनी, अपने भाई या अपने बेटे की शादी करने से पहले तुम्हें इन औरतों को हरगिज़-हरगिज़ भूलना नहीं चाहिए..."

कबीर फूट-फूट के रोने लगा।

तक़रीर करने वाला रुक गया—कबीर की तरफ़ इशारा करके उसने बुलन्द आवाज़ में हाज़िरीन से कहा, "देखो, इस शख़्स के दिल पर कितना असर हुआ है।"

कबीर ने गम्भीर आवाज़ में कहा, "लफ़्ज़ों के बादशाह, तुम्हारे भाषण ने मेरे दिल पर कुछ असर नहीं किया है...मैंने जब सोचा कि तुम किसी मालदार औरत से शादी करने की ख़ातिर अभी तक कुँआरे बैठे हो तो मेरी आँखों में आँसू आ गये।"

एक दुकान पर यह बोर्ड लगा था : जिनाह बूट हाउस।

कबीर ने उसे देखा तो ज़ोर-ज़ोर रोने लगा।

लोगों ने देखा कि एक आदमी खड़ा है, उसकी आँखें बोर्ड पर जमी हैं और वह रोए जा रहा है तो उन्होंने तालियाँ बजाना शुरू कर दीं, "पागल है...पागल है..."

मुल्क का सबसे बड़ा क़ाइद (नायक) चल बसा तो चारों तरफ़ मातम छा गया।

अक्सर लोग बाजुओं पर सियाह बिल्ले बाँधकर फिरने लगे।

कबीर ने यह देखा तो उसकी आँखों में आँसू आ गये।

सियाह बिल्लेवालों ने उससे पूछा, "क्या दुख पहुँचा जो तुम रोने लगे?"

कबीर ने जवाब दिया, "यह काले रंग की पट्टियाँ अगर जमा कर ली जायें तो सैकड़ों का जिस्म ढँक सकती हैं।"

सियाह बिल्लेवालों ने कबीर को पीटना शुरू कर दिया, "तुम कम्युनिस्ट हो, फ़िफ़्थ कालमिस्ट हो, पाकिस्तान के ग़द्दार हो।"

कबीर हँस पड़ा, "लेकिन दोस्तो, मेरे बाज़ू पर तो किसी रंग का बिल्ला नहीं।"

आख़िरी सैल्यूट

यह कश्मीर की लड़ाई भी कुछ अजीबो-ग़रीब थी—सूबेदार रब नवाज़ का दिमाग़ ऐसी बन्दूक बन गया था जिसका घोड़ा ख़राब हो गया हो।

विश्व-युद्ध में वह कई मोर्चों पर लड़ चुका था; मारना और मरना जानता था; छोटे-बड़े अफ़सरों की नज़रों में उसकी बड़ी प्रतिष्ठा थी, इसलिए कि वह बड़ा बहादुर, निडर और समझदार सिपाही था; प्लाटून कमांडर मुश्किल काम हमेशा उसे ही सौंपते थे और वह उन्हें पूरा करता था, मगर इस लड़ाई का ढंग ही निराला था—दिल में बड़ी उमंग, बड़ा जोश था; भूख-प्यास से बेपरवाह सिर्फ़ एक ही लगन थी, दुश्मन का सफ़ाया कर देने की; जब दुश्मन से सामना होता तो जानी-पहचानी सूरतें नज़र आतीं; कुछ दोस्त दिखायी देते, जो पिछले युद्ध में उसके साथ मित्र-देशों के दुश्मनों से लड़े थे, पर अब एक-दूसरे की जान के प्यासे बने हुए थे।

सूबेदार रब नवाज़ सोचता था कि यह सब ख़्वाब तो नहीं—पिछले विश्व-युद्ध का एलान; भर्ती, क़द और छातियों की पैमाइश; पी.टी., चाँदमारी और फिर मोर्चा; इधर से उधर, उधर से इधर; आख़िर जंग का ख़ात्मा; फिर एकदम पाकिस्तान का निर्माण और साथ ही कश्मीर की लड़ाई; ऊपर-तले कितनी ख़बरें—रब नवाज़ सोचता था कि करने वाले ने यह सब कुछ सोच-समझकर किया है, ताकि दूसरे बौखला जायें और समझ न सकें; वरना यह भी कोई बात है कि इतनी जल्दी इतने बड़े इन्क़िलाब बरपा हो जायें।

इतनी बात तो सूबेदार रब नवाज़ की समझ में आती थी कि वह कश्मीर हासिल करने के लिए बढ़ रहे हैं; कश्मीर क्यों हासिल करना है, यह भी वह अच्छी तरह समझता था, इसलिए कि पाकिस्तान के अस्तित्व के लिए कश्मीर को हासिल करना ज़रूरी है; मगर निशाना बाँधते हुए उसे जब कोई जानी-पहचानी शक्ल नज़र आ जाती तो वह कुछ देर के लिए भूल जाता कि वह किस ग़रज़ के लिए लड़ रहा है, किस मक़सद के लिए उसने बन्दूक उठाई है—वह सम्भवतः इसलिए भूल जाता था कि उसे बार-बार ख़ुद को याद कराना पड़ता था कि अब वह सिर्फ़ तनख़्वाह, भू-भागों और पदवियों के

लिए नहीं बल्कि अपने वतन की ख़ातिर लड़ रहा है; यह वतन पहले भी उसका वतन था; वह उसी इलाक़े का रहनेवाला था जो अब पाकिस्तान का एक हिस्सा बन गया था; अब उसे अपने उसी हमवतन के खिलाफ़ लड़ना था जो कभी उसका हमसाया होता था, जिसके ख़ानदान से उसके ख़ानदान के कई पीढ़ियों से रिश्ते थे—अब उसके पड़ोसी का वतन वह था जिसका पानी तक उसने नहीं पिया था; उसी वतन की ख़ातिर उसके पड़ोसी ने काँधे पर बन्दूक रख ली थी कि उसे हुक्म दिया गया था कि जाओ, यह जगह जहाँ तुमने अभी अपने घर के लिए दो ईंटें भी नहीं चुनी हैं, जिसकी हवा और जिसके पानी का मज़ा अभी तुम्हारे मुँह में ठीक तौर पर बैठा नहीं है, तुम्हारा वतन है...जाओ इस वतन की ख़ातिर पाकिस्तान से लड़ो, उस पाकिस्तान से जिसके ऐन दिल में तुमने अपनी उम्र के इतने बरस गुज़ारे हैं...

रब नवाज़ सोचता था कि यही हाल उन मुसलमान फ़ौजियों का है जो वहाँ हिन्दुस्तान में अपना घरबार छोड़कर यहाँ पाकिस्तान में आ गये हैं; वहाँ उनसे सब कुछ छीन लिया गया था, यहाँ उन्हें और तो कुछ मिला नहीं, बन्दूकें मिल गयी हैं, उसी वज़न की, उसी शक्ल की, उसी मार्के और छाप की।

पहले वे सब मिलकर एक ऐसे दुश्मन से लड़ते थे जिसको उन्होंने पेट और पदवियों की ख़ातिर अपना दुश्मन यक़ीन कर लिया था—अब वे ख़ुद दो हिस्सों में बँट गये थे; पहले सब हिन्दुस्तानी फ़ौजी कहलाते थे, अब एक पाकिस्तानी फ़ौजी है और दूसरा हिन्दुस्तानी फ़ौजी—उधर हिन्दुस्तान में मुसलमान हिन्दुस्तानी फ़ौजी भी थे—रब नवाज़ जब उनके बारे में सोचता तो उसके दिमाग़ में एक अजीब गड़बड़-सी पैदा हो जाती—जब वह कश्मीर के बारे में सोचता तो उसका दिमाग़ बिलकुल जवाब दे जाता—पाकिस्तानी फ़ौजी कश्मीर के लिए लड़ रहे हैं या कश्मीर के मुसलमानों के लिए। अगर वह कश्मीर के मुसलमानों के लिए लड़ रहे हैं तो हैदराबाद और जूनागढ़ के मुसलमानों के लिए क्यों उन्हें लड़ने के लिए नहीं कहा जाता; और अगर यह जंग ठेठ इस्लामी जंग है तो दुनिया के दूसरे इस्लामी मुल्क इस जंग में क्यों हिस्सा नहीं लेते—रब नवाज़ बहुत सोच-विचार के बाद इस नतीजे पर पहुँचा कि ऐसी बारीक-बारीक बातें फ़ौजी को बिलकुल नहीं सोचनी चाहिए; फ़ौजी की अक़्ल मोटी होनी चाहिए कि मोटी अक़्लवाला ही अच्छा सिपाही हो सकता है; मगर कभी-कभी वह चोर दिमाग़ से इन बातों पर ग़ौर कर लेता था और बाद में अपनी इस हरकत पर ख़ूब हँसता था।

किशन गंगा नदी के किनारे, उस सड़क के लिए जो मुज़फ़्फ़राबाद से करन जाती है, कुछ अर्से से लड़ाई हो रही थी। अजीबो-ग़रीब लड़ाई थी, रात को कुछ समय के लिए आस-पास की पहाड़ियाँ फ़ायरों के बजाय गन्दी-गन्दी गालियों से गूँज उठती थीं।

एक मर्तबा सूबेदार रब नवाज़ अपनी प्लाटून के जवानों के साथ रात का हमला करने के लिए तैयार हो रहा था कि दूर, नीचे एक खाई से गालियों का शोर उठा। पहले तो वह घबरा गया। ऐसा लगता था कि बहुत-से भूत मिलकर नाच रहे हैं, और ज़ोर-ज़ोर से क़हक़हे लगा रहे हैं—वह बड़बड़ाया, "सूअर की दुम...यह क्या हो रहा है?"

एक जवान ने गूँजती हुई आवाज़ों से मुख़ातिब होकर यह बड़ी गाली दी और रब नवाज़ से कहा, "सूबेदार साहब, गालियाँ दे रहे हैं अपनी माँ के यार!"

रब नवाज़ ये गालियाँ सुन रहा था जो बहुत उकसाने वाली थीं; उसके जी में आया कि हमला बोल दे मगर ऐसा करना ग़लती होती, चुनांचे वह ख़ामोश रहा। कुछ देर जवान भी चुप रहे मगर जब पानी सिर से गुज़र गया तो उन्होंने भी गला फाड़-फाड़ के गालियाँ लुढ़कानी शुरू कर दीं।

रब नवाज़ के लिए इस किस्म की लड़ाई बिलकुल नयी चीज़ थी; उसने जवानों को दो-तीन मर्तबा ख़ामोश रहने के लिए कहा मगर गालियाँ ही कुछ ऐसी थीं कि जवाब दिये बिना उनसे रहा नहीं जाता था।

दुश्मन के सिपाही नज़र से ओझल थे; रात को तो ख़ैर अँधेरा होता है मगर वह तो दिन को भी नज़र नहीं आते थे; सिर्फ़ उनकी गालियाँ नीचे पहाड़ी के क़दमों से उठती थीं और पत्थरों के साथ टकरा-टकराकर हवा में विलीन हो जाती थीं—रब नवाज़ की प्लाटून के जवान जब इन गालियों का जवाब देते थे तो उसे ऐसा लगता था कि उनकी गालियाँ दुश्मन की तरफ़ नीचे नहीं जातीं, ऊपर आसमान की तरफ़ उड़ जाती हैं; इसलिए उसे ख़ासी कोफ़्त होती थी—उसने झुँझलाकर हमला करने का हुक्म दे दिया।

रब नवाज़ को वहाँ की पहाड़ियों में एक अजीब बात नज़र आयी थी—चढ़ाई की तरफ़ कोई पहाड़ी दरख़्तों और बूटों से लदी-फँदी होती थी और उतराई की तरफ़ गंजी, कश्मीरी बूढ़ों के सर की तरह; किसी पहाड़ी की चढ़ाई का हिस्सा गंजा होता था और उतराई की तरफ़ उसी पहाड़ी पर दरख़्त ही दरख़्त होते थे, चीड़ के लम्बे तनावर दरख़्त जिनके बँटे हुए धागे-जैसे पत्तों पर फ़ौजी बूट फिसल-फिसल जाते थे—जिस पहाड़ी पर सूबेदार रब नवाज़ की प्लाटून थी, उसकी उतराई दरख़्तों और झाड़ियों से मुक्त थी; ज़ाहिर है कि हमला बहुत ही ख़तरनाक था मगर सब जवान बख़ुशी तैयार थे; गालियों का इंतिक़ाम लेने के लिए वे बहुत बेताब थे—हमला हुआ और कामयाब रहा; दो जवान मारे गये और चार ज़ख़्मी हुए; दुश्मन के तीन आदमी मारे गये, बाक़ी रसद का कुछ सामान छोड़कर भाग निकले।

सूबेदार रब नवाज़ और उसके जवानों को इस बात का बड़ा दुख था कि दुश्मन का कोई ज़िन्दा सिपाही उनके हाथ न आ सका, जिसको वे तत्काल गालियों का

मज़ा चखा सकते; मगर यह मोर्चा फ़तह करने से वह एक बड़ी अहम पहाड़ी पर क़ाबिज़ हो गये थे—वायरलेस के ज़रिये से सूबेदार रब नवाज़ ने प्लाटून कमांडर मेजर असलम को फ़ौरन ही अपने हमले के नतीजे से सूचित कर दिया था और शाबाशी वसूल की थी।

क़रीब-क़रीब हर पहाड़ी की चोटी पर पानी का एक तालाब-सा होता था—इस पहाड़ी पर भी तालाब था मगर दूसरी पहाड़ियों के तालाबों के मुक़ाबले में ज़्यादा बड़ा; इसका पानी साफ़-शफ़्फ़ाफ़ था। गो मौसम सख़्त सर्द था मगर सब नहाये; दाँत बजते रहे मगर उन्होंने कोई परवाह न की। वे अभी इसी में मसरूफ़ थे कि फ़ायर की आवाज़ आयी। सब नंगे ही लेट गये। थोड़ी देर के बाद सूबेदार रब नवाज़ ने दूरबीन लगाकर नीचे ढलवानों पर नज़र दौड़ाई मगर उसे दुश्मन के छुपने की जगह का पता न चला। उसके देखते-देखते एक और फ़ायर हुआ। दूर उतराई के फ़ौरन बाद एक अपेक्षाकृत छोटी पहाड़ी की ओर से उसे धुआँ उठता नज़र आया। उसने फ़ौरन ही अपने जवानों को फ़ायर का हुक्म दिया।

इधर से धड़ाधड़ फ़ायर हुए और उधर से भी जवाबन गोलियाँ चलने लगीं। सूबेदार रब नवाज़ ने दूरबीन से दुश्मन की पोज़ीशन का बग़ौर अवलोकन किया—वे ग़ालिबन बड़े-बड़े पत्थरों के पीछे महफ़ूज़ थे, मगर यह सुरक्षा-दीवार बहुत ही छोटी थी ज़्यादा देर तक वह जमे नहीं रह सकते थे; उनमें से जो भी इधर या उधर हटता तो उसका सूबेदार रब नवाज़ की ज़द में आना यक़ीनी था।

थोड़ी देर फ़ायर होते रहे। इसके बाद रब नवाज़ ने अपने जवानों को मना कर दिया कि वे गोलियाँ ज़ाया न करें, सिर्फ़ ताक में रहें...ज्यों ही दुश्मन का कोई सिपाही पत्थरों की दीवार के पीछे से निकलकर इधर या उधर जाने की कोशिश करे, उसको उड़ा दें—यह हुक्म देकर उसने अपने नंगे बदन की तरफ़ देखा और बड़बड़ाया, "सूअर की दुम...कपड़ों के बग़ैर आदमी हैवान मालूम होता है।"

लम्बे-लम्बे अन्तरालों के बाद दुश्मन की तरफ़ से इक्का-दुक्का फ़ायर होता रहा; इधर से भी उसका जवाब कभी-कभी दे दिया जाता; यह खेल पूरे दो दिन जारी रहा।

मौसम अचानक बहुत सर्द हो गया था, इस क़दर सर्द कि दिन को भी ख़ून जमा हुआ सा महसूस होता था, चुनांचे सूबेदार रब नवाज़ ने चाय के दौर शुरू करा दिये। हर वक़्त आग पर केतली धरी रहती; ज्यों ही सर्दी ज़्यादा सताती, एक दौर उस गर्म-गर्म मशरूब (पेय) का हो जाता। वैसे दुश्मन पर बराबर निगाह थी; इधर एक जवान हटता, उधर दूसरा उसकी जगह फ़ौरन दूरबीन लेकर बैठ जाता।

हड्डियों तक उतर जाने वाली सर्द हवा चल रही थी—जब उस जवान ने जो पहरे पर था, बताया कि पत्थरों की दीवार के पीछे कुछ गड़बड़ हो रही है तो सूबेदार रब नवाज़ ने उससे दूरबीन ली और ग़ौर से देखा। उसे कहीं कोई हरकत नज़र न

आयी, लेकिन फ़ौरन ही एक आवाज़ बुलन्द हुई और देर तक उसकी गूँज आस-पास की पहाड़ियों के साथ टकराती रही। रब नवाज़ इसका मतलब न समझा। इसके जवाब में उसने अपनी बन्दूक दाग़ दी। उसकी गूँज दबी तो फिर उधर से आवाज़ बुलन्द हुई जो साफ़ तौर पर उनसे मुख़ातिब थी।

रब नवाज़ चिल्लाया, "सूअर की दुम, बोल क्या कहता है तू!"

फ़ासिला ज़्यादा नहीं था—रब नवाज़ के अल्फ़ाज़ दुश्मन तक पहुँच गये, क्योंकि वहाँ से किसी ने कहा, "गाली न दे भाई!"

रब नवाज़ ने अपने जवानों की तरफ़ देखा और बड़ी झुँझलाहट में ताज्जुब के साथ कहा, "भाई...?" फिर वह अपने मुँह के आगे दोनों हाथ का भोंपू बनाकर चिल्लाया, "भाई होगा तेरी माँ का जना...यहाँ सब तेरी माँ के यार हैं!"

एकदम उधर से एक ज़ख़्मी आवाज़ बुलन्द हुई, "रब नवाज़...!"

रब नवाज़ काँप गया।

ज़ख़्मी आवाज़ आस-पास की पहाड़ियों से सर फोड़ती रही और मुख़्तलिफ़ अन्दाज़ में "रब नवाज़, रब नवाज़" दोहराती अन्ततः ख़ून जमा देने वाली हवा के साथ जाने कहाँ उड़ गयी।

बहुत देर के बाद रब नवाज़ चौंका : "वह कौन था...?" फिर वह आहिस्ता से बड़बड़ाया, "सूअर की दुम!"

उसको इतना मालूम था कि टेटवाल के मोर्चे पर सिपाहियों की अक्सरियत 6/9 रेजिमेंट की है; वह भी उसी रेजिमेंट में था—मगर वह आवाज़ किसकी थी? वह ऐसे बेशुमार आदमियों को जानता था जो कभी उसके अज़ीज़-तरीन दोस्त थे; कुछ ऐसे भी थे जिनसे उसकी दुश्मनी थी कुछ निजी कारणों से; लेकिन वह कौन था जिसने उसकी गाली का बुरा मानकर उसे चीख़कर पुकारा था।

रब नवाज़ ने दूरबीन लगाकर देखा, मगर पहाड़ी की हिलती हुई छिदरी दाढ़ी में उसे कोई नज़र न आया; दोनों हाथों का फिर भोंपू बनाकर उसने ज़ोर से अपनी आवाज़ उधर फेंकी, "उधर कौन है...? मैं रब नवाज़ बोल रहा हूँ...रब नवाज़...रब नवाज़!" "रब नवाज़" फिर कुछ देर तक पहाड़ियों के साथ टकराता रहा।

रब नवाज़ बड़बड़ाया, "सूअर की दुम!"

फ़ौरन ही उधर से आवाज़ बुलन्द हुई, "मैं हूँ...मैं हूँ राम सिंह!"

रब नवाज़ यह सुनकर यूँ उछला जैसे वह छलाँग लगाकर दूसरी तरफ़ जाना चाहता हो। पहले उसने अपने आपसे कहा, "राम सिंह?" फिर वह हलक़ फाड़ के चिल्लाया, "राम सिंह...? ओये राम सिंघा...सूअर की दुम...!"

"सूअर की दुम" अभी पहाड़ियों के साथ टकरा-टकराकर पूरी तरह गुम नहीं हुई थी कि राम सिंह की फटी-फटी आवाज़ बुलन्द हुई, "ओये कुम्हार के खोते!"

रब नवाज़ फूँ-फूँ करने लगा। जवानों की तरफ़ रौबदार नज़रों से देखते हुए वह बड़बड़ाया, "बकता है...सूअर की दुम!" फिर उसने राम सिंह को जवाब दिया : "ओये बाबा टल के कड़ा परशाद...ओये ख़िंज़ीर (सूअर) के झटके...!"

राम सिंह बेतहाशा क़हक़हे लगाने लगा; रब नवाज़ भी ज़ोर-ज़ोर से हँसने लगा; पहाड़ियाँ ये आवाज़ें बड़े खिलंदड़े अन्दाज़ में इधर-उधर उछालती रहीं।

सूबेदार रब नवाज़ के जवान ख़ामोश थे।

जब हँसी का दौरा ख़त्म हुआ तो उधर से राम सिंह की आवाज़ बुलन्द हुई : "देखो यार, हमें चाय पीनी है।"

रब नवाज़ बोला, "पियो ना...! ऐश करो!"

राम सिंह चिल्लाया, "ओये ऐश किस तरह करें...सामान तो हमारा उधर पड़ा है।"

रब नवाज़ ने पूछा, "किधर?"

राम सिंह की आवाज़ आयी, "उधर...जिधर तुम्हारा फ़ायर हमें उड़ा सकता है।"

रब नवाज़ हँसा, ''तो क्या चाहते हो तुम...सूअर की दुम।''

राम सिंह बोला, "हमें सामान ले आने दे।"

"ले आ...!" रब नवाज़ ने अपने जवानों की तरफ़ देखा।

राम सिंह की चिन्ता भरी आवाज़ बुलन्द हुई, "तू उड़ा देगा हमें, कुम्हार के खोते!"

रब नवाज़ ने भन्नाकर कहा, "बक नहीं ओये संतोख सर के कछुए!"

राम सिंह हँसा, "क़सम खा, कि तू हमें नहीं मारेगा?"

रब नवाज़ ने पूछा, "किसकी क़सम खाऊँ?"

राम सिंह ने कहा "किसी की भी खा ले!"

रब नवाज़ हँसा, "ओये जा...मँगवा ले अपना सामान!"

चन्द लम्हात ख़ामोशी रही।

दूरबीन एक जवान के हाथ में थी। उसने अर्थ भरी नज़रों से सूबेदार रब नवाज़ की तरफ़ देखा। वह बन्दूक चलाने ही वाला था कि रब नवाज़ ने उसे मना किया, "नहीं...नहीं!"

फिर रब नवाज़ ने दूरबीन लेकर ख़ुद ही देखा।

दुश्मन का एक सिपाही डरते-डरते पंजों के बल पत्थरों की आड़ से निकल रहा था; फिर वह उठा और तेज़ी से भागा और कुछ दूर झाड़ियों में ग़ायब हो गया; कुछ देर के बाद वह झाड़ियों में से निकला तो उसके दोनों हाथों में कुछ सामान था; एक लम्हे के लिए वह रुका, और फिर तेज़ी से पत्थरों की महफ़ूज़ दीवार की तरफ़ भागा और अन्ततः वहाँ पहुँच गया।

वह नज़रों से ओझल हुआ तो रब नवाज़ ने अपनी बन्दूक चला दी। तड़ाख़ के साथ ही रब नवाज़ का क़हक़हा बुलन्द हुआ।

दोनों आवाज़ें मिलकर कुछ देर झनझनाती रहीं। फिर राम सिंह की आवाज़ आई, "थैंक्यू...!"

"नो मेंशन...!" रब नवाज़ ने यह कहकर जवानों की तरफ़ देखा, "तो एक राउंड हो जाये।"

तफ़रीह के तौर पर दोनों तरफ़ से गोलियाँ चलने लगीं—फिर ख़ामोशी छा गयी।

रब नवाज़ ने दूरबीन लगाकर देखा—पत्थरों की मह्फ़ूज दीवार की ओट में धुआँ उठ रहा था। उसने पुकारा, "चाय तैयार कर ली राम सिंह?"

उधर से जवाब आया, "अभी कहाँ ओये कुम्हार के खोते!"

रब नवाज़ ज़ात का कुम्हार था। जब कोई उसकी ज़ात की तरफ़ इशारा करता था तो गुस्से से उसका ख़ून खौलने लगता था; एक सिर्फ़ राम सिंह के मुँह से वह 'कुम्हार' बर्दाश्त कर लेता था, इसलिए कि वह उसका बेतकल्लुफ़ दोस्त था। एक ही गाँव में दोनों पलकर जवान हुए थे; दोनों की उम्र में सिर्फ़ चन्द दिन का फ़र्क़ था; दोनों के बाप, और उनके बाप भी एक-दूसरे के दोस्त थे; दोनों एक ही स्कूल में प्राइमरी तक पढ़े थे। एक ही दिन फ़ौज में भर्ती हुए थे और पिछले विश्व युद्ध में दोनों कई मोर्चों पर इकट्ठे लड़े थे।

रब नवाज़ अपने जवानों की नज़रों में ख़ुद को कमतर महसूस करके बड़बड़ाया, "सूअर की दुम अब भी बाज़ नहीं आता..." फिर वह राम सिंह से मुख़ातिब हुआ, "बक नहीं ओये खोते की जूँ!"

राम सिंह का क़हक़हा बुलन्द हुआ।

रब नवाज़ ने बस वैसे ही पेटी बाँध रखी थी, ऐसे ही उसने ट्रिगर दबा दिया।

तड़ाख़ के साथ ही एक गगनभेदी चीख़ बुलन्द हुई।

रब नवाज़ ने फ़ौरन दूरबीन लगाई और देखा कि पत्थरों की दीवार से ज़रा हटकर राम सिंह पेट पकड़े दोहरा हुआ और गिर पड़ा।

रब नवाज़ ज़ोर से चीख़ा, "राम सिंह...!" और उछलकर खड़ा हो गया।

उधर से लगातार तीन-चार फ़ायर हुए। एक गोली रब नवाज़ का दायाँ बाज़ू चाटती हुई निकल गयी। फ़ौरन ही वह औंधे मुँह ज़मीन पर गिर पड़ा।

अब दोनों तरफ़ से फ़ायर शुरू हो गये। उधर के कुछ सिपाहियों ने गड़बड़ से फ़ायदा उठाकर पत्थरों की आड़ से निकलकर भागना चाहा—इधर से फ़ायर जारी थे, मगर निशाने पर कोई न बैठा।

रब नवाज़ ने जवानों को अपनी पहाड़ी से उतरने का हुक्म दिया। तीन जवान फ़ौरन ही मारे गये, लेकिन बाकी जवान प्रयास करके दूसरी पहाड़ी पर पहुँच गये।

राम सिंह ख़ून में लथपथ पथरीली ज़मीन पर पड़ा कराह रहा था। गोली उसके पेट में लगी थी। रब नवाज़ को देखकर उसकी आँखें तमतमा उठीं। मुस्कुराकर उसने कहा, "ओये कुम्हार के खोते, यह तूने क्या किया...?"

राम सिंह का ज़ख़्म रब नवाज़ अपने पेट पर महसूस कर रहा था; वह मुस्कुराकर राम सिंह पर झुका और दुज़ानू (घुटने के बल बैठना) होकर उसकी पेटी खोलने लगा, "ख़िंज़ीर की दुम, तुमसे किसने बाहर निकलने को कहा था।"

पेटी उतारे जाने के दौरान राम सिंह को सख़्त तकलीफ हुई; दर्द से वह चिल्ला-चिल्ला पड़ा।

जब पेटी उतर गयी तो रब नवाज़ ने राम सिंह के ज़ख़्म का मुआइना किया, ज़ख़्म बहुत ख़तरनाक था।

राम सिंह ने रब नवाज़ का हाथ दबाकर कहा, "मैं अपने आपको तुझे दिखाने के लिए बाहर निकला था कि तूने...ओये रब के पुत्तर, तूने फ़ायर कर दिया।"

रब नवाज़ का गला रुँध गया, "क़सम वहदहु-लाशरीक (एकेश्वर) की, मैंने तो ऐसे ही बन्दूक चला दी थी...मुझे मालूम नहीं कि तू खोते का सिंह बाहर निकल रहा है...मुझे अफ़सोस है राम सिंह!"

राम सिंह का ख़ून क़ाफी बह चुका था। रब नवाज़ और उसके जवान कई घंटों के बाद वहाँ पहुँचे थे। इस अर्से में तो ख़ून की एक पूरी मश्क ख़ाली हो सकती थी।

रब नवाज़ को हैरत थी कि राम सिंह इतनी देर तक ज़िन्दा रह सका है; उसको उम्मीद नहीं थी कि राम सिंह बचेगा; उसका हिलाना-जुलाना भी ग़लत था; इसीलिए उसने फ़ौरन वायरलेस के ज़रिये प्लाटून कमांडर से दरख़्वास्त की कि एक डॉक्टर जल्दी रवाना किया जाये...उसका दोस्त राम सिंह ज़ख़्मी हो गया है।

डॉक्टर का वहाँ तक पहुँचना और फिर वक़्त पर पहुँचना बिलकुल मुहाल था। रब नवाज़ को यकीन था कि राम सिंह चन्द घड़ियों का मेहमान है; फिर भी वायरलेस पर पैग़ाम पहुँचाकर उसने मुस्कुराकर राम सिंह से कहा, "डॉक्टर आ रहा है...कोई फिक्र न कर...!"

राम सिंह कुछ सोचते हुए बहुत कमज़ोर आवाज़ में बोला, "फ़िक्र किसी बात की नहीं...अच्छा बता, मेरे कितने जवान मारे हैं तुम लोगों ने?"

रब नवाब ने जवाब दिया, "सिर्फ़ एक!"

राम सिंह की आवाज़ और ज़्यादा कमज़ोर हो गयी, "और तेरे कितने जवान मारे गये?"

रब नवाज़ ने अर्थपूर्ण नज़रों से अपने जवानों की तरफ़ देखा, "छह..."

"छह...छह...!" राम सिंह ने अपने दिल में गिना, "जब मैं ज़ख़्मी हुआ तो वे बहुत बददिल हो गये...पर मैंने कहा, खेल जाओ अपनी और दुश्मन की जान से...

छह...ठीक है...!" फिर वह अतीत के धुँधलकों में चला गया, "रब नवाज़...याद हैं वे दिन तुम्हें..."

राम सिंह ने बीते दिन याद करने शुरू कर दिये, "खेत-खलियानों की बातें, स्कूल के किस्से, 6/9 जाट रेजिमेंट की दास्तानें, कमांडिंग अफ़सरों के लतीफ़े और बाहर के मुल्कों में अजनबी औरतों से प्रेम-प्रसंग..."

बीते दिनों का ज़िक्र करते हुए राम सिंह को एक बहुत दिलचस्प वाक़िआ याद आ गया तो वह हँसने लगा : हँसी आते ही उसके टीस उठी मगर उसने परवाह न की और कहने लगा, "ओये सुअर के नल...याद है तुम्हें वह मैडम..."

रब नवाज़ ने पूछा, "कौन?"

राम सिंह ने कहा, "वह...वह इटली की...क्या नाम रखा था हमने उसका...बड़ी मारख़ोर औरत थी!"

रब नवाज़ को फ़ौरन ही वह औरत याद आ गयी, "हाँ-हाँ...वह मैडम मनीता फ़नीतो...पैसा ख़त्म, तमाशा ख़त्म...पर तुझसे तो कभी-कभी रिआयत कर देती थी मुसोलिनी की बच्ची!"

राम सिंह ज़ोर से हँसा...और उसके ज़ख़्म में से जमे हुए ख़ून का एक लोथड़ा बाहर निकल आया।

रब नवाज़ ने कहा, "राम सिंह, अब तुम ख़ामोश रहो!"

राम सिंह को बहुत तेज़ बुख़ार था; उसका दिमाग़ भी तप रहा था; बोलने की ताक़त बिलकुल नहीं थी, मगर वह बोले जा रहा था; कभी-कभी रुक जाता जैसे देख रहा हो कि टंकी में कितना पैट्रोल बाक़ी है।

कुछ देर के बाद उस पर बेहोशी-सी छा गयी—उस दौरान कुछ ऐसे विराम भी आये जब उसके होशो-हवास सलामत थे। इन्हीं विरामों में उसने एक मर्तबा रब नवाज़ से सवाल किया, "यारा, सच-सच बता, क्या वाक़ई तुम लोगों को कश्मीर चाहिए?"

रब नवाज़ ने पूरे खुलूस के साथ कहा, "हाँ राम सिंह!"

राम सिंह ने अपना सर हिलाया, "नहीं...मैं नहीं मान सकता...तुम्हें वरग़लाया गया है..."

रब नवाज़ ने यक़ीन दिलाने के अन्दाज़ में कहा, "नहीं, तुम्हें वरग़लाया गया है...क़सम पंजतन पाक की..."

राम सिंह ने रब नवाज़ का हाथ पकड़ लिया, "क़सम न खा यारा...ठीक ही होगा..." लेकिन उसका लहज़ा साफ़ बता रहा था कि उसको रब नवाज़ की क़सम का यक़ीन नहीं है।

दिन ढलने से कुछ देर पहले प्लाटून कमांडर मेजर असलम आया। उसके साथ कुछ सिपाही थे, मगर डॉक्टर साथ नहीं था।

राम सिंह बेहोशी और अन्तिम साँसों की हालत में कुछ बड़बड़ा रहा था, मगर उसकी आवाज़ इस क़दर कमज़ोर थी कि कुछ समझ में नहीं आ रहा था।

मेजर असलम भी 6/9 जाट रेजिमेंट ही का था; वह राम सिंह को बहुत अच्छी तरह से जानता था। रब नवाज़ से सारे हालात जानने के बाद उसने राम सिंह को पुकारा, "राम सिंह...राम सिंह...!"

राम सिंह ने आँखें खोल दीं; फिर आँखें फाड़कर उसने एक क्षण के लिए ग़ौर से मेजर असलम की तरफ़ देखा और लेटे-लेटे अटेंशन होकर उसने सैल्यूट किया; दूसरे ही लम्हे उसका सैल्यूट करने वाला अकड़ा हुआ हाथ गिर पड़ा और उसके होंठ काँपे, "कुछ नहीं ओये राम सिंया...भूल ही गया तू सुअर के नल्ला कि यह लड़ाई...यह लड़ाई..."

राम सिंह अपनी बात पूरी न कर सका; बन्द होती हुई आँखों से उसने रब नवाज़ की तरफ़ नीम सवालिया (अर्ध प्रश्न-भाव) अन्दाज़ में देखा और सर्द हो गया।

बुर्क़े

ज़हीर जब थर्ड ईयर में दाख़िल हुआ तो एक दिन उसने महसूस किया कि उसे इश्क़ हो गया है—और इश्क़ भी बहुत अशद (तीव्र) किस्म का। जिसमें अक्सर इन्सान अपनी जान से भी हाथ धो बैठता है।

वह कॉलेज से खुशी-खुशी वापस आया कि थर्ड ईयर में यह उसका पहला दिन था। जैसे ही वह अपने घर में दाखिल होने लगा, उसने एक बुर्क़ा-पोश लड़की देखी जो ताँगे में से उतर रही थी—उसने ताँगे में से उतरती हुई हज़ारों लड़कियाँ देखी थीं—मगर वह लड़की जिसके हाथ में चन्द किताबें थीं, सीधी उसके दिल में उतर गयी। लड़की ने ताँगेवाले को किराया अदा किया और 'ज़हीर' के साथ वाले मकान में दाख़िल हो गयी। ज़हीर ने सोचना शुरू कर दिया कि इतनी देर वह उसकी मौजूदगी से लापरवाह कैसे रहा?

असल में ज़हीर आवारा क़िस्म का नौजवान नहीं था। उसको सिर्फ़ अपनी ज़ात से दिलचस्पी थी। सुबह उठे, कॉलेज गये, लेक्चर सुने, घर वापस आये, खाना खाया, थोड़ी देर आराम किया और पाठ दोहराने में व्यस्त हो गये।

यूँ तो कॉलेज में कई लड़कियाँ थीं उसकी हम जमात, मगर ज़हीर ने कभी उनसे बातचीत नहीं की थी। यह नहीं कि वह बड़ा रूखा-फीका इन्सान था। असल में वह हर वक़्त पढ़ाई में व्यस्त रहता था। मगर उस रोज़ जब उसने लड़की को ताँगे पर से उतरते देखा तो वह पॉलिटिकल साइंस का ताज़ा सबक़ बिलकुल भूल गया। ख़्वाजा हाफ़िज़ के तमाम नये शे'रों के भावार्थ उसके ज़ेहन से फिसल गये और वह सिर्फ़ उन हाथों के बारे में सोचने लगा जिनमें किताबें थीं—पतली-पतली सफ़ेद उँगलियाँ—एक अँगूठी—दूसरा हाथ जिसने ताँगेवाले को किराया अदा किया वह भी वैसा ही खूबसूरत था।

'ज़हीर' ने उसकी शक्ल देखने की कोशिश की। मगर नक़ाब इतना मोटा था कि उसे कुछ दिखायी न दिया। लड़की तेज़-तेज़ कदम उठाती उसके साथ वाले मकान में दाख़िल हो गयी और ज़हीर खड़ा देर तक सोचता रहा कि इतना कम फ़ासला

होने के बावजूद वह क्यों उसकी मौजूदगी से लापरवाह रहा।

अपने घर में जाकर उसने पहला सवाल अपनी माँ से यह किया :“हमारे पड़ोस में कौन रहते हैं?”

उसकी माँ के लिए यह सवाल बहुत आश्चर्यजनक था, “क्यों?”

“मैंने ऐसे ही पूछा है।”

उसकी माँ ने कहा, “मुहाजिर (शरणार्थी) हैं, हमारी तरह।”

ज़हीर ने पूछा, “कौन हैं, क्या करते हैं?”

माँ ने जवाब दिया, “बाप बेचारों का मर चुका है—माँ थी वह उम्र के हाथों मजबूर थी। अब तीन बहिनें और एक भाई है—भाई सबसे बड़ा है। वही बाप समझो वही माँ—बहुत अच्छा लड़का है। उसने अपनी शादी भी इसलिए नहीं की कि इतना बोझ उसके कन्धों पर है?”

‘ज़हीर’ को तीन बहिनों के इस बोझ से कोई दिलचस्पी नहीं थी जो उनके इकलौते भाई के कन्धों पर था। वह सिर्फ़ उस लड़की के बारे में जानना चाहता था जो हाथ में किताबें लिये साथ वाले घर में दाख़िल हुई थी—यह तो ज़ाहिर था कि वह उन तीन बहिनों में से एक थी।

खाने से फ़ारिग़ होकर वह पंखे के नीचे लेट गया। उसकी आदत थी कि वह गर्मियों में खाने के बाद एक घंटे तक ज़रूर सोया करता था। मगर उस रोज़ उसे नींद न आयी—वह उस लड़की के सम्बन्ध में सोचता रहा, जो उसके पड़ोस में रहती थी।

कई दिन गुज़र गये, मगर मुलाकात न हुई। कॉलेज से आकर उसने सैकड़ों बार छत पर घंटों धूप में खड़े रहकर उसके आने का इन्तज़ार किया। मगर वह न आयी...‘ज़हीर’ मायूस हो गया। वह बहुत जल्द मायूस हो जाने वाला आदमी था। उसने सोचा कि यह सब बेकार है। मगर इश्क़ कहता था कि यह बेकारी ही सबसे बड़ी चीज़ है। इश्क़ में सबसे पहले आशिक़ को इस चीज़ से वास्ता पड़ता है, जो घबराया, वह गया।

अतः ज़हीर ने अपने दिल में इरादा कर लिया कि पहाड़ भी टूट पड़े तो वह घबरायेगा नहीं। अपने इश्क़ में दृढ़ रहेगा।

बहुत दिनों के बाद जब वह साइकिल पर कॉलेज से वापस आ रहा था, उसने अपने आगे एक ताँगा देखा। जिसमें एक बुर्क़ापोश लड़की बैठी थी। उसका अनुमान बिलकुल सही निकला। क्योंकि यह वही लड़की थी...ताँगा रुका...ज़हीर साइकिल पर से उतर पड़ा—लड़की के एक हाथ में किताबें थीं, दूसरे हाथ से उसने ताँगेवाले को किराया अदा किया और चल पड़ी। मगर ताँगेवाले ने पुकारा, “ऐ बीबी जी—यह क्या दिया तुमने?”

उसके लहजे में बदतमीज़ी थी—लड़की रुकी, पलटकर उसने ताँगेवाले को अपने

बुर्क़े की नक़ाब में से देखा, "क्यों क्या बात है?"

ताँगेवाला नीचे उतर आया और हथेली पर अठन्नी दिखाकर कहने लगा, "यह आठ आने नहीं चलेंगे।"

लड़की ने महीन आवाज़ में कहा, "मैं हमेशा आठ आने ही दिया करती हूँ।"

ताँगेवाला बड़ा घटिया क़िस्म का आदमी था, बोला, "वे आपसे रिआयत करते होंगे—मगर—"

यह सुनकर ज़हीर को तैश आ गया। साइकिल छोड़कर आगे बढ़ा, आवेश में आकर एक मुक्का ताँगेवाले की ठोढ़ी के नीचे जमा दिया। वह अभी सँभला भी नहीं था कि एक और उसकी दाहिनी कनपटी पर—इस ज़ोर का कि वह बिलबिला उठा।

इसके बाद ज़हीर उस लड़की से जो ज़ाहिर है कि घबरा गयी थी, मुख़ातिब हुआ, "आप तशरीफ़ ले जाइये, मैं इस हरामज़ादे से निबट लूँगा।"

लड़की ने कुछ कहना चाहा, शायद शुक्रिया के अल्फ़ाज़ थे जो उसकी ज़बान की नोक पर आकर वापस चले गये—वह चली गयी—दस क़दम ही तो थे, मगर ज़हीर को पूरे बीस मिनट उस ताँगेवाले से निबटने में लगे। वह बड़ा ही घटिया क़िस्म का ताँगेवाला था।

ज़हीर बहुत खुश था कि उसने अपनी महबूबा के सामने बड़ी बहादुरी का प्रदर्शन किया। उसने ताँगेवाले को खूब पीटा था और उसने यह भी देखा था कि वह बुर्क़ापोश लड़की अपने घर से चिक़ लगी खिड़की के पीछे से उसको देख रही है। यह देखकर ज़हीर ने दो घूँसे और उस कोचवान की ठोढ़ी के नीचे जमा दिये थे।

इसके बाद ज़हीर सिर से पैर तक उस बुर्क़ापोश की मुहब्बत में गिरफ़्तार हो गया। उसने अपनी माँ से और पूछताछ की तो उसे मालूम हुआ कि उस लड़की का नाम 'यासमीन' है। तीन बहिनें हैं। बाप उनका मर चुका है, माँ ज़िन्दा है। मामूली-सी जायदाद है जिसके किराये पर उन सबका गुज़ारा हो रहा है।

'ज़हीर' को अब अपनी माशूक़ा का नाम मालूम हो चुका था। अतः उसने यासमीन के नाम कई ख़त कॉलेज में बैठकर लिखे, मगर फाड़ डाले। लेकिन एक रोज़ उसने एक लम्बा ख़त लिखा और निश्चय कर लिया कि वह उस तक ज़रूर पहुँचा देगा।

बहुत दिनों के बाद जबकि ज़हीर साइकिल पर कॉलेज से वापस आ रहा था उसने 'यासमीन' को ताँगे में देखा। वह उतरकर जा रही थी। लपककर वह आगे बढ़ा जेब से ख़त निकाला और हिम्मत व ज़ुर्रत से काम लेकर उसने काग़ज़ उसकी तरफ़ बढ़ा दिये—"यह आपके कुछ काग़ज़ ताँगे में रह गये थे।"

यासमीन ने वे काग़ज़ ले लिये...नक़ाब का कपड़ा सरसराया..."शुक्रिया।"

यह कहकर वह चली गयी। ज़हीर ने इत्मीनान की साँस ली। लेकिन उसका

दिल धक-धक कर रहा था। इसलिए कि उसे मालूम नहीं था कि उसके ख़त का क्या हश्र होने वाला है। वह अभी उस ख़त के बारे में सोच ही रहा था कि एक और ताँगा उसकी साइकिल के पास रुका। उसमें से एक बुर्क़ापोश लड़की उतरी—उसने ताँगेवाले को किराया अदा किया। यह हाथ जिससे किराया अदा किया गया था वैसा ही था जैसा उस लड़की का था, जिसको पहली बार ज़हीर ने देखा था।

किराया अदा करने के बाद यह लड़की उस मकान में चली गयी जहाँ यासमीन गयी थी—'ज़हीर' सोचता रह गया, लेकिन उसको मालूम था कि तीन बहिनें हैं। हो सकता था कि यह लड़की यासमीन की छोटी बहिन हो।

ख़त देकर ज़हीर ने यह समझा था कि आधा मैदान मार लिया है—पर जब दूसरे रोज़ उसे कॉलेज जाते वक़्त एक छोटे से लड़के ने काग़ज़ का एक टुकड़ा दिया तो उसे यक़ीन हो गया कि पूरा मैदान मार लिया गया है। लिखा था—आपका मुहब्बतनामा मिला—जिन जज़्बात का इज़हार आपने किया है, उसके सम्बन्ध में मैं आपसे क्या कहूँ...मैं...मैं...मैं इससे आगे कुछ नहीं कह सकती—मुझे अपनी दासी समझिये।

यह पत्र पढ़कर ज़हीर की बाछें खिल गयीं—कॉलेज में कोई पीरियड अटेण्ड न किया। बस सारा वक़्त बाग़ में घूमता और उस पर्चे को पढ़ता रहा।

दो दिन गुज़र गये, मगर यासमीन से ज़हीर की भेंट न हुई। उसको बहुत कोफ़्त हो रही थी, इसलिए कि उसने एक लम्बा-चौड़ा मुहब्बत भरा ख़त लिख रखा था और वह चाहता था कि जल्द-से-जल्द उस तक पहुँचा दे।

तीसरे रोज़ आख़िरकार वह ज़हीर को ताँगे में नज़र आयी। जब वह किराया अदा कर रही थी, साइकिल एक तरफ़ गिराकर वह आगे बढ़ा और यासमीन का हाथ पकड़ लिया, "हुज़ूर! यह आपके चन्द काग़ज़ात ताँगे में रह गये थे।"

यासमीन ने एक झटके—गुस्से से भरे हुए झटके के साथ अपना हाथ छुड़ाया और तेज़ लहज़े में कहा, "बदतमीज़ कहीं के—शर्म नहीं आती तुम्हें?"

यह कहकर वह चली गयी—और ज़हीर के मुहब्बत भरे ख़त के काग़ज़ सड़क पर फड़फड़ाने लगे। वह सख़्त हैरतज़दा था कि वह लड़की जिसने यह कहा था कि मुझे अपनी दासी समझिये, इतनी नाराज़गी से क्यों पेश आयी है, लेकिन फिर उसने सोचा कि शायद यह भी अन्दाज़-ए-दिलरुबाना है।

दिन गुज़रते गये, मगर ज़हीर के दिल-ओ-दिमाग़ में यासमीन के ये अल्फ़ाज़ हर वक़्त गूँजते रहते थे, "बदतमीज़ कहीं के—शर्म नहीं आती तुम्हें"—लेकिन इसके साथ ही उसे उस ख़त के अल्फाज़ याद आते जिसमें यह लिखा था, मुझे अपनी दासी समझिये।

'ज़हीर' ने इस दौरान में कई ख़त लिखे और फाड़ दिये। वह चाहता था कि

उचित शब्दों में यासमीन से कहे कि उसने बदतमीज़ कहकर उसकी और उसकी मुहब्बत की तौहीन की है। मगर उसे ऐसे शब्द नहीं मिलते थे। वह ख़त लिखता था मगर जब उसे पढ़ता तो उसे महसूस होता कि वह ग़ैर मामूली तौर पर दुरुस्त है।

एक दिन जबकि वह बाहर सड़क पर अपनी साइकिल के अगले पहिये में हवा भर रहा था, एक लड़का आया और उसके हाथ में एक लिफ़ाफ़ा देकर भाग गया। हवा भरने का पम्प एक तरफ़ रखकर उसने लिफ़ाफ़ा खोला, एक छोटा-सा पत्र था जिसमें ये चन्द सतरें लिखी थीं—आप इतनी जल्दी मुझे भूल गये—मुहब्बत के इतने बड़े दावे करने की ज़रूरत ही क्या थी...ख़ैर...आप भूल जायें तो भूल जायें—आपकी यह कनीज़ (दासी) आपको कभी नहीं भूल सकती।

ज़हीर चकरा गया—उसने यह पत्र बार-बार पढ़ा—सामने देखा तो यासमीन ताँगे में सवार हो रही थी। साइकिल वहीं लिटाकर वह उसकी तरफ़ भागा। ताँगा चलने ही वाला था कि उसने पास पहुँचकर यासमीन से कहा—"तुम्हारा पत्र मिला—खुदा के लिए तुम अपने को कनीज़ न कहा करो मुझे बहुत दुख होता है।"

यासमीन के बुर्क़े की नक़ाब उछली। बड़े गुस्से से उसने ज़हीर से कहा, "बदतमीज़ कहीं के—तुम्हें शर्म नहीं आती—मैं आज ही तुम्हारी माँ से कहूँगी कि तुम मुझे छेड़ते हो।"

ताँगा चल ही रहा था—थोड़ी देर में निगाहों से ओझल हो गया—ज़हीर पत्र हाथ में पकड़े सोचता रह गया कि यह मामला क्या है? मगर फिर उसे ख़याल आया कि माशूक़ों का रवैया कुछ इस किस्म का होता है। वे खुले रूप में इस किस्म की हरकतों को पसन्द नहीं करते। पत्र-व्यवहार एक ख़ामोश तरीक़ा है, सारी बातें तय हो जाया करती हैं।

चुनांचे उसने दूसरे रोज़ एक लम्बा ख़त लिखा और जब वह कॉलेज से वापस आ रहा था, ताँगे में यासमीन को देखा। वह उतरकर किराया अदा कर चुकी थी और घर की जानिब जा रही थी कि उसने अपनी साइकिल उसके बिलकुल क़रीब रोकी और अपना लम्बा ख़त उसके हाथ में दे दिया।—उसने कोई एतराज़ नहीं किया। एक नज़र उसने अपने बुर्क़े की नक़ाब में से 'ज़हीर' की तरफ़ देखा और चली गयी।

ज़हीर ने महसूस किया था कि वह अपनी नक़ाब के अन्दर मुस्कुरा रही थी—और यह बड़ी उत्साहवर्धक बात थी—चुनांचे दूसरे रोज़ सुबह जब वह साइकिल निकालकर कॉलेज जाने की तैयारी कर रहा था, उसने यासमीन को देखा। शायद वह ताँगेवाले का इन्तज़ार कर रही थी...दाहिने हाथ में किताबें पकड़े थी। बायाँ हाथ झूल रहा था।

मैदान ख़ाली था—यानी उस वक़्त बाज़ार में चहल-पहल न थी। ज़हीर ने अवसर उचित समझा, ज़ुर्रत से काम लेकर उसके पास पहुँचा और उसका हाथ जो कि झूल रहा था, पकड़ लिया और बड़े रूमानी अन्दाज़ में उससे कहा, "तुम भी बड़ी अजीब

लड़की हो—ख़तों में मुहब्बत का इज़हार करती हो और बात करें तो गालियाँ देती हो।"

ज़हीर ने बमुश्किल ये अल्फ़ाज़ ख़त्म किये होंगे कि यासमीन ने अपनी सैंडल उतारकर उसके सिर पर धड़ाधड़ मारनी शुरू कर दी—ज़हीर बौखला गया—यासमीन ने उसको बेशुमार गालियाँ दीं। मगर वह बौखलाहट की वजह से सुन न सका। इस ख़याल से कि कोई देख न ले, वह फ़ौरन अपने घर की तरफ़ पलटा। साइकिल उठायी और क़रीब था कि अपनी किताबें वग़ैरह स्टैण्ड के साथ जमा कर कॉलेज का रुख़ करे कि ताँगा आया, यासमीन उसमें बैठी और चली गयी। ज़हीर ने इत्मिनान की साँस ली। इतने में एक और बुर्क़ापोश लड़की प्रकट हुई, उसी घर में से जिसमें से यासमीन निकली थी—उसने ज़हीर की तरफ़ देखा और उसको हाथ से इशारा किया—मगर ज़हीर डरा हुआ था—जब लड़की ने देखा कि ज़हीर ने उसका इशारा नहीं समझा तो वह उससे क़रीब हो के गुज़री और एक ख़त गिरा कर चली गयी।

ज़हीर ने काग़ज़ का वह पुर्ज़ा उठाया, उस पर लिखा था—

तुम कब तक मुझे यूँ ही बेवकूफ़ बनाते रहोगे?—तुम्हारी माँ मेरी माँ से क्यों नहीं मिलतीं—आज प्लाज़ा सिनेमा पर मिलो।

पहला शो...तीन बजे...परवीन।

शग़ल

(मैक्सिम गोर्की की याद में)

यह उन दिनों की बात है, जब हम बरसात में सड़कें साफ़ करके अपना पेट पाल रहे थे।

हम में से कुछ किसान थे और कुछ मज़दूर पेशा। चूँकि पहाड़ी देहातों में रुपये का मुँह देखना बहुत कम नसीब होता है, इसलिए हम सब खुशी-खुशी छह आने रोज़ाना पर सारा दिन उन पत्थरों को हटाते रहते थे, जो बारिशों के ज़ोर से साथ वाली पहाड़ियों से लुढ़ककर सड़क पर आ गिरते थे। पत्थरों को सड़क पर से हटाना तो ख़ैर एक मामूली बात थी, हम तो इस मेहनताने पर उन पहाड़ियों को हटाने पर भी तैयार थे, जो हमारे चारों और काले डरावने देवों की तरह अकड़ी खड़ी थीं। दरअसल हमारे बाज़ू सख़्त-से-सख़्त मशक्क़त के आदी थे, इसलिए यह काम हमारे लिए बिलकुल मामूली था। अलबत्ता जब कभी हमें सड़क को चौड़ा करने के लिए पत्थर काटने होते तो रात को हमें बहुत थकान महसूस होती थी। पुट्ठे अकड़ जाते और सुबह जागते समय ऐसा महसूस होता कि वे तमाम पत्थर जिन्हें हम पिछले दिन काटते और फोड़ते रहे हैं, हमारे जिस्मों पर अपना बोझ डाले हुए हैं। मगर ऐसा कभी-कभी होता था।

हमारा काम हर रोज़ सुबह सात बजे शुरू होता था जब उगते हुए सूरज की सुनहरी किरणें चीड़ के लम्बे-लम्बे पेड़ों से छन-छनकर हमारे पास वाले नाले के क्रोध-भरे पानी से अठखेलियाँ कर रही होतीं और आस-पास की झाड़ियों में नन्ही-नन्ही चिड़ियाँ अपने गले फुला-फुलाकर चीख़ रही होतीं। यूँ कहिये कि हम कुदरत को उसके सपने से जागता देखते थे। सुबह की हल्की-फुल्की हवा में ओस से भीगी हरी-हरी झाड़ियों की प्यारी-प्यारी सरसराहट, नाले में कंकड़ों से खेलते हुए झाग-भरे पानी का शोर और बरसात के पानी में भीगी हुई मिट्टी की भीनी-भीनी खुशबू—ये कुछ ऐसी चीज़ें थीं, जो हमारे पत्थर-जैसे सीनों में एक ऐसी कोमलता पैदा कर देती थीं, जो ज़िन्दगी के उस नरक में हमें स्वर्ग के सपने दिखाने लगतीं।

हमें हर रोज़ बारह घंटे काम करना पड़ता था। सारा दिन हम सड़क की नालियों और पत्थरों को साफ़ करते रहते थे। यह काम दिलचस्प न था, मगर हमने उसकी नीरसता को दूर करने के लिए एक तरीका इजाद कर लिया था। जब हम सब उस पहाड़ी के नीचे जमा मलबे को अपने बेलचों से हटा रहे होते, जिसके कंकड़ हर वक़्त सड़क पर गिरते रहते थे तो हम एक सुर में कोई पहाड़ी गीत शुरू कर देते। मलबे के पत्थरों से टकराकर हमारे बेलचों की झंकार उस गीत की ताल का काम देती थी। यह गीत उस उदासी को दूर कर देता, जो इस बेरस काम करने से हमारे दिलों में पैदा हो जाती थी। जब तक उसके सुर हमारी चौड़ी छातियों में से निकलते रहते, हम महसूस तक न करते कि इस दौरान में हमने मलबे के एक बहुत बड़े ढेर को साफ़ कर लिया है।

मोटर लॉरियों की आवाजाही से भी हमारा दिल बहला रहता था, जो रंग-बिरंगे मुसाफ़िरों को कश्मीर से वापस या कश्मीर की तरफ़ ले जाती रहती थीं। जब कभी कोई लॉरी हमारे पास से गुज़रती तो हम कुछ अर्से के लिए अपनी झुकी हुई कमर सीधी करके सड़क के एक तरफ़ खड़े हो जाते और ज़मीन पर अपने बेलचे टेक कर उसको सामने वाली मोटर के पीठ-पीछे गुम होते देखते रहते। उन लॉरियों को इतनी दूर तक देखते रहने का मक़सद यह था कि हम थोड़ा सुस्ता लें। मगर कभी-कभी उन लॉरियों की शानदार सामानों से लदी हुई छतें और उनकी खिड़कियों से मुसाफ़िरों के लहराते हुए रेशमी कपड़ों की झलक हमारे दिलों में एक नाक़ाबिले-बयान कड़वाहट पैदा कर देती थी और हम अपने आपको उन पत्थरों की तरह फ़िज़ूल और नाकारा समझने लगते थे, जिनको हमारे बेलचों के धक्के इधर-उधर पटकते रहते थे। उन मुसाफ़िरों के तरह-तरह के लिबास देखकर, जिन पर यकीनन बहुत-से रुपये खर्च किये गये होंगे, हम अनायास अपने कपड़ों की तरफ़ देखना शुरू कर देते थे।

हम में से अक्सर का लिबास था—पट्टे का तंग पायजामा, गाढ़े की कमीज़ और लुधियाना की सदरी। सबके पायजामे या तो घुटनों पर से घिस-घिसकर इतने बारीक हो गये थे कि उनमें से जिस्म के बालों की पूरी नुमायश होती थी या बिलकुल फटे हुए थे। क़मीज़ों और सदरियों की भी यही हालत थी। उन पर जगह-जगह अलग-अलग रंग के पैबन्द लगे हुए थे। क़रीब-क़रीब हम सबकी क़मीज़ों के बटन गायब थे। इसलिए सीने आमतौर पर खुले रहते थे और काम करते वक़्त उन पर पसीने की बूँदें साफ़ नज़र आ सकती थीं।

बारह बजे के क़रीब हम काम छोड़कर खाना खाने के लिए सड़क के नीचे उतरकर पेड़ के साये-तले बैठ जाते थे। यह खाना हम सुबह कपड़े में बाँधकर अपने साथ लाते थे। तीन ढोडे (मकई की रोटियाँ) और आमतौर पर सरसों का साग होता था। जिसको हम अपने भूखे पेट में डालते थे। खाने के बाद हम पानी अमूमन नाले

से पिया करते थे और जिस रोज़ ज़्यादा बारिश होने की वजह से उसका पानी ज़्यादा गंदला हो जाता तो हम दूर सड़क के उस पार चले जाया करते थे, जहाँ साफ़ पानी का एक चश्मा (स्रोत) फूटता है।

खाने से फ़ारिग़ होकर हम फ़ौरन काम शुरू कर दिया करते थे, हालाँकि हमारा जी चाहता था कि नर्म-नर्म घास पर लेटकर थोड़ी देर सुस्ता लें और फिर काम शुरू करें। मगर ऐसा क्यों कर हो सकता था, जबकि हमें हर वक़्त इस बात का ख़याल रहता था कि पूरा काम किये बग़ैर मज़दूरी नहीं मिलेगी।

हमारा मकसद काम करना और इस हीले से अपना पेट पालना था और चूँकि हमें मालूम था कि हम में से किसी ने अगर अपने काम में ज़रा-सी सुस्ती या बेदिली दिखायी तो उसे ताश की गड्डी से नाकारा जोकर की तरह बाहर निकालकर फेंक दिया जायेगा। इसलिए हम दिल लगाकर काम किया करते थे ताकि हमारे अफ़सरों को शिकायत का मौका न मिले। इसका यह मतलब नहीं कि हमारे अफ़सर हम पर बहुत खुश थे। यह क्योंकर हो सकता है। वे बड़े आदमी ठहरे। इसलिए उनका सही या ग़लत तौर पर ख़फ़ा होना भी दुरुस्त होता है। कभी-कभी ये लोग ऐसे ही हमारे काम का मुआयना करते अपना असन्तोष प्रकट करते हुए हम पर बरस पड़ते थे। लेकिन हम, जो उनकी बड़ाई को बखूबी समझते थे, ''महाराज, महाराज'' कहकर उनके गुस्से को ठण्डा कर दिया करते थे। हम जानते थे कि उनका गुस्सा बेजा है, लेकिन यह एहसास हमारे दिलों में नफ़रत के जज़्बात पैदा नहीं करता था। शायद इसलिए कि झुक-झुककर सलाम करने की आदत ने हमको बिलकुल मुर्दा बना रखा है या फिर इसकी वजह यह भी हो सकती है कि हमको बराबर यह डर लगा रहता था कि अगर हम अपने मौजूदा काम से हटा दिये गये तो हमारी रोज़ी बन्द हो जायेगी।

हम अपने काम से सन्तुष्ट थे और यही वजह है कि हम थोड़ी मज़दूरी और ज़्यादा काम के मसले पर बहुत कम ग़ौर किया करते थे। इसकी ज़रूरत भी क्या है। इसलिए कि यह काम पढ़े-लिखे आदमियों का है। हम बिलकुल अनपढ़ और जाहिल थे। दरअसल बात यह है कि हमारी दुनिया बिलकुल अलग-थलग थी, जिसकी सरहदें पत्थर तोड़ने या उनको हटाने, बारह बजे रोटी खाने और फिर काम करने, उसके बाद अपने-अपने डेरों में सो जाने तक ख़त्म हो जाती थीं। हमें उन सीमाओं के बाहर किसी चीज़ से कोई सरोकार न था। दूसरे शब्दों में अपना और अपने घरवालों का पेट पालने के धंधे में हम कुछ ऐसी बुरी तरह फँसकर रह गये थे कि उसके बाहर निकलकर हम किसी और चीज़ की इच्छा करना ही भूल गये थे।

हमारे काम पर सड़कों के महकमे की तरफ़ से एक जाँच-पड़ताल करने वाला तैनात था, जो दिन का अधिकतर हिस्सा सड़क के एक तरफ़ चारपाई बिछाकर बैठे रहने में गुज़ार देता। यह ज़ात का पण्डित था। ऊँचे तबके का खास निशान सिन्दूर

के तिलक की सूरत में हर वक़्त उसके गोरे माथे पर चमकता रहता था। हम अपने निरीक्षक को आदर और सम्मान की निगाहों से देखते थे। एक तो इसलिए कि वह ब्राह्मण था और दूसरे इसलिए कि हम उसके मातहत थे। चुनांचे इधर-उधर के दूसरे कामों के अलावा हम बारी-बारी दिन में कई बार उसके पीने के लिए हुक्का ताज़ा किया करते थे और आग सुलगाकर उसकी चिलमें भरा करते थे।

पण्डित का काम सिर्फ़ यह था कि सुबह चारपाई पर अपने गेरुए रंग की कलफ़ लगी पगड़ी और रेशमी कोट उतारकर अपने गंजे सिर पर हाथ फेरते हुए हमारी हाज़िरी लगाये और फिर एक बड़े-से रजिस्टर में कुछ दर्ज करने के बाद इधर-उधर टहलता रहे या हुक्का पीता रहे। वह अपने काम में बहुत कम दिलचस्पी लेता था। अलबत्ता जब कभी मुआयने के लिए किसी अफ़सर की मोटर उधर से गुज़रने वाली होती तो वह अपनी चारपाई उठवाकर हमारे पास खड़ा हो जाया करता था। उसकी इस चालाकी पर हम दिल-ही-दिल में बहुत हँसा करते थे।

एक रोज़, जबकि सुबह से हल्की-हल्की फुहार पड़ रही थी और हम बारह बजे खाने से फ़ारिग़ होकर रोज़ की तरह अपने काम में मशगूल थे, मोटर के हॉर्न ने हमें चौंका दिया। लॉरियों की बनिस्बत हम मोटरों के देखने के बहुत इच्छुक थे। इसलिए कि उनमें हमारी भूखी नज़रों के देखने के लिए अजीबो-ग़रीब चीज़ें नज़र आती थीं—हम कमर सीधी करके खड़े हो गये। इतने में मोटर के पीछे से हरे रंग की एक छोटी मोटर प्रकट हुई। जब यह हमारे क़रीब पहुँची तो हमने देखा कि उसकी बॉडी बारिश के नन्हे-नन्हे क़तरों के नीचे चमक रही है। बहुत आहिस्ता-आहिस्ता चल रही थी। शायद इसलिए कि पिछली सीट पर जो दो साहब बैठे हुए थे, उनमें एक अपनी रानों पर ग्रामोफ़ोन रखे बजा रहे थे। जब ये मोटर हमारे सामने आयी तो रिकॉर्ड की आवाज़ सड़क के साथ वाली पहाड़ी के पत्थरों से टकराकर फ़ज़ा में गूँजी। कोई गा रहा था—

न मैं किसी का, न कोई मेरा छाया चारों ओर अँधेरा
अब कुछ सूझत नाहीं मोहे, अब कुछ...

आवाज़ में बेहद दर्द था। एक लम्हे के लिए ऐसा मालूम हुआ कि हम शायद अंध महासागर में डूब गये हैं। जब मोटर अपनी खिड़कियों से उस गीत के दर्दनाक सुर बिखेरती हुई हमारी नज़रों से ओझल हो गयी तो हम सबने एक आह भरकर अपना काम शुरू कर दिया।

शाम के क़रीब जब सूरज की सुर्ख़ और गर्म टिकिया पिघले हुए ताँबे का रंग इख़्तियार करके एक स्याह पहाड़ी के पीछे छुप रही थी और उसकी उनाबी किरणें लम्बे दरख़्तों की चोटियों से खेल रही थीं। सब्ज़ रंग की वही मोटर उस तरफ़ से वापस आती दिखायी दी, जिधर वो दोपहर को गयी थी। जब हमने उसके हॉर्न की

आवाज़ सुनी तो काम छोड़कर उसको देखने लगे। आहिस्ता-आहिस्ता चलती हुई वह हमारे आगे से गुज़र गयी और फिर अचानक हमसे आधे फ़र्लांग के फ़ासले पर खड़ी हो गयी। वह बाजा जो उसमें बज रहा था ख़ामोश हो गया।

थोड़ी देर के बाद पिछली सीट से एक नौजवान दरवाज़ा खोलकर बाहर निकला और अपनी पतलून को कमर पर से दुरुस्त करता हुआ हमारे पास से गुज़रा और आहिस्ता-आहिस्ता उस पुल की तरफ़ रवाना हो गया, जो सामने नाले पर बँधा हुआ था। यह ख़याल करके कि वह नाले के पानी का नज़ारा करने के लिए गया है। जैसा कि आम तौर पर उधर से गुज़रने वाले मुसाफ़िर किया करते थे। हम अपने काम में मसरूफ़ हो गये।

अभी हमें अपना काम शुरू किये पाँच मिनट से ज़्यादा अर्सा गुज़रा होगा कि पुल की तरफ़ से ताली की आवाज़ बुलन्द हुई। हमने मुड़कर देखा, पतलून-पोश नौजवान पुल पर से सड़क के साथ पत्थरों से चुनी हुई दीवार के पास खड़ा सम्भवतः मोटर में अपने साथियों को आकर्षित कर रहा था। समीप की मुँडेर पर उस नौजवान से कुछ दूर एक लड़की बैठी हुई थी।

हम में से एक ने अपने बेलचे को ज़ोर से मोरी की गीली मिट्टी में गाड़ते हुए कहा—"ये राम दई है।"

कालू ने जो उसके पास खड़ा था पूछा, "राम दई?"

"सन्तू चमार की लड़की और कौन?"—उसके लहज़े में बेलचे के लोहे जैसी सख़्ती थी।

हम बाक़ी चार हैरान थे कि इस गुफ़्तगू का मतलब क्या है। अगर वह लड़की जो मुँडेर पर बैठी है सन्तू चमार की लड़की है तो कौन सी अहम बात है कि हमारा साथी इस क़दर तेज़ बोल रहा है। हम ग़ौर कर रहे थे कि 'फ़ज़ल' ने जो हम से उम्र में बड़ा था और नमाज़-रोज़े का बहुत पाबन्द था अपनी दाढ़ी को खुजलाते हुए निहायत ही दार्शनिक लहजे में कहा—"दुनिया में एक अँधेर मचा है—खुदा मालूम लोगों को क्या हो गया है?"

ये सुनकर हम बाक़ी तीन असल मामले से आगाह होकर सब कुछ समझ गये अैर उस एहसास ने हमारे दिलों पर ग़म और गुस्से की एक अजीब-ओ-ग़रीब कैफ़ियत तारी कर दी।

ताली की आवाज़ सुनकर मोटर की पिछली सीट से पतलून पोश के साथी ने अपना सिर बाहर निकाला और यह देखकर कि उसका दोस्त उसे बुला रहा है, दरवाज़ा खोलकर बाहर निकला और हमारे क़रीब से गुज़रता हुआ पुल की जानिब रवाना हो गया—हम बेवकूफ बकरियों की तरह उसे अपने दोस्त के पास जाता देखते रहे।

जब पतलून पोश नौजवान का दोस्त उसके पास पहुँच गया तो वे दोनों लड़की की तरफ़ बढ़े और उससे बातें करनी शुरू कर दीं। यह देखकर कालू आक्रोशित होकर और कठोर लहज़े में बोला—"बदमाश...।"

फ़ज़ल ने सर्द आह भरी और ग़मगीन लहज़े में कहने लगा—"जब से यह सड़क बनी है और ऐसे बाबुओं का आवागमन ज़्यादा हो गया है। यहाँ के तमाम इलाकों में गन्दगी फैल गयी है। लोग कहते हैं कि यह सड़क बनने से बहुत आराम हो गया है। होगा, मगर इस किस्म के बेशर्मी के नज़ारे पहले कभी देखने में न आते थे—खुदा बचाये।"

इस दौरान में पतलून-पोश के साथी ने लड़की को बाजू से पकड़ लिया और शायद उसको उठकर चलने के लिए कहा, मगर वह अपनी जगह पर बैठी रही। ये देखकर 'कालू' से न रहा गया और उसने राम प्रसाद से कहा, "आओ ये लोग तो अब हेकड़ी दिखा रहे हैं।"

'कालू' ये कहकर अकेला ही उस तरफ़ बढ़ने को था कि हमने उसे रोक दिया और यह मशविरा दिया कि तमाम मामला पण्डित को बता दिया जाये जो चारपाई पर सो रहा है और फिर जो वह कहे उस पर अमल किया जाये। इस प्रस्ताव को माकूल ख़याल करके हम सब पण्डित के पास गये और उसे जगा कर सारा किस्सा सुना दिया। उसने हमारी गुफ़्तगू को बड़ी बेपरवाही से सुना। जैसे कोई बात ही नहीं और उन दोनों नौजवानों की तरफ़ देखकर जो अब राम दई को खुदा मालूम किस तरीके से मनाकर ला रहे थे कहा—"जाओ तुम अपना काम करो। मैं उनसे खुद पूछ लूँगा।"

ये जवाब सुनकर हम बेचारगी की हालत में अपने काम पर आ गये। लेकिन हम सबकी निगाहें राम दई और उन दोनों नौजवानों पर जमी हुई थीं जो अब पुल तय करके पण्डित की चारपाई के क़रीब पहुँच रहे थे। लड़के आगे थे और राम दई थकी हुई घोड़ी की तरह पीछे-पीछे चल रही थी। जब वे सब पण्डित के आगे से गुज़रने लगे तो वह चारपाई पर से उठा—दो-तीन मिनट तक उनसे कुछ बातें करने के बाद वह भी उनके साथ हो लिया।

जब पण्डित राम दई और वे दोनों हमारे पास से गुज़रे तो हमने देखा कि नौजवानों के चेहरों पर एक हैवानी झलक रही है और पण्डित बड़े अदब से उनके साथ-साथ चल रहा है। राम दई की निगाहें झुकी हुई थीं।

मोटर के पास पहुँचकर पण्डित ने आगे बढ़कर उसका दरवाज़ा खोला। पहले पतलून-पोश फिर राम दई और उसके बाद दूसरा नौजवान मोटर में दाख़िल हो गये। हमारे देखते-देखते मोटर चली और नज़रों से ओझल हो गयी और हम आँखें झपकते रह गये।

"शैतान मरदूद।" कालू ने बड़ी बेचैनी से ये दो लफ़्ज़ अदा किये।

इतने में पण्डित आ गया और हमको परेशान देखकर एक बनावटी आवाज़ में कहने लगा, "मैंने उनसे पूछा है। कोई बात नहीं, वो लड़की को ज़रा मोटर की सैर कराना चाहते थे। इंस्पेक्टर साहब के मेहमान हैं और डाक-बँगले में ठहरे हुए हैं। थोड़ी दूर ले जाकर उसे छोड़ देंगे—अमीर आदमी हैं। उनके शग़ल इसी किस्म के होते हैं।"

ये कहकर पण्डित चला गया।

हम देर तक खुदा मालूम किन गहराइयों में डूबे रहे कि अनायास फ़ज़ल की आवाज़ ने हमें चौंका दिया। दो मर्तबा ज़ोर से थूककर उसने अपने हाथों को गीला किया और बेलचे को पत्थरों के ढेर में गाड़ते हुए कहा, "अगर अमीर आदमियों के यही शग़ल हैं तो ग़रीबों की बहू-बेटियों का अल्लाह वली (संरक्षक) है!"

फ़ाहा

गोपाल की रान पर जब ये बड़ा फोड़ा निकला तो उसकी हालत खराब हो गयी। गर्मियों का मौसम था। आम खूब हुए थे। बाज़ारों में, गलियों में, दुकानदारों के पास, फेरीवालों के पास, जिधर देखो आम-ही-आम नज़र आते। लाल, पीले, सब्ज़ रंगों-रंग के...सब्ज़ी मण्डी में लाखों के हिसाब से हर क़िस्म के आम आते थे और निहायत सस्ते दामों पर फ़रोख़्त हो रहे थे। यूँ समझिये कि पिछले बरस की कसर पूरी हो रही थी।

स्कूल के बाहर छोटू राम फल-फ़रोश से गोपाल ने एक रोज़ खूब जी भरके आम खाये और जेब में से एक महीने के बचाये हुए जितने पैसे जमा थे सब-के-सब उन आमों पर ख़र्च कर दिये। जिनके गूदे और रस में शहद घुला हुआ था।

उस रोज़ कुट्टी के वक़्त आम खाने के बाद उँगलियाँ चाटते हुए गोपाल को स्कूल के हलवाई से दूध की लस्सी पीने का ख़याल आया था और उस ख़याल को अमली जामा पहनाने की ख़ातिर उसने गंडा राम हलवाई से पाव भर दूध की लस्सी बनाने को कहा भी था। मगर हलवाई ने ये कहकर इनकार कर दिया था—"बाबू गोपाल, पहला हिसाब चुका दो तो और उधार दूँगा, वरना नहीं।"

गोपाल ने अगर आम न खाये होते या अगर उसकी जेब में थोड़े बहुत पैसे होते तो वह वहीं खड़े-खड़े गंडा राम का हिसाब चुका देता और कुछ नहीं तो नक़द दाम देकर लस्सी का वो गिलास ले लेता। जिसमें बर्फ़ का टुकड़ा डुबकियाँ लगा रहा था और जिसे हलवाई ने बुरा-सा मुँह बनाकर अपने पीछे लोहे के थाल पर रख दिया था। मगर गोपाल कुछ भी न कर सका और उसका नतीजा यह हुआ कि चौथे रोज़ उसकी रान पर यह बड़ा-सा फोड़ा निकल आया और तीन-चार रोज़ तक उभरता रहा।

गोपाल की हालत बिगड़ गयी। उसकी समझ में न आता था कि क्या करे? वह फोड़े से इतना परेशान नहीं था जितना उसके दर्द से—और सबसे बड़ी मुसीबत यह थी कि फोड़ा दिन-ब-दिन लाल होता चला जा रहा था और उसके मुँह पर बदन की झिल्ली फटनी शुरू हो गयी थी। कभी-कभी गोपाल को यह मालूम होता कि

फोड़े के अन्दर कोई हंडिया उबल रही है और उसके अन्दर सब कुछ एक उबाल में निकलना चाहता है। ये चीज़ उसे बहुत परेशान कर रही थी और फोड़े का रूप देखकर एक मर्तबा तो ऐसा मालूम हुआ था कि उसकी जेब में से काँच की गोली निकलकर उसकी रान में घुस गयी है।

गोपाल ने घर में फोड़े की बाबत किसी से ज़िक्र न किया। वह जानता था कि अगर पिता जी को इसका पता चल गया तो वह अपने थाने की मक्खियों का सारा गुस्सा उसी पर निकालेंगे और बहुत मुमकिन है कि वह उसे उस छड़ी से पीटना शुरू कर दें जो थोड़े रोज़ हुए 'गिरधारी' वकील के मुन्शी ने वज़ीराबाद से उन्हें तोहफ़े के तौर पर लाकर दी थी। माँ का मिज़ाज भी कम गर्म न था। वह अगर उसे आम खाने के जुर्म की सज़ा न देती तो उस ग़लती पर उसके कान खींच-खींचकर ज़रूर लाल कर देती कि उसने घर के बाहर अकेले-अकेले इतने आम क्यों उड़ाये। उसकी माँ का उसूल था, "गोपाल अगर तुझे ज़हर भी खाना हो तो घर में खा।" गोपाल अच्छी तरह जानता था कि इस उसूल के पीछे उसकी माँ की सिर्फ़ यह ख़्वाहिश थी कि गोपाल के मुँह के साथ उसका मुँह भी चलता रहे।

कुछ भी हो, गोपाल की रान पर फोड़ा निकलना था, निकल आया। इसका कारण जहाँ तक गोपाल समझ सका था, वही आम थे। उसने फोड़े की बाबत घर में किसी से ज़िक्र न किया था। उसको अपने पिता जी की वो डाँट अच्छी तरह याद थी जो गुसलख़ाने के अन्दर बतायी गयी थी। उसके पिता जी लाला पुरषोत्तम दास थानेदार लँगोट बाँधे नल की धार के नीचे अपनी गंजी चंदिया रखे और बड़ी तोंद बढ़ाये मूँछों में से आम का रस चूस रहे थे। सामने बाल्टी में एक दर्जन के क़रीब आम पड़े थे जो उन्होंने सुबह-सवेरे एक ठेलेवाले से उसका चालान काट कर हासिल किये थे। गोपाल बाप की पीठ मल रहा था और मैल की मरोड़ियाँ बना रहा था। जब उसने हाथ साफ़ करने के लिए बाल्टी में डाले थे और चुपके से एक आम उड़ाना चाहा था तो लाला जी ने बड़े ज़ोर से उसका हाथ झटक कर छोटे से आम को मूँछों समेत मुँह में डाले हुए कहा था, "बेशर्म—तुझे बड़ों का लिहाज़ करना जाने कब आयेगा?"

और जब गोपाल ने रोनी सूरत बनाकर कहा था, ''पिता जी—आम खाने को मेरा भी तो जी चाहता है।'' तो थानेदार साहब ने आम की गुठली चूसकर मोरी में फेंकते हुए कहा था, ''गोपू तेरे लिए ये आम बहुत गर्म था। फोड़े-फुन्सियाँ चाहता है तो बेशक खा ले—दो-तीन बारिशें और हो लेने दे, फिर खूब ठाट से खाइयो, तेरी माँ से कहूँगा, वह लस्सी बना देगी—चल अब पीठ मल।" और गोपाल ने यह रुकावट की बात सुनकर ख़ामोशी से अपने पिता की पीठ मलनी शुरू कर दी थी और आम की खटास ने जो पानी उसके मुँह में भर दिया था, उसे देर तक निगलता रहा था।

उसके दूसरे रोज़ उसने आम खाये और चौथे रोज़ उसकी रान पर फोड़ा निकल आया। उसके पिता की बात सच्ची साबित हुई।

अब अगर गोपाल घर में किसी से उस फोड़े की बात करता तो ज़ाहिर है कि खूब पिटता। यही वजह है कि वह ख़ामोश रहा और फोड़े का बढ़ाव बन्द करने की तरकीबें सोचता रहा।

एक रोज़ उसके पिता जी थाने से वापसी पर जब घर आये तो उनके हाथ में एक लम्बी-सी बत्ती थी। गोपाल की माँ को आवाज़ देकर उन्होंने यह बत्ती उसके हाथ में देकर कहा, "ले आज बड़े काम की चीज़ लाया हूँ। बम्बई का मरहम है। सौ दवाओं की एक दवा है—फोड़े-फुन्सी की बहार है। ज़रा-सा फाहे पर लेप करके लगा दोगी, यूँ आराम आ जायेगा...यूँ...बम्बई का 'नख़ालिस' मरहम है। इसे सँभाल के रख।"

गोपाल अपनी बहिन निर्मला के साथ बरामदे में गेंद-बल्ला खेल रहा था। इत्तिफ़ाक़ की बात है कि जब थानेदार जी मरहम देकर अपनी पत्नी को कुछ समझा रहे थे तो निर्मला ने ज़ोर से गेंद फेंकी। गोपाल का ध्यान बाप की तरफ़ था। गेंद ज़ोर से फोड़े पर लगी। गोपाल बिलबिला उठा। लेकिन दर्द को अन्दर-ही-अन्दर पी गया। वह स्कूल में मास्टर हरिराम के मशहूर बेंत की मार खाकर दर्द सहने का आदी हो चुका था।

उधर गोपाल के फोड़े पर गेंद लगी, इधर उसके बाप की आवाज़ बुलन्द हुई। ज़रा-सा फाहे पर लेप करके लगा दोगी—"यूँ आराम आ जायेगा...यूँ।" और यूँ के साथ उसके बाप की चुटकी ने गोया गोपाल के सोये हुए दिमाग़ की चुटकी भर ली। उसको अपने दर्द का इलाज मालूम हो गया।

उसकी माँ ने मरहम की बत्ती सामने दालान में सिलाई की पिटारी में रख दी। गोपाल को अच्छी तरह मालूम था कि उसकी माँ आमतौर पर सिलाई की पिटारी ही में सब सँभालने वाली चीज़ें रखा करती है। सबसे ज़्यादा सँभालने वाली चीज़ वह मोचना था, जिससे उसकी माँ हर दसवें-पन्द्रहवें रोज़ अपने तँग माथे के बाल साफ़ किया करती थी। यह निस्संदेह सिलाई की पिटारी में उस पुड़िया समेत मौजूद था, जिसमें कोयलों की सफ़ेद राख जमा रहती थी। जो उसकी माँ बाल नोचकर लगाया करती थी।

तथापि 'गोपाल' ने अपना इत्मिनान करने के लिए गेंद दालान में फेंक दी और उसको पलँग के नीचे से निकालते हुए अपनी माँ को सिलाई की पिटारी में मरहम रखते देख लिया।

दोपहर को उसने अपनी बहिन निर्मला को साथ मिलाकर छोटी कैंची, जिससे उसका बाप उँगलियों के नाखुन काटता था। मरहम की बत्ती और अपने बाप के

पायजामे से बचा हुआ लट्ठे का वह टुकड़ा हासिल कर लिया, जिससे उसकी माँ एक और टुकड़े को साथ मिलाकर सलवार की म्यानी बनाना चाहती थी।

दोनों ये चीज़ें लेकर ऊपर कोठे पर चले गये और बरसाती के नीचे कोयलों की बोरियों के पास बैठ गये।

निर्मला ने अपनी जेब से लट्ठे का टुकड़ा निकालकर अपनी रान पर सलवार के फिसलते हुए रेशमी कपड़े पर फैलाकर जब गोपाल की तरफ़ अपनी नाचती हुई आँखों से देखा तो उस वक़्त ऐसा मालूम हुआ कि ग्यारह बरस की यह कमसिन लड़की जो दरियाई सरकन्डे की तरह नाज़ुक और लचकीली थी एक बहुत बड़े काम के लिए अपने आपको तैयार कर रही है।

उसका नन्हा-सा दिल जो उस वक़्त तक सिर्फ़ माँ-बाप की झिड़कियों और अपनी गुड़ियों के मैले होते हुए चेहरों की फ़िक्र से धड़का करता था, अब अपने भाई की रान पर फोड़ा देखने के ख़याल से धड़क रहा था। उसके कान की लवें लाल और गर्म हो गयी थीं।

'गोपाल' ने घर में अपने फोड़े की बात का किसी से ज़िक्र न किया था, लेकिन अब उसे निर्मला को सारी बात सुनानी पड़ी कि किस तरह उसने चोरी-चोरी आम खाये और लस्सी पीना भूल गया और उसकी रान पर पैसे के बराबर फोड़ा निकल आया। जब उसने अपनी राम कहानी सुनाकर निर्मला से राज़दाराना लहज़े में कहा था—"देख निर्मला घर में ये बात किसी से न कहियो।" तो निर्मला ने बड़ी शालीन सूरत बनाकर जवाब दिया था, "मैं पागल थोड़े ही हूँ।"

गोपाल को यकीन था कि निर्मला ये बात अपने तक ही रखेगी अतः उसने पायजामे को ऊपर अड़स लिया। निर्मला का दिल धक-धक करने लगा। जब गोपाल ने बैठकर अपना फोड़ा दिखाया और निर्मला ने दूर ही से अपनी उँगली से उसे छुआ तो उसके बदन पर एक झुरझुरी-सी तारी हो गयी। सी-सी करते हुए उसने उभरे हुए लाल फोड़े की तरफ़ देखा और कहा, "कितना लाल है!"

"अभी तो और होगा।" गोपाल ने अपने मर्दाना हौसले का इज़हार करते हुए जवाब दिया।

निर्मला ने हैरत से कहा, "सच?"

"अभी तो कुछ लाल नहीं है, जो फोड़ा मैंने 'चिरंजी' के मुँह पर देखा है, वो इससे कहीं ज़्यादा बड़ा और लाल था," गोपाल ने फोड़े पर दो उँगलियाँ फेरीं।

"तो अभी और बढ़ेगा?" निर्मला आगे सरक आयी।

"क्या पता है...अभी तो बढ़ता चला जा रहा है।" गोपाल ने जेब में से मरहम की बत्ती निकाल कर कहा।

निर्मला सहम-सी गयी, "इस मरहम से तो आराम आ जायेगा ना?"

गोपाल ने बत्ती के एक सिरे पर से काग़ज़ की तह अलग की और हाँ में सिर हिला दिया, "इसका एक फ़ाहा लगाने ही से फट जायेगा।"

"फट जायेगा।" निर्मला को ऐसा मालूम हुआ कि उसके कान के पास रबड़ का गुब्बारा फट गया है। उसका दिल धक से रह गया।

"और इसके अन्दर जो कुछ है फूट बहेगा।" गोपाल ने मरहम को उँगली पर उठाते हुए कहा।

निर्मला का गुलाबी रंग अब बम्बई के मरहम की तरह पीला पड़ गया था। उसने धड़कते हुए दिल से पूछा, "मगर ये फोड़े क्यों निकलते हैं भय्या?"

"गर्म चीज़ें खाने से।" गोपाल ने एक माहिर चिकित्सक के से अन्दाज़ में जवाब दिया।

निर्मला को वो दो अंडे याद आ गये जो उसने दो माह पहले खाये थे। वह कुछ सोचने लगी।

गोपाल और निर्मला के दरमियान चन्द बातें और हुईं। इसके बाद वह असली काम की तरफ़ उन्मुख हुए। निर्मला ने लट्ठे का एक गोल फ़ाहा काटा। बड़ी नफ़ासत से, ये रुपये के बराबर था और इसकी गोलाई में मजाल है जो ज़रा-सा नुक़्स भी हो। उसी तरह गोल था जिस तरह निर्मला की माँ के हाथ की बनी हुई रोटी गोल होती थी।

गोपाल ने उस फ़ाहे पर थोड़ा-सा मरहम लगा दिया और उसे अच्छी तरह फैलाने के बाद फोड़े की तरफ़ ग़ौर से देखा। निर्मला गोपाल के ऊपर झुकी हुई थी और गोपाल की हर हरकत को बड़ी दिलचस्पी से देख रही थी। गोपाल ने जब फ़ाहा अपने फोड़े के ऊपर जमा दिया तो वह काँप गयी। जैसे उसके बदन पर किसी ने बर्फ़ का टुकड़ा रख दिया हो।

"अब आराम आ जायेगा ना?" निर्मला ने अर्ध सवालिया अन्दाज़ में कहा।

गोपाल जवाब देने भी न पाया था कि बरसाती के बराबर वाली सीढ़ियों पर किसी के चढ़ने की आवाज़ सुनायी दी। ये उनकी माँ थी जो शायद कोयले लेने के लिए आ रही थी।

गोपाल और निर्मला ने एक साथ एक-दूसरे के चेहरे की तरफ़ देखा और कुछ कहे-सुने बगैर सब चीज़ें इकट्ठी करके उस पुराने सन्दूक के पीछे छिपा दीं, जहाँ उनकी बिल्ली सुन्दरी बच्चे दिया करती थी और चुपके से भाग गये।

यहाँ से भागकर गोपाल जब नीचे गया तो उसके बाप ने उसे बाहर फ़ालूदा लाने के लिए भेज दिया। जब वापस आया तो उसे गली में निर्मला मिली। फ़ालूदे का गिलास उसके हवाले करके वह चिरंजी के घर चला गया और इस तरह उन चीज़ों को अपनी-अपनी जगह पर रखना भूल गया जो माँ के अचानक आ जाने

से उसने और निर्मला ने सन्दूक के पीछे छिपा दी थीं।

चिरंजी के यहाँ वो देर तक ताश खेलता रहा। खेल से फ़ारिग़ होकर जब वह चिरंजी के बग़ल में हाथ डाले कमरे से बाहर निकल रहा था तो किसी बात पर उसका दोस्त हँसा और उसके दाहिने गाल पर फोड़े का निशान लम्बी-सी लकीर बन गया। उसको देखकर फौरन ही अपने फोड़े का गोपाल को ख़याल आया और इस ख़याल के साथ ही उसे वे चीज़ें याद आ गयीं जो सन्दूक के पीछे पड़ी थीं। चिरंजी के बग़ल से हाथ निकालकर वो भागा।

घर पहुँचकर उसने वहाँ की फ़िज़ा देखी। उसकी माँ सहन में बैठी उसके बाप से मिलाप अख़बार की ख़बरें सुन रही थी। दोनों किसी बात पर हँस रहे थे, गोपाल उनके पास से गुज़रा। दोनों ने उसकी तरफ़ देखा। मगर उससे कोई बात न की। गोपाल को इत्मिनान हो गया कि अभी तक उसकी माँ ने अपनी सिलाई की पिटारी नहीं देखी। अतः वह चुपके से घर पर चला गया।

बड़े कमरे को पार करके दरवाज़े के अन्दर दाखिल होने वाला ही था कि उसके क़दम रुक गये।

सन्दूक के पास बैठी निर्मला कुछ कर रही थी। गोपाल पीछे हट गया और छिपकर देखने लगा।

निर्मला तल्लीनता से फ़ाहा तराश रही थी। उसकी पतली-पतली उँगलियाँ कैंची से बारीक काम ले रही थीं। फ़ाहा काटने के बाद उसने थोड़ा-सा मरहम निकाल कर उस पर फैलाया और गर्दन झुकाकर अपने कुर्ते के बटन खोले। सीने के दाहिनी तरफ़ छोटा-सा उभार था। ऐसा मालूम होता था कि नलकी पर साबुन का छोटा-सा अधूरा बुलबुला अटका हुआ है।

निर्मला ने फ़ाहे पर फूँक मारी और उसे उस नन्हे से उभार पर जमा दिया।

टेढ़ी लकीर

अगर सड़क सीधी हो—बिलकुल सीधी तो उस पर उसके क़दम मनों भारी हो जाते थे। वह कहा करता था, ये ज़िन्दगी के ख़िलाफ़ है जो टेढ़े-मेढ़े रास्तों से भरी है। जब हम दोनों बाहर सैर को निकलते तो इस दौरान में वह कभी सीधे रास्ते पर न चलता। उसे बाग़ का वह कोना बहुत पसन्द था, जहाँ लहराती हुई रविशें बनी हुई थीं।

एक बार उसने अपनी टाँगों को सीने के साथ जोड़कर बड़े दिलकश अन्दाज़ में मुझ से कहा था, "अब्बास अगर मुझे और कोई काम न हो तो बखुदा मैं अपनी सारी ज़िन्दगी कश्मीर की पहाड़ी सड़कों पर चढ़ने-उतरने में गुज़ार दूँ—क्या पेच हैं!—कभी तुम मुझे नज़र आ रहे हो और एक मोड़ मुड़ने के बाद मेरी नज़रों से ओझल हो जाते हो—कितनी रहस्यमयी चीज़ है—सीधे रास्ते पर तुम हर आने वाली चीज़ देख सकते हो। मगर यहाँ आने वाली चीज़ें तुम्हारी आँखों के सामने बिलकुल अचानक आ जायेंगी।—मौत की तरह अचानक—इसमें कितना मज़ा है।"

वह एक दुबला-पतला नौजवान था, बेहद दुबला। उसको एक नज़र देखने से प्रायः मालूम होता कि अस्पताल के किसी बिस्तर पर से कोई पीला बीमार उठकर चला आया है। उसकी उम्र बमुश्किल बाईस बरस के क़रीब होगी। मगर कभी-कभी वह उससे बहुत ज़्यादा उम्र का मालूम होता था और अजीब बात है कि कभी-कभी उसको देखकर मैं ये ख़याल करने लगता कि वह बच्चा बन गया है। उसमें एकाएकी इस क़दर तब्दीली हो जाया करती थी कि मुझे अपनी निगाहों की सेहत पर शुबह होने लग जाता था।

आख़िरी मुलाकात से दस रोज़ पहले जब वह मुझे बाज़ार में मिला तो मैं उसे देखकर हैरान रह गया। वह हाथ में एक बड़ा सेब लिये उसे दाँतों से काटकर खा रहा था। उसका चेहरा बच्चों के मानिन्द एक नाकाबिल-ए-बयान खुशी के कारण तमतमाया हुआ था। उसका सारा चेहरा गवाही दे रहा था कि सेब बहुत लज़ीज़ है।

सेब के रस से भरे हुए हाथों को बच्चों की तरह अपनी पतलून से साफ़ करके

उसने मेरा हाथ बड़े जोश से दबाया और कहा—"अब्बास, वह दो आने माँगता था मगर मैंने भी एक ही आने में खरीदा।"

उसके होंठ उल्लास-भरी हँसी के कारण थरथराने लगते फिर उसने जेब से एक चीज़ निकाली और मेरे हाथ में देकर कहा, "तुमने लट्टू देखे होंगे, पर ऐसा लट्टू कभी देखने में न आया होगा—ऊपर का बटन दबाओ—दबाओ—अरे दबाओ।"

मैं सख़्त हैरान हो रहा था, लेकिन उसने मेरी तरफ़ देखे बग़ैर लट्टू का बटन दबा दिया जो मेरी हथेली पर से उछलकर सड़क पर लँगड़ाने लगा—इस पर खुशी के मारे मेरे दोस्त ने उछलना शुरू कर दिया।

"देखो, अब्बास, देखो, इसका नाच।"

मैंने लट्टू की तरफ़ देखा जो मेरे सिर के मानिन्द घूम रहा था। हमारे इर्द-गिर्द बहुत से आदमी जमा हो गये थे। शायद वे यह समझ रहे थे कि मेरा दोस्त दवाइयाँ बेचेगा।

"लट्टू उठाओ और चलें—लोग हमारा तमाशा देखने के लिए जमा हो रहे हैं।"

मेरे लहज़े में शायद थोड़ी-सी तेज़ी थी क्योंकि उसकी सारी खुशी मन्द पड़ गयी और उसके चेहरे की तमतमाहट ग़ायब हो गयी। वह उठा और उसने मेरी तरफ़ कुछ इस अन्दाज़ से देखा कि मुझे ऐसा मालूम हुआ जैसे एक नन्हा-सा बच्चा रोनी सूरत बनाकर कह रहा है, ''मैंने तो कोई बुरी बात नहीं की, फिर मुझे क्यों झिड़का गया है?''

उसने लट्टू वहीं सड़क पर छोड़ दिया और मेरे साथ चल पड़ा। घर तक मैंने और उसने कोई बात न की। गली के नुक्कड़ पर पहुँचकर मैंने उसकी तरफ़ देखा—इस अल्प समय में उसके चेहरे पर इन्क़िलाब पैदा हो गया था। वो मुझे एक चिन्ताग्रस्त बूढ़ा नज़र आया।

मैंने पूछा, "क्या सोच रहे हो?"

उसने जवाब दिया, "मैं ये सोच रहा हूँ, अगर खुदा को इन्सान की ज़िन्दगी बसर करनी पड़ जाये तो क्या हो?"

वह इसी क़िस्म की बेढंगी बातें सोचा करता था। कभी-कभी लोग समझते थे कि वह अपने आपको निराला ज़ाहिर करने के लिए ऐसे ख़याලात का इज़हार करता है। मगर ये बात ग़लत थी। दरअसल उसकी तबियत का रुझान ही ऐसी चीज़ों की तरफ़ रहता था जो किसी और दिमाग़ में नहीं आती थीं।

आप यक़ीन नहीं करेंगे, मगर उसको अपने जिस्म पर रिसता हुआ ज़ख़्म बहुत पसन्द था। वह कहा करता था अगर मेरे जिस्म पर हमेशा के लिए कोई ज़ख़्म बन जाये तो कितना अच्छा हो—मुझे दर्द में बड़ा मज़ा आता है।

मुझे अच्छी तरह याद है कि स्कूल में एक रोज़ उसने मेरे सामने अपने बाज़ू

को उस्तरे के तेज़ ब्लेड से ज़ख़्मी किया। सिर्फ़ इसलिए कि कुछ रोज़ उसमें दर्द होता रहे। टीका उसने कभी इस ख़याल से नहीं लगवाया था कि उससे हैज़े, प्लेग या मलेरिया का ख़ौफ़ नहीं रहता। उसकी हमेशा ये ख़्वाहिश होती थी कि दो-तीन रोज़ उसका बदन बुख़ार के कारण तपता रहे। चुनांचे जब कभी वह बुख़ार को दावत दिया करता था तो मुझ से कहा करता था, "अब्बास, मेरे घर एक मेहमान आने वाला है, इसलिए तीन रोज़ तक मुझे फुर्सत नहीं मिलेगी।"

एक रोज़ मैंने उससे पूछा कि तुम आये दिन टीका क्यों लगवाते हो। उसने जवाब दिया, "अब्बास, मैं तुम्हें बता नहीं सकता कि टीका लगवाने से जो बुख़ार चढ़ता है उसमें कितनी शायरी होती है—जब जोड़-जोड़ में दर्द होता है और जिस्म में शिथिलता होती है तो बखुदा ऐसा मालूम होता है कि तुम किसी निहायत ही ज़िद्दी आदमी को समझाने की कोशिश कर रहे हो—और फिर बुख़ार बढ़ जाने से जो ख़्वाब आते हैं वल्लाह किस क़दर असंगत होते हैं—बिलकुल हमारी ज़िन्दगी की मानिन्द!—अभी तुम ये देखते हो कि तुम्हारी शादी किसी निहायत ही हसीन औरत से हो रही है। दूसरे लम्हे यही औरत तुम्हारी आग़ोश में एक भीमकाय पहलवान बन जाती है।"

मैं उसकी इन अजीब-ओ-ग़रीब बातों का आदी हो गया था लेकिन इसके बावजूद एक रोज़ मुझे उसके दिमाग़ी सन्तुलन पर शुबह होने लगा। पिछली मई में मैंने उससे अपने उस्ताद का परिचय कराया, जिसकी मैं बेहद इज़्ज़त करता था। डॉक्टर शाकिर ने उसका हाथ बड़ी गर्मजोशी से दबाया और कहा, "मैं आपसे मिलकर बहुत खुश हुआ हूँ।"

"इसके विपरीत, मुझे आपसे मिलकर कोई खुशी नहीं हुई।" ये मेरे दोस्त का जवाब था। जिसने मुझे बेहद शर्मिंदा किया। आप अनुमान लगाइए कि उस वक़्त मेरी क्या हालत हुई होगी। शर्म के मारे मैं अपने उस्ताद के सामने गड़ा जा रहा था और वह बड़े इत्मिनान से सिगरेट के कश लगाकर हॉल में एक तस्वीर की तरफ़ देख रहा था।

डॉक्टर शाकिर ने मेरे दोस्त की इस हरकत को बुरा समझा और एकान्त में मुझसे बड़े तेज़ लहजे में कहा, "मालूम होता है तुम्हारे दोस्त का दिमाग़ ठिकाने नहीं।"

मैंने उसकी तरफ़ से खुद माफ़ी माँगी और मामला रफ़ा-दफ़ा हो गया। मैं वाक़यी बेहद शर्मिंदा था कि डॉक्टर शाकिर को मेरी वजह से ऐसा सख़्त वाक्य सुनना पड़ा।

शाम को मैं अपने दोस्त के पास गया। इस इरादे के साथ कि उसकी अच्छी तरह खिंचाई करूँगा और अपने दिल की भड़ास निकालूँगा। वह मुझे लाइब्रेरी के बाहर मिला। मैंने छूटते ही उससे कहा, "तुमने आज डॉक्टर शाकिर की बहुत बेइज़्ज़ती की—मालूम होता है तुमने सभा के शिष्टाचार को त्याग दिया है।"

वह मुस्कुराया, “अरे छोड़ो इस क़िस्से को...आओ कोई और काम की बात करें।”

ये सुनकर मैं उस पर बरस पड़ा। ख़ामोशी से मेरी तमाम बातें सुनकर उसने साफ़-साफ़ कह दिया—“अगर मुझसे मिलकर किसी शख़्स को खुशी हासिल होती है तो ज़रूरी नहीं कि उससे मिलकर मुझे भी खुशी हासिल हो—और फिर पहली मुलाक़ात पर सिर्फ़ हाथ मिलाने से मैंने उसके दिल में खुशी पैदा कर दी—मेरी समझ में नहीं आता—तुम्हारे डॉक्टर साहब ने उस रोज़ पच्चीस आदमियों से परिचय किया और हर शख़्स से उन्होंने यही कहा कि आपसे मिलकर मुझे बड़ी ख़ुशी हासिल हुई है—क्या ये मुमकिन है कि हर शख़्स एक ही किस्म के प्रभाव पैदा करे।—तुम मुझसे ऐसी फुज़ूल बातें न करो—आओ अन्दर चलें।”

मैं एक जादुई आदमी की तरह उसके साथ हो लिया और लाइब्रेरी के अन्दर जाकर अपना सब गुस्सा भूल गया, बल्कि ये सोचने लगा कि मेरे दोस्त ने जो कुछ कहा था सही है। लेकिन फ़ौरन ही मेरे दिल में एक हसद-सा पैदा हुआ कि इस शख़्स में इतनी ताक़त क्यों है कि वह अपने ख़यालात का इज़हार बेधड़क कर देता है। पिछले दिनों मेरे एक अफ़सर की दादी मर गयी थी और मुझे उसके सामने मजबूरन अपने ऊपर ग़म की कैफ़ियत तारी करनी पड़ी थी और उससे अपनी मर्ज़ी के ख़िलाफ़ दस-पन्द्रह मिनट तक अफ़सोस ज़ाहिर करना पड़ा था। उसकी दादी से मुझे कोई दिलचस्पी न थी। उसकी मौत की ख़बर ने मेरे दिल पर कोई असर न किया था। लेकिन इसके बावजूद मुझे नक़ली जज़्बात तैयार करने पड़े थे। इसका साफ़ मतलब यह था कि मेरा कैरक्टर अपने दोस्त के मुक़ाबले में बहुत कमज़ोर है। इस ख़याल ही ने मेरे दिल में हसद (ईर्ष्या) की चिंगारी पैदा की थी और मैं अपने हलक में एक नाक़ाबिल-ए-बयान तल्ख़ी (कटुता) महसूस करने लगा था। लेकिन यह एक वक़्ती और हंगामी जज़्बा था जो हवा के एक तेज़ झोंके के मानिन्द आया और गुज़र गया। मैं बाद में इस पर भी शर्मिंदा हुआ।

मुझे उससे बेहद मुहब्बत थी। लेकिन उस मुहब्बत में ग़ैर इरादी तौर पर कभी-कभी नफ़रत की झलक भी नज़र आती थी। एक रोज़ मैंने उसकी साफ़गोई (स्पष्टवादिता) से प्रभावित होकर कहा था, “ये क्या बात है कि कभी-कभी मैं तुम से नफ़रत करने लगता हूँ।” और उसने मुझे ये जवाब देकर सन्तुष्ट कर दिया था, “तुम्हारा दिल जो मेरी मुहब्बत से भरा हुआ है, एक ही चीज़ को बार-बार देखकर कभी-कभी तंग आ जाता है और किसी दूसरी चीज़ की ख़्वाहिश करने लग जाता है—और फिर अगर तुम मुझसे कभी-कभी नफ़रत न करो तो मुझसे हमेशा मुहब्बत भी नहीं कर सकते—इन्सान इसी किस्म की उलझनों का मजमूआ (संग्रह) है।”

मैं और वह अपने वतन से बहुत दूर थे। एक ऐसे बड़े शहर में जहाँ ज़िन्दगी

अंधेरी क़ब्र-सी मालूम होती है। मगर उसे कभी उन गलियों की याद न सताती थी, जहाँ उसने अपना बचपन और अपनी किशोरावस्था गुज़ारी थी। ऐसा मालूम होता था कि वह उसी शहर में पैदा हुआ है। मेरे चेहरे से हर शख़्स यह मालूम कर सकता है कि मैं परदेसी हूँ। मगर मेरा दोस्त इन जज़्बात से सिरे से खाली है। वह कहा करता है कि वतन की याद बहुत बड़ी कमज़ोरी है। एक जगह से ख़ुद को चिपका देना ऐसा ही है जैसे एक आज़ादी पसन्द सांड को खूँटे से बाँध दिया जाये।

इस क़िस्म के ख़यालात के मालिक की जो हर चीज़ को टेढ़ी ऐनक से देखता हो और आम चलन के खिलाफ़ चलता हो, बाक़ायदा विवाह-संस्कार हो। यानी पुरानी रस्मों के मुताबिक उसका निकाह अमल में आये तो क्या आपको ताज्जुब न होगा?—मुझे यक़ीन है कि ज़रूर होगा।

एक रोज़ शाम को जब वह मेरे पास आया और बड़े संजीदा अन्दाज़ में उसने मुझे अपने निकाह की ख़बर सुनायी तो आप यक़ीन करें मेरी हैरत की कोई इन्तिहा न रही। इस हैरत का कारण ये चीज़ न थी कि वह शादी कर रहा है। न ही मुझे ताज्जुब इस बात पर था कि उसने लड़की बग़ैर देखे, पुराने रिवाज़ के मुताबिक निकाह की रस्म में शामिल होना क़बूल कैसे कर लिया। जबकि वह हमेशा उन मौलवियों का मज़ाक उड़ाया करता था जो लड़की और लड़के को विवाह-बंधन में बाँधते हैं? वह कहा करता था, "ये मौलवी मुझे बुड्ढे और गठिया के मारे पहलवान मालूम होते हैं जो अपने अखाड़े में छोटे-छोटे लड़कों की कुश्तियाँ देखकर अपनी हिर्स पूरी करते हैं।"

और फिर वह शादी या निकाह पर लोगों की भीड़ का भी तो पक्षधर न था... उसका निकाह पढ़ा गया। मेरी आँखों के सामने मौलवी ने—उस मौलवी ने जिससे उसको सख़्त चिढ़ थी और जिसको वह बूढ़ा तोता कहा करता था। उसका निकाह हुआ, छुहारे बाँटे गये और मैं सारी कार्यवाही यूँ देख रहा था गोया सोते में कोई सपना देख रहा हूँ।

निकाह हो गया। दूसरे लफ़्ज़ों में अनहोनी बात हो गयी और जो ताज्जुब मुझे पहले पैदा हुआ था, बाद में भी बरक़रार रहा। मगर मैंने इसके बारे में अपने दोस्त से ज़िक्र न किया। इस ख़याल से कि शायद उसे नागवार गुज़रे। लेकिन दिल-ही-दिल में मैं इस बात पर बहुत खुश था कि आख़िरकार उसे इस दायरे में लौटना पड़ा, जिसमें दूसरे ज़िन्दगी बसर कर रहे हैं।

निकाह करके मेरा दोस्त अपने उसूलों के टेढ़े मीनार से बहुत बुरी तरह फिसला था और उस गड्ढे में सिर के बल आ गिरा था जिसको वह बेहद गंदा कहा करता था। जब मैंने ये सोचा तो मेरे जी में आया कि अपने पुराने दोस्त के पास जाऊँ और इतना हँसूँ कि पेट में बल पड़ जायें। मगर जिस रोज़ मेरे दिल में ये ख़्वाहिश

पैदा हुई उसी रोज़ वह दोपहर को मेरे घर आया।

निकाह को तीन महीने गुज़र गये थे और इस दौरान में वह हमेशा उदास-उदास रहता था। उसका चेहरा चमक रहा था और नाक जो चन्द रोज़ पहले भद्दी म्यान के अन्दर छिपी हुई तलवार का नक़्शा पेश करती थी, उस पर सबसे स्पष्ट नज़र आ रही थी।

वह मेरे कमरे के अन्दर दाख़िल हुआ और सिगरेट सुलगाकर मेरे पास बैठ गया। उसके होंठों के अन्तिम कोने कँपकँपा रहे थे। ज़ाहिर है कि वह मुझे कोई बड़ी अहम बात सुनाने वाला है। मैं सचेत हो गया।

उसने सिगरेट के धुएँ से छल्ला बनाया और उसमें अपनी उँगली गाड़ते हुए मुझसे कहा, “अब्बास मैं कल यहाँ से जा रहा हूँ।”

“जा रहे हो?” मेरी हैरत की कोई इन्तिहा न रही।

“मैं कल यहाँ से जा रहा हूँ, शायद हमेशा के लिए। मैं इस ख़बर से तुम्हें सूचित करने के लिए न आता, मगर मुझे तुम से कुछ रुपये लेने हैं जो तुमने मुझसे क़र्ज़ ले रखे हैं—क्या तुम्हें याद है?”

मैंने जवाब दिया, “याद है, पर तुम जा कहाँ रहे हो?...और फिर हमेशा के लिए...?”

“बात यह है कि मुझे अपनी बीवी से इश्क़ हो गया है और कल रात मैं उसे भगाकर अपने साथ लिये जा रहा हूँ...वह तैयार हो गयी है।”

ये सुनकर मुझे इस क़दर हैरत हुई कि मैं बेवक़ूफ़ों की मानिन्द हँसने लगा और देर तक हँसता रहा। वह अपनी विधिवत बीवी को जिसे वह जब चाहता उँगली पकड़कर अपने साथ ला सकता था। अग़वा करके ले जा रहा था—भगाकर ले जा रहा था। जैसे, जैसे...मैं क्या कहूँ कि उस वक़्त मैंने क्या सोचा...दरअसल, मैं कुछ सोचने के क़ाबिल ही न रहा था।

मुझे हँसता देखकर उसने निन्दा-भरी नज़रों से मेरी तरफ़ देखा, “अब्बास! ये हँसने का मौक़ा नहीं। कल रात वह अपने मकान के साथ वाले बाग़ में मेरा इन्तिज़ार करेगी और मुझे सफ़र के लिए कुछ रुपया जमा करके उसके पास ज़रूर पहुँचना चाहिए। वह क्या कहेगी अगर मैं अपने वायदे पर क़ायम न रहा...तुम्हें क्या मालूम, मैंने किन-किन मुश्किलों के बाद पहुँच हासिल करके उसको इस बात पर तैयार किया है।”

मैंने फिर हँसना चाहा। मगर उसको अति गम्भीर देखकर मेरी हँसी दब गयी और मुझे कतअयी तौर पर मालूम हो गया कि वह वाक़यी अपनी निकाह की हुई बीवी को भगाकर ले जा रहा है। कहाँ?...ये मुझे मालूम न था।

मैं ज़्यादा विस्तार में न गया और उसे वे रुपये अदा कर दिये जो मैंने अर्सा

हुआ उससे क़र्ज़ लिये थे और ये समझकर अभी तक न दिये थे कि वह न लेगा। मगर उसने ख़ामोशी से नोट गिनकर अपनी जेब में डाले और बग़ैर हाथ मिलाये जाने ही वाला था कि मैंने आगे बढ़कर उससे कहा, "तुम जा रहे हो...लेकिन मुझे भुला न देना।"

मेरी आँखों में आँसू आ गये, मगर उसकी आँखें बिलकुल ख़ुश्क थीं।

"मैं कोशिश करूँगा।" ये कहकर वह चला गया। मैं बहुत देर तक जहाँ खड़ा था बुत बना रहा।

जब उधर उसकी ससुरालवालों को पता चला कि उनकी लड़की रात में कहीं ग़ायब हो गयी है तो चिन्ता छा गयी। एक हफ़्ते तक उन्होंने उसे इधर-उधर तलाश किया और किसी को इस वाक़ये की ख़बर तक न होने दी। मगर बाद में लड़की के भाई को मेरे पास आना पड़ा और मुझे अपना हमराज़ बनाकर उसे सारी राम कहानी सुनानी पड़ी।

वे बेचारे ये ख़याल कर रहे थे कि लड़की किसी और आदमी के साथ भाग गयी है और लड़की का भाई मेरे पास इस ग़रज़ से आया था कि उनकी तरफ़ से मैं अपने दोस्त को इस दुखद घटना से आगाह करूँ। वह बेचारा शर्म के मारे ज़मीन में गड़ा जा रहा था।

जब मैंने उसको असल वाक़ये से आगाह किया तो हैरत के कारण उसकी आँखें खुली-की-खुली रह गयीं। इस बात से तो उसे ढाँढस हुई कि उसकी बहिन किसी ग़ैर मर्द के साथ नहीं गयी बल्कि अपने शौहर के पास है लेकिन उसकी समझ में नहीं आता था कि मेरे दोस्त ने यह अनुचित हरकत क्यों की?

"बीवी उसी की थी। जब चाहता ले जाता। मगर इस हरकत से तो ये मालूम होता है कि जैसे..."

वह कोई मिसाल पेश न कर सका और मैं भी उसे कोई सन्तोषजनक जवाब न दे सका।

कल सुबह की डाक से मुझे उसका ख़त मिला। जिसको मैंने काँपते हुए हाथों से खोला। लिफ़ाफ़े में एक काग़ज़ था, जिस पर एक टेढ़ी लकीर खिंची हुई थी—ख़ाली लिफ़ाफ़ा एक तरफ़ रखकर मैं उस गोंद की तरफ़ देखने लगा—जो मैंने बोर्ड पर चिपके हुए काग़ज़ पर गिराया था।

पहचान

एक निहायत ही थर्ड क्लास होटल में देसी व्हिस्की की बोतल ख़त्म करने के बाद तय हुआ कि बाहर घूमा जाये और एक ऐसी औरत तलाश की जाये जो होटल और व्हिस्की से पैदा हुई खिन्नता को दूर कर सके। कोई ऐसी औरत ढूँढी जाये जो होटल की घुटन के मुक़ाबले में आनन्दपरक और बदज़ायक़ा व्हिस्की के मुक़ाबले में लज़ीज़ हो।

फ़ख्र ने होटल के गंदे परिवेश से बाहर निकलते ही मुझसे और मसूद से कहा, "कोई दानेदार औरत हो...अच्छे गवैये के गले की तरह उसमें बड़े-बड़े दाने हों...ख़ुदा की क़सम तबियत साफ़ हो जाये।"

व्हिस्की दानों से बिलकुल ख़ाली थी। सोडा भी बिलकुल बेजान था। शायद इसी वजह से फ़ख्र दानेदार औरत का क़ायल हो रहा था। हम तीनों औरत चाहते थे। फ़ख्र दानेदार औरत चाहता था। मुझे ऐसी औरत अपेक्षित थी जो बड़े सलीक़े से वाहियात बातें करे...और मसूद को ऐसी औरत की ज़रूरत थी जिसमें बनियापन न हो। अपनी फ़ीस के रुपये लेकर ट्रंक में या जहाँ उसका जी चाहे रखे और कुछ अर्से के लिए भूल जाये कि सौदा कर रही है।

उस बाज़ार का रास्ता हम जानते थे, जहाँ औरतें मिल सकती हैं। काली, नीली, पीली, लाल और जामुनी रंग की औरतें। पेड़ों की तरह उनके मकान एक क़तार में दूर तक दौड़ते चले गये हैं। ये रंग-बिरंगी औरतें उनमें पके हुए फलों के मानिन्द लटकी रहती हैं। आप नीचे से ढेले और पत्थर मारकर उन्हें गिरा सकते हैं।

हमें ये औरतें अपेक्षित नहीं थीं। दरअसल हम अपने आप को धोखा देना चाहते थे। हम ऐसी औरत या औरतें चाहते थे जो आम चलन में प्राइवेट हों। यानी जो मण्डी के हुजूम में से निकलकर पृथक शरीफ़ मुहल्लों में अपना कारोबार चला रही हों।

हम तीनों में फ़ख्र सबसे ज़्यादा तजुर्बेकार था। इच्छा-शक्ति भी उसमें हम सबसे ज़्यादा थी। एक ताँगेवाला जब हमारे पास से गुज़रा तो उसने हाथ के इशारे

से उसे रोका और बग़ैर किसी झिझक के मायनेख़ेज़ लहजे में उससे कहा, "हम सैर करना चाहते हैं...चलोगे?"

ताँगेवाले ने जो संजीदा और सभ्य आदमी मालूम होता था, हम तीनों की तरफ़ बारी-बारी देखा, मैं झेंप-सा गया। ख़ामोशी-ही-ख़ामोशी में वह हमसे कह गया था, "तुम नौजवानों को शराब पीकर ये क्या हो जाता है?"

फ़ख्र ने दोबारा उससे कहा, "हम सैर करना चाहते हैं...चलोगे?" फिर फ़ौरन ही उसे कुछ ख़याल आया और अपना मतलब और ज़्यादा स्पष्ट कर दिया, ''कोई माल-वाल है तुम्हारी निगाह में?''

मसूद और मैं दोनों एक तरफ़ खिसक गये। मसूद ने घबराकर मुझसे कहा, "यह फ़ख्र कैसा आदमी है। इसे कुछ समझाओ।"

मसूद से मैं कुछ कहने ही वाला था कि फ़ख्र ने आवाज़ दी, "आओ भाई आओ...बैठो ताँगे में।" हम तीनों ताँगे में बैठ गये। मुझे अगली सीट पर जगह मिली।

दिसम्बर के आख़िरी दिन थे। रात के आठ बज चुके थे। व्हिस्की पीने के बावजूद हमें सर्दी महसूस हो रही थी। चूँकि अगली सीट पर था और तीनों में से सबसे ज़्यादा कमज़ोर था, इसलिए मेरे कान सुन्न हो रहे थे। जब ताँगा डफ़रिन ब्रिज के नीचे उतरा तो मैंने मफ़लर निकालकर कानों और सिर पर लपेट लिया और ओवरकोट का कॉलर भी ऊँचा कर लिया।

साँस घोड़े के नथुनों से भाप बनकर बाहर निकल रही थी। हम तीनों ख़ामोश थे। ताँगेवाला मोटे और खुरदरे कम्बल में लिपटा खामोशी से अपना ताँगा चला रहा था। मैंने उसकी तरफ़ ग़ौर से देखा। संजीदगी उसके चेहरे पर ठिठुर-सी रही थी, जो मुझे बहुत बुरी मालूम हुई। चुनांचे मैंने फ़ख्र से कहा, ''फ़ख्र ये आदमी कैसा है...कोई बात ही नहीं करता। ऐसा मालूम होता है कास्टर आयल पीकर बैठा है।"

ताँगेवाला मेरे इस रिमार्क पर भी ख़ामोश रहा। फ़ख्र ने कहा, ''ज़्यादा बातें करने वाले आदमी ठीक नहीं होते। ये हमारा मतलब समझ गया है। ले चलेगा, जहाँ अच्छी चीज़ हुई।"

मसूद जो सिगरेट सुलगा रहा था एकदम बोला, ''वल्लाह! औरत कितनी अच्छी चीज़ है...औरत, औरत कम है चीज़ ज़्यादा है।'' मैंने उसको ज़रा और खूबसूरत बनाकर कहा, "मसूद, चीज़ नहीं—चीज़ी।"

शायर आदमी था। फड़क उठा, "वल्लाह! क्या बात पैदा की है। चीज़ नहीं, चीज़ी...सो मियाँ ताँगेवाले चीज़ और चीज़ी में जो फ़र्क़ है उसका ध्यान रखना।'' ताँगेवाला ख़ामोश रहा।

अब मैंने उसकी तरफ़ और ज़्यादा ग़ौर से देखा। मज़बूत जिस्म का आदमी था। उम्र पैंतीस बरस के लगभग होगी। पतली-पतली मूँछें थीं जिनके बाल नीचे को

झुके हुए थे। सर्दी के कारण चूँकि उसने कम्बल का ढाटा-सा बना रखा था। इसलिए उसका पूरा चेहरा नज़र न आता था।

मैंने उसकी तरफ़ देखकर फ़ख्र से पूछा, "कहाँ ले जा रहा है हमें?"

फ़ख्र ने जो ज़्यादा सोच-विचार का आदी नहीं था जवाब दिया, "इतने बेताब क्यों होते हो?—अभी थोड़ी देर के बाद चीज़ तुम्हारे सामने आ जायेगी।"

'मसूद' ने इस पर 'फ़ख्र' से कहा, "तुम से क्या बात हुई है इसकी?"

फ़ख्र ने जवाब दिया, "रौशन आरा रोड पर...कुछ में रहती हैं। कहता है हमारे काम की हैं।"

मेमों का नाम सुनकर मसूद को अपने एक दोस्त की नज़्म याद आ गयी। उसका हवाला देकर उसने कहा, "तो चलो आज लगे हाथों देश के कर्णधारों की बेबसी का इन्तिक़ाम भी ले लिया जायेगा। वल्लाह! ऐसा मालूम होता है कि ये ताँगेवाला भी शौक़ीन है। वह नज़्म ज़रूर पढ़ी होगी इसने।"

इसके बाद देर तक मेमों के बारे में बातचीत होती रही। मैं और मसूद मेमों के बिलकुल कायल नहीं थे। लेकिन फ़ख्र को औरतों की ये क़िस्म पसन्द थी। उनका इल्म साइन्टीफ़िक होता है यानी ये औरतें बड़े साइन्टीफ़िक तरीके पर अपना कारोबार चलाती हैं। उनके मुकाबले में पूर्वी औरतों को रखिये तो वही अन्तर नज़र आयेगा जो हमारे यहाँ की रेवड़ी और वहाँ की टॉफ़ी में है। भई दरअसल बात यह है कि उन मेमों का पैकिंग बड़ा अच्छा होता है।

मैंने कहा, "फ़ख्र! मुमकिन है तुम्हारा नज़रिया दुरुस्त हो, मगर भाई, मैं ऐसे मौक़ों पर ज़बान की मुश्किलात बर्दाश्त नहीं कर सकता। मैं अपने दफ़्तर में बड़े साहब के साथ अंग्रेज़ी बोल सकता हूँ। मैं यहाँ देहली में रहकर इस ताँगेवाले से उर्दू में बातचीत करना गवारा कर सकता हूँ। मगर इस मौके पर अंग्रेज़ी में गुफ़्तगू नहीं कर सकता। मेरी पतलून अंग्रेज़ी, मेरी टाई अंग्रेज़ी, मेरा शू अंग्रेज़ी...ये सब चीज़ें अंग्रेज़ी हो सकती हैं। मगर खुदा के लिए वो चीज़ मुझसे अंग्रेज़ी में कैसे हो सकती है।"

फ़ख्र अपना नज़रिया भूल कर हँसने लगा। मसूद शायद अभी तक अपने दोस्त की लिखी हुई नज़्म पर ग़ौर कर रहा था। जिसमें शायर ने एक फ़िरंगी औरत के होंठ चूस कर नेताओं की बेबसी का इन्तिक़ाम लिया था—अचानक चौंक कर उसने कहा, "क्यों भई! ये ताँगा कब तक चलता रहेगा?"

ताँगेवाले ने एकदम बागें खींचकर ताँगा ठहरा दिया और फ़ख्र से कहा, "वह जगह आ गयी साहब। आप अकेले चलियेगा या..."

हम तीनों ताँगेवाले के पीछे-पीछे चल दिये।

एक हल्की रौशन गली में वह हमें ले गया। दिल्ली की दूसरी गलियों से यह

गली कुछ अलग थी। इसलिए कि बहुत चौड़ी थी। दायें हाथ को एक मंज़िला मकान था। जिसकी खिड़कियों और दरवाज़ों पर चिकें लटकी हुई थीं। एक दरवाज़े की चिक उठाकर ताँगेवाला अन्दर दाखिल हो गया। चन्द लम्हात के बाद बाहर आया और हमें अन्दर ले गया।

कमरे में घुप अँधेरा था। मैंने जब कहा, "भाई हम कहीं औंधे मुँह न गिर पड़ें।" तो दूसरे कमरे से किसी औरत की भद्दी आवाज़ सुनायी दी, ''लालटेन तो ले गया होता तू'' और थोड़ी ही देर के बाद ताँगेवाला एक अन्धी-सी लालटेन लेकर नमूदार हुआ, ''चलिये अन्दर तशरीफ़ ले चलिये।" हम तीनों अन्दर तशरीफ़ ले गये। दो काली भुजँगी, इन्तिहाई बदसूरत औरतें नज़र आयीं। जिन्होंने ढीले-ढीले फ्रॉक पहिन रखे थे—ये मेमें थीं। मैंने अपनी हँसी रोककर फ़ख़्र से कहा, "क्या लज़ीज़ टॉफ़ियाँ हैं।"

मेरी ये बात सुनकर उन मेमों में से एक जिसका स्याह चेहरा सुर्ख़ी लगाने के कारण ज़्यादा पकी हुई ईंट की-सी रंगत इख़्तियार कर गया था, हँसी—मैं भी हँस दिया और बड़े प्यार से पूछा, "क्या नाम है आपका?"

बोली—"लूसी।"

शायर मसूद ने आगे बढ़कर दूसरी से पूछा, "आपका?"

उसने जवाब दिया, "मैरी।"

फ़ख़्र भी आगे बढ़ आया, "क्यों साहब, आप काम क्या करती हैं?"

दोनों लजा गयीं। एक ने अदा से कहा, "कैसा बात करता है तुम?"

दूसरी ने कहा, "चलो जल्दी करो। रहना माँगता है या नहीं। हमें रोटी पकाना है।"

मैंने उसके हाथों की तरफ़ देखा तो गीले आटे से भरे हुए थे और वह उसकी मरोड़ियाँ बना रही थी। ताँगेवाला वास्तव में हमें ग़लत जगह ले आया था। मरोड़ियाँ उसके हाथों से कच्चे फ़र्श पर गिर रही थीं और मुझे ऐसा मालूम होता था कि अनाज रो रहा है और ये मरोड़ियाँ उसके आँसू हैं।

हम तीनों के तीनों उस मकान में आकर सख़्त परेशान हो गये। मगर हम अपनी परेशानी उन दो औरतों पर ज़ाहिर करना नहीं चाहते थे। हमें सख़्त नाउम्मीदी हुई थी। अगर हम उनसे साफ़ लफ़्ज़ों में कह देते कि तुम हमारे मतलब की नहीं हो तो ज़रूर उनके जज़्बात को ठेस पहुँचती। औरत जिसके हाथ आटे में लुथड़े हों, ऐसे जज़्बात से मुक्त नहीं हो सकती।

मैंने उन दोनों की तारीफ़ की। फ़ख़्र ने भी मेरा साथ दिया। फिर हम तीनों जल्द वापस आने का वायदा करके वहाँ से निकल गये। ताँगेवाला हमारा मतलब समझ गया था। अतः उसे चन्द लम्हात के लिए वहाँ ठहराना पड़ा। जब वह बाहर निकला तो फ़ख़्र ने उससे कहा, "तुम इन्हें मेमें कहते हो?"

ताँगेवाले ने बड़ी धीरता के साथ जवाब दिया, "लोग यही कहते हैं साहब।"

"लोग झक मारते हैं...मैंने ख़याल किया था कि तुम मेरा मतलब समझ गये होगे...अब ख़ुदा के लिए किसी ऐसी जगह ले चलो, जहाँ हम चन्द घड़ियाँ अपना दिल बहला सकें।"

मसूद ने तीनों का साझा मक़सद और ज़्यादा स्पष्ट करने की कोशिश की, "देखो हम ऐसी जगह जाना चाहते हैं, जहाँ कुछ अर्से के लिए बैठ सकें—हमें ऐसी औरत के पास ले चलो जो बातें करने का सलीक़ा रखती हो—भाई हम कोरे नहीं हैं। किसी फ़ौज के सिपाही नहीं हैं। तीन शरीफ़ आदमी हैं। जिन्हें औरत से बातचीत किये बरसों गुज़र चुके हैं...समझे?"

ताँगेवाले ने हाँ में सिर हिला दिया, "तो चलिये, बैठिये, आपको सदर बाज़ार ले चलता हूँ..."

फ़ख़्र ने पूछा, "कौन है वहाँ?"

ताँगेवाले ने घोड़े की बागें थामकर जवाब दिया, "एक पंजाबन है। बहुत लोग आते हैं उसके पास।"

ताँगेवाले ने पंजाबन के घर का रुख़ किया।

रास्ते में उन दो मेमों का ज़िक्र छिड़ गया। हम में से हर एक को वहाँ जाने का अफ़सोस था। इसलिए कि हम सबसे ज़्यादा वे नाउम्मीद हुई थीं। मैंने उनको कुछ रुपये दे दिये होते, मगर ये भीख हो जाती। फ़ख़्र ने हमारी इस गुफ़्तगू में ज़्यादा हिस्सा न लिया। वह चाहता था कि उनका ज़िक्र न किया जाये, लेकिन जब तक ताँगा पंजाबन के घर तक न पहुँचा, उनका ज़िक्र होता रहा।

ताँगा एक बड़े बाज़ार में फुटपाथ के पास रुका। तबेले के साथ वाला मकान था। जिधर का हम चारों ने रुख़ किया। ज़ीना तय करके हम ऊपर पहुँचे। सामने पाख़ाना था, दरवाज़े से अलग—उसके साथ ही पुरानी मुग़ल शैली का कमरा था जिसमें हम चारों दाख़िल हुए। उस कमरे के आख़िरी सिरे पर चार आदमी बैठे ताश खेलने में व्यस्त थे, जो हमारी आमद से अनभिज्ञ रहे। अलबत्ता वह औरत जो उनके पास खड़ी थी और एक आदमी के पत्तों में दिलचस्पी ले रही थी, आहट पाकर हमारी तरफ़ आयी।

यहाँ भी लालटेन की मद्धिम रौशनी थी, जिसको ताश खेलनेवाले चारों तरफ़ से घेरे हुए थे। जब वह फ़ख़्र के पास आयी और कूल्हे पर हाथ रख कर खड़ी हो गयी तो मैंने ग़ौर से उसे देखा...उसकी उम्र कम-अज़-कम पैंतीस बरस के क़रीब थी। छातियाँ बड़ी-बड़ी थीं जो उसने बड़े ही बेहूदा और अश्लील अन्दाज़ से ऊपर को उठा रखी थीं। तंग माथे पर नीले रंग का चाँद खुदा हुआ था। जब वह मसूद की तरफ़ देखकर मुस्कुरायी तो मुझे उसके सामने के दो दाँतों में सोने की कीलें

नज़र आयीं—बड़ी ख़ौफ़नाक औरत थी। उसका मुँह कुछ इस अन्दाज़ से खुलता था जैसे नींबू निचोड़ने वाली मशीन का खुलता है।

उसने फ़ख्र को आँख मारी और पूछा, "कहो क्या बात है?"

फ़ख्र ने बच्चे की तरह कहा, "आपका नाम।"

उसने कूल्हे पर हाथ रखे, हम तीनों को बारी-बारी से देखा, "गुलज़ार।"

फ़ख्र ने फ़ौरन ही खेद व्यक्त किया, "हम गुलाब के यहाँ आये थे, ग़लती से इधर चले आये। माफ़ कर दीजियेगा।"

ये सुनकर वह फ़ख्र के हाथ से सिगरेट छीन कर कश लगाती ताश खेलने वालों के पास चली गयी, जो अभी तक हमारे आगमन से लापरवाह थे। नीचे उतर कर हम तीनों ने ताँगेवाले को फिर अपना मतलब समझाया और उसको बताया कि हम किस क़िस्म की औरत चाहते हैं। उसने हम तीनों का लेक्चर सुना और कहा, "आप थोड़े लफ़्ज़ों में मुझे बताइये कि आप कहाँ जाना चाहते हैं?"

मैंने तंग आकर फ़ख्र से कहा "भई तुम ही उसे उन थोड़े लफ़्ज़ों से समझाओ जो तुम्हारे पास बाक़ी रह गये हैं।"

फ़ख्र ने उसे समझाया, "देखो हमें किसी लड़की के पास ले चलो...ऐसी औरत के पास जो सोलह-सतरह बरस की हो। इससे ज़्यादा की हरगिज़ न हो। समझे?"

ताँगेवाले ने कम्बल की बुक्कल मार के बागें थामीं और कहा, "आपने पहले ही कह दिया होता। चलिये...अब आपको ठीक जगह पर ले चलूँगा।"

आधे घण्टे के बाद ठीक जगह भी आ गयी—खुदा मालूम कौन-सा बाज़ार था। दूसरी मंज़िल पर एक बैठक-सी थी। जिसके दरवाज़े पर मोटा और मैला टाट लटक रहा था। मिट्टी के कूड़े में गुँधा हुआ आटा पास ही पड़ा था। धुआँ इस क़दर था कि अन्दर दाख़िल होते ही हमारी आँखों में आँसू आ गये।

बुढ़िया ने चूल्हे में लकड़ियाँ झाड़कर हमारी तरफ़ देखा और ताँगेवाले से देहाती लहज़े में कहा, "इन्हें अन्दर ले जाओ।"

ताँगेवाले ने अँधेरे कमरे में दियासलाई जलाकर हमें दाख़िल किया और कील से लटकी हुई लालटेन को रौशन करके बाहर चला गया। मैंने कमरे का जायज़ा लिया। कोने में एक बहुत पुराना पलँग था, जिसके पाये रंगीन थे। उस पर मैली-सी चादर बिछी हुई थी। तकिया भी पड़ा था, जिस पर सुर्ख रंग के फूल कढ़े हुए थे। पलँग के साथ वाली दीवार की कांस पर तेल की एक मैली बोतल और लकड़ी की कंघी पड़ी थी। उसके दाँतों में सिर का मैल और कई बाल फँसे हुए थे। पलँग के नीचे एक टूटा हुआ ट्रंक था, जिस पर एक काली गुरगाबी रखी थी।

मसूद और फ़ख्र दोनों पलँग पर बैठ गये। मैं खड़ा रहा। थोड़ी देर के बाद एक छोटे क़द लड़की अपने से दुगना दुपट्टा ओढ़ने की कोशिश करती अन्दर दाख़िल

हुई। फ़ख़ और मसूद दोनों उठ खड़े हुए। जब वह लालटेन की रौशनी में आयी तो मैंने उसे देखा। उसकी उम्र बमुश्किल चौदह बरस के क़रीब होगी। छातियाँ आड़ू के बराबर थीं। मगर उसके चेहरे से मालूम होता था कि वह अपने जिस्म को पीछे छोड़कर बहुत आगे निकल चुकी है। बहुत आगे, जहाँ शायद उसकी माँ भी नहीं पहुँच सकी जो बाहर आँगन में चूल्हा झोंक रही थी। उसके नथुने फड़क रहे थे और इस अन्दाज़ से अपना एक हाथ हिला रही थी जैसे मक्कार दुकानदार की तरह डंडी मारेगी और कभी पूरा तोल नहीं तोलेगी।

हम तीनों उसको हैरत भरी नज़रों से देखते रहे। फ़ख़ शर्म भी महसूस कर रहा था। मसूद की सारी शायरी सिमटकर शायद उसके नाखूनों में चली आयी। क्योंकि वह बुरी तरह उन्हें दाँतों से काट रहा था।

मैंने एक बार फिर उसकी तरफ़ देखा जैसे मुझे अपनी आँखों पर यक़ीन नहीं आया। ठिगनी-सी लड़की थी जो एक बहुत बड़ा मैला-सा दुपट्टा ओढ़ने की कोशिश कर रही थी। रंग गहरा साँवला। बदन की बनावट से मालूम होता था कि वह बड़ी तेज़ी से चली हुई गाड़ी है जो अब एकदम रुक गयी है। उसके पहियों में ब्रेक लग गये हैं और वहीं खड़े-खड़े उसका रंग-रोगन धूप और बारिश में उड़ गया है। इस उम्र में भद्दी-से-भद्दी लड़की के जिस्म में जो एक किस्म की शोख़ जाज़बियत (लावण्य) होती है उसमें बिलकुल नहीं थी। कपड़ों के बावजूद वह नंगी दिखायी देती थी। बहुत ही बेहूदा और अनुचित तरीक़े से नंगी—उसके जिस्म का निचला हिस्सा क़तअयी तौर पर ग़ैर-ज़नाना था।

मैं उससे कुछ कहने ही वाला था कि उसके पीछे से एक बुड्ढा प्रकट हुआ। बिलकुल सफ़ेद दाढ़ी। सिर बुढ़ापे के कारण हिल रहा था। लड़की ने देहाती ज़बान में उससे कुछ कहा। जिसका मतलब मैं सिर्फ़ इस क़दर समझा कि बुड्ढा उसका नाना है।

हम तीनों सही मायनों में उठ भागे। नीचे बाज़ार में पहुँचे तो हमारी खिन्नता कुछ दूर हुई। बुड्ढे और लड़की को देखकर हमारे सौन्दर्य-बोध को बहुत ही गहरा सदमा पहुँचा था। देर तक हम चुपचाप रहे।

फ़ख़ टहलता रहा। मसूद एक कोने में पेशाब करने के लिए बैठ गया। मैं ओवर कोट की जेबों में हाथ डाले ऊपर आसमान की तरफ़ देखता रहा, जहाँ नामुकम्मल चाँद बिलकुल उस कमउम्र लौंडिया की तरह जिसके जिस्म का निचला हिस्सा ग़ैर-ज़नाना था, बादल के एक बहुत बड़े टुकड़े का दुपट्टा ओढ़ने की कोशिश कर रहा था...उससे कुछ दूर एक छोटा सफ़ेद टुकड़ा उसके नाना के बूढ़े सिर की तरह लरज़ रहा था...।

मेरे बदन पर झुरझुरी आ गयी।

हम सम्भवतः दस-बारह मिनट तक बाज़ार में खड़े रहे। इसके बाद ताँगेवाला

नीचे उतरा। फ़ख्र के पास जाकर उसने कहा, "आपने आठ बजे ताँगा लिया था—अब ग्यारह बज चुके हैं। तीन घंटों के पैसे दे दीजिये।"

फ़ख्र ने कुछ कहे बग़ैर दो रुपये उसको दे दिये। रुपये लेकर वह मुस्कुराया, "बाबू जी आपको कुछ पहचान नहीं—ऐसी करारी लौंडिया तो शहर भर में नहीं मिलेगी आपको...ख़ैर आपको इख़्तियार—ताँगे में बैठिये मैं अभी आया।"

उसको ऊपर जाने की ज़हमत न उठानी पड़ी। क्योंकि सफ़ेद दाढ़ी वाला बुड्ढा उसके पीछे-पीछे चला आया था और मोरी के पास खड़ा अपना बूढ़ा सिर हिला रहा था। उसको दो रुपये देकर जब ताँगेवाले ने बागें थामीं तो उसकी संजीदगी ग़ायब थी, "चल बेटा," कहकर उसने अपनी भद्दी मगर आनन्द-भरी आवाज़ में गाना शुरू कर दिया...

सावन के नज़ारे हैं... लाला...

शरीफ़न

जब क़ासिम ने अपने घर का दरवाज़ा खोला तो उसे सिर्फ़ एक गोली की जलन थी, जो उसकी दायीं पिंडली में गड़ गयी थी। लेकिन अन्दर जाकर, जब उसने अपनी बीवी की लाश देखी तो उसकी आँखों में ख़ून उतर आया। करीब था कि वह लकड़ियाँ फाड़ने वाले गँड़ासे को उठाकर पागलों की तरह बाहर निकल जाये और ख़ून-ख़राबे का बाज़ार गर्म कर दे कि अचानक उसे अपनी लड़की शरीफ़न का ख़याल आया।

"शरीफ़न—शरीफ़न"—उसने ऊँची आवाज़ में पुकारना शुरू किया।

सामने, दालान के दोनों दरवाज़े बन्द थे। क़ासिम ने सोचा, 'शायद डर के मारे अन्दर छिप गयी होगी।' इसलिए वह उस तरफ़ बढ़ा और झीरी के साथ मुँह लगा कर कहा—"शरीफ़न... शरीफ़न, मैं हूँ तुम्हारा बाप"—मगर अन्दर से कोई जवाब न आया। क़ासिम ने दोनों हाथों से किवाड़ को धक्का दिया। पट खुले और वह औंधे-मुँह दालान में गिर पड़ा। सँभलकर, जब उसने उठना चाहा तो उसे लगा कि वह किसी... क़ासिम चीख़ कर उठ बैठा।

एक गज़ के फ़ासले पर एक जवान लड़की की लाश पड़ी थी—नंगी, बिलकुल नंगी। गोरा-गोरा, सुडौल शरीर; छत की तरफ़ उठे हुए, छोटे-छोटे स्तन—क़ासिम का सारा वजूद एकदम हिल गया। उसकी गहराइयों से एक गगन-भेदी चीख़ उठी, लेकिन उसके होंठ इस ज़ोर से भिंचे हुए थे कि बाहर न निकल सकी। उसकी आँखें अपने आप बन्द हो गयी थीं। फिर भी उसने दोनों हाथों से अपना चेहरा ढाँप लिया। मरी-सी आवाज़ उसके मुँह से निकली—"शरीफ़न"—और उसने आँखें बन्द किये हुए ही, दालान में इधर-उधर हाथ मारकर, कुछ कपड़े उठाये और उन्हें शरीफ़न की लाश पर गिराकर, यह देखे बिना ही बाहर निकल गया कि वे उससे कुछ दूर गिरे थे।

बाहर निकलकर उसने अपनी बीवी की लाश न देखी। बहुत मुमकिन है, उसे नज़र ही न आयी हो, इसलिए कि उसकी आँखें शरीफ़न की नंगी लाश से भरी हुई थीं। उसने कोने में पड़ा हुआ, लकड़ियाँ फाड़ने वाला गँड़ासा उठाया और घर से बाहर निकल गया।

क़ासिम की दायीं पिंडली में गोली गड़ी हुई थी, लेकिन उसका एहसास घर के अन्दर घुसते ही उसके दिल और दिमाग़ से ग़ायब हो गया था। उसकी वफ़ादार प्यारी बीवी मर चुकी थी। उसका दुख भी उसके दिमाग़ के किसी कोने में मौजूद नहीं था। बार-बार उसकी आँखों के सामने एक ही तस्वीर आती थी—शरीफ़न की—नंगी शरीफ़न की... और वह भाले की अनी (नोक) बन-बन कर, उसकी आँखों को छेदती हुई उसकी रूह को भी चीरती चली जाती।

गँड़ासा हाथ में लिये हुए, क़ासिम सुनसान बाज़ारों में उबलते हुए लावे की तरह बहता चला जा रहा था। चौक के पास उसका सामना एक सिक्ख से हुआ। बड़ा कठोर था, लेकिन क़ासिम ने कुछ ऐसे बेतुकेपन से हमला किया और ऐसा भरपूर हाथ मारा कि वह तेज़ तूफ़ान में उखड़े हुए पेड़ की तरह ज़मीन पर आ रहा।

क़ासिम की नसों में उसका ख़ून और ज़्यादा गर्म हो गया और बजने लगा तड़...तड़...तड़...तड़ जैसे खौलते हुए तेल पर पानी का हल्का-सा छींटा पड़ जाये।

दूर, सड़क के उस पार, उसे कुछ आदमी नज़र आये। तीर की तरह वह उनकी तरफ़ बढ़ा। उसे देखकर उन लोगों ने 'हर हर महादेव' के नारे लगाये। क़ासिम ने जवाब में अपना नारा लगाने की बजाय उन्हें माँ-बहन की मोटी-मोटी गालियाँ दीं और गँड़ासा ताने, उनमें घुस गया।

कुछ ही मिनटों में तीन लाशें सड़क पर तड़प रही थीं। दूसरे भाग गये। लेकिन क़ासिम का गँड़ासा देर तक हवा में चलता रहा। असल में उसकी आँखें बन्द थीं। गँड़ासा घुमाते-घुमाते वह एक लाश के साथ टकराया और गिर पड़ा। उसने सोचा कि शायद उसे गिरा लिया गया है। चुनांचे उसने गन्दी-गन्दी गालियाँ देकर चिल्लाना शुरू किया—"मार डालो, मुझे मार डालो।"

लेकिन जब कोई हाथ उसे गर्दन पर महसूस न हुआ और न कोई चोट उसके बदन पर लगी, तो उसने अपनी आँखें खोलीं और देखा—सड़क पर तीन लाशों और उसके सिवा दूसरा कोई भी न था।

एक क्षण के लिए क़ासिम को निराशा हुई, क्योंकि शायद वह मरना चाहता था। लेकिन एकदम शरीफ़न—नंगी शरीफ़न—की तस्वीर उसकी आँखों में, पिघले हुए सीसे की तरह उतर गयी और उसके सारे वजूद को, बारूद का जलता हुआ पलीता बना गयी—वह फ़ौरन उठा। हाथ में गँड़ासा लिया और फिर खौलते हुए लावे की तरह सड़क पर बहने लगा।

जितने बाज़ार क़ासिम ने तय किये, सुनसान थे। एक गली में वह घुसा, लेकिन उसमें सब मुसलमान थे। उसको बहुत कोफ़्त हुई; चुनांचे उसने अपने लावे का रुख़ दूसरी तरफ़ फेर दिया। एक बाज़ार में पहुँचकर उसने अपना गँड़ासा हवा में ऊँचा लहराया और माँ-बहन की गालियाँ उगलनी शुरू कीं।

लेकिन सहसा उसे बहुत ही तकलीफ़देह एहसास हुआ कि अब तक वह सिर्फ़ माँ-बहन की गालियाँ ही देता रहा, इसलिए उसने फ़ौरन बेटी की गाली देनी शुरू की और ऐसी जितनी गालियाँ उसे याद थीं, सब-की-सब, एक ही साँस में बाहर उलट दीं। फिर भी उसे तसल्ली न हुई। झुँझलाकर वह एक मकान की तरफ़ बढ़ा, जिसके दरवाज़े के ऊपर हिन्दी में कुछ लिखा था।

दरवाज़ा अन्दर से बन्द था। क़ासिम ने पागलों की तरह गँड़ासा चलाना शुरू किया। थोड़ी ही देर में दोनों किवाड़ों के टुकड़े-टुकड़े हो गये—क़ासिम अन्दर दाख़िल हुआ। छोटा-सा घर था।

क़ासिम ने अपने सूखे हुए गले पर ज़ोर देकर फिर गालियाँ देनी शुरू कीं—"बाहर निकलो—बाहर निकलो।" सामने दालान का दरवाज़ा चरमराया। क़ासिम अपने सूखे हुए गले पर ज़ोर देकर गालियाँ देता रहा, दरवाज़ा खुला और एक लड़की प्रकट हुई।

क़ासिम के होंठ भिंच गये—भड़ककर उसने पूछा, "कौन हो तुम?"

लड़की ने सूखे होंठों पर ज़बान फेरी और जवाब दिया, "हिन्दू।"

क़ासिम तन कर खड़ा हो गया। जलती हुई आँखों से उसने उस लड़की की तरफ़ देखा, जिसकी उम्र चौदह या पन्द्रह बरस की थी। उसने हाथ से गँड़ासा गिरा दिया। फिर वह बाज़ की तरह झपटा और उस लड़की को धकेलकर दालान में ले गया। दोनों हाथों से उसने पागलों की तरह उसके कपड़े फाड़ने शुरू किये। धज्जियाँ और चिन्दियाँ यूँ उड़ने लगीं, जैसे कोई रुई धुनक रहा हो। लगभग आधा घंटा क़ासिम अपना प्रतिशोध लेने में व्यस्त रहा। लड़की ने कोई विरोध न किया, इसलिए कि वह फ़र्श पर गिरते ही बेहोश हो गयी थी।

जब क़ासिम ने आँखें खोलीं तो उसके दोनों हाथ लड़की की गर्दन में धँसे हुए थे। एक झटके के साथ उन्हें अलग करके वह उठा। पसीने में ग़र्क उसने एक नज़र उस लड़की की तरफ़ देखा, ताकि उसकी और तसल्ली हो सके।

एक गज़ के फ़ासले पर उस जवान लड़की की लाश पड़ी थी—नंगी बिलकुल नंगी। गोरा-गोरा, सुडौल शरीर; छत की तरफ़ उठे हुए, छोटे-छोटे स्तन—क़ासिम की आँखें सहसा बन्द हो गयीं। दोनों हाथों से उसने अपना चेहरा ढाँप लिया। बदन पर गर्म-गर्म पसीना, बर्फ़ हो गया और उसकी नसों में खौलता हुआ लावा पत्थर की तरह सख़्त हो गया।

थोड़ी देर के बाद एक आदमी, तलवार से लैस, मकान के अन्दर आया। उसने देखा कि दालान में कोई आदमी आँखें बन्द किये हुए, काँपते हाथों से फ़र्श पर पड़ी हुई किसी चीज़ पर कम्बल डाल रहा था। उसने गरज कर पूछा—"कौन हो तुम?" क़ासिम चौंका—उसकी आँखें खुल गयीं, मगर उसे कुछ नज़र न आया।

तलवार से लैस आदमी चिल्लाया—"क़ासिम!"

क़ासिम एक बार फिर चौंका। उसने अपने से कुछ दूर खड़े आदमी को पहचानने की कोशिश की, मगर उसकी आँखों ने साथ न दिया।

उस आदमी ने घबराये हुए स्वर में पूछा, "क्या कर रहे हो तुम यहाँ?"

क़ासिम ने काँपते हुए हाथ से फ़र्श पर पड़े हुए कम्बल की तरफ़ इशारा किया और खोखली आवाज़ में सिर्फ़ इतना कहा, "शरीफ़न..."

जल्दी से आगे बढ़कर उस आदमी ने कम्बल हटाया। नंगी लाश देख कर पहले वह काँपा, फिर उसने एकदम अपनी आँखें बन्द कर लीं। तलवार उसके हाथों से गिर पड़ी। आँखों पर हाथ रख कर, वह "विमला-विमला" कहता, लड़खड़ाते कदमों से बाहर निकल गया।

औरत ज़ात

महाराजा ग से रेसकोर्स पर अशोक की मुलाकात हुई। इसके बाद दोनों गहरे दोस्त बन गये।

महाराजा ग को रेस के घोड़े पालने का शौक़ ही नहीं पागलपन था। उसके अस्तबल में अच्छी से अच्छी नस्ल का घोड़ा मौजूद था और महल में जिसके गुंबद रेसकोर्स से साफ़ दिखायी देते थे, तरह-तरह के अजायब मौज़ूद थे।

अशोक जब पहली बार महल में गया तो महाराजा ग ने कई घंटे खर्च करके उसको अपनी तमाम दुर्लभ वस्तुएँ दिखायीं। ये चीज़ें जमा करने में महाराजा को सारी दुनिया का दौरा करना पड़ा था। हर मुल्क का कोना-कोना छानना पड़ा था। अशोक बहुत प्रभावित हुआ। अतः उसने नौजवान महाराजा ग के इस शौक की खूब प्रशंसा की।

एक दिन अशोक घोड़ों के टब लेने के लिए महाराजा के पास गया तो वह डार्क-रूम में फ़िल्म देख रहा था। उसने अशोक को वहीं बुलवा लिया। घोड़ों की रेस की फिल्म थी जो महाराजा ने खुद बनाई थी। जब प्रोजेक्टर चला तो पिछली रेस पूरी की पूरी पर्दे पर दौड़ गयी। महाराजा का घोड़ा उस रेस में अव्वल आया था।

उस फ़िल्म के बाद महाराजा ने अशोक की फ़रमाइश पर और कई फ़िल्में दिखायीं। स्विट्ज़रलैंड, पैरिस, न्यूयार्क, होनोलूलू, हवाई, वादी-ए-कश्मीर—अशोक बहुत प्रफुल्लित हुआ ये फिल्में कुदरती रंगों में थीं।

अशोक के पास भी सेक्सन मिली मीटर कैमरा और प्रोजेक्टर था। मगर उसके पास फ़िल्मों का इतना ज़खीरा नहीं था। दरअसल उसको इतनी फुर्सत ही नहीं मिलती थी कि अपना यह शौक़ जी भर के पूरा कर सके।

महाराजा जब कुछ फ़िल्म दिखा चुका तो उसने कमरे में रोशनी की और बड़े आत्मीय भाव से अशोक की रान पर धप्पा मारकर कहा, "और सुनाओ दोस्त।"

अशोक ने सिगरेट सुलगायी, "मज़ा आ गया फिल्म देखकर।"

"और दिखाऊँ।"

"नहीं-नहीं"

"नहीं भाई, एक ज़रूर देख—मज़ा आ जायेगा तुम्हें।" यह कहकर महाराजा ग ने एक सन्दूक़चा खोलकर एक रील निकाली और प्रोजेक्टर पर चढ़ा दी, "ज़रा इत्मिनान से देखना।"

अशोक ने पूछा, "क्या मतलब।"

महाराजा ने कमरे की लाइट ऑफ कर दी, "मतलब यह कि हर चीज़ ग़ौर से देखना।" ये कहकर उसने प्रोजेक्टर का स्विच दबा दिया।

पर्दे पर चन्द लम्हात सिर्फ़ सफ़ेद रौशनी थरथराती रही, फिर एकदम तस्वीरें शुरू हो गयीं। एक बिलकुल नंगी औरत सोफ़े पर लेटी थी। दूसरी सिंगार मेज़ के पास खड़ी अपने बाल सँवार रही थी।

अशोक कुछ देर ख़ामोश बैठा देखता रहा—इसके बाद एकदम उसके हलक़ से अजीब-ओ-ग़रीब आवाज़ निकली। महाराजा ने हँसकर उससे पूछा, "क्या हुआ?"

अशोक के हलक़ से आवाज़ फँस-फँसकर बाहर निकली, "बन्द करो यार, बन्द करो।"

"क्या बन्द करो?"

अशोक उठने लगा मगर महाराजा ग ने उसे पकड़कर बैठा दिया, "यह फिल्म तुम्हें पूरी की पूरी देखनी पड़ेगी।"

फ़िल्म चलती रही। पर्दे पर नग्नता मुँह खोले नाचती रही। मर्द और औरत की काम-क्रीड़ा नितान्त अश्लीलता के साथ थिरकती रही। अशोक ने सारा वक़्त बेचैनी में काटा। जब फ़िल्म बन्द हुई, पर्दे पर सिर्फ़ सफेद रौशनी थी तो अशोक को ऐसा महसूस हुआ कि कुछ उसने देखा था। प्रोजेक्टर की बजाय उसकी आँखें फेंक रही हैं।

महाराजा ग ने कमरे की लाइट ऑन की और अशोक की तरफ़ देखा और एक ज़ोर का क़हक़हा लगाया, "क्या हो गया है तुम्हें?"

अशोक कुछ सिकुड़-सा गया था। एकदम रौशनी होने के कारण उसकी आँखें मिंची हुई थीं। माथे पर पसीने के मोटे-मोटे क़तरे थे। महाराजा ग ने ज़ोर से उसकी रान पर धप्पा मारा और इस क़दर बेतहाशा हँसा कि उसकी आँखों में आँसू आ गये। अशोक सोफ़े पर से उठा। रूमाल निकालकर अपने माथे का पसीना पोंछा, "कुछ नहीं यार।"

"कुछ नहीं क्या—मज़ा नहीं आया।"

अशोक का हलक़ सूखा हुआ था। थूक निगलकर उसने कहा, "कहाँ से लाये यह फ़िल्म?"

महाराजा ने सोफ़े पर लेटते हुए जवाब दिया, "पैरस से...पे री...पे री।"

अशोक ने सिर को झटका-सा दिया, "कुछ समझ में नहीं आता।"

"क्या?"

"ये लोग—मेरा मतलब है कैमरे के सामने ये लोग कैसे..."

"यही तो कमाल है—है कि नहीं?"

"है तो सही," यह कहकर अशोक ने रूमाल से अपनी आँखें साफ़ कीं। "सारी तस्वीरें जैसे मेरी आँखों में फँस सी गयी हैं।"

महाराजा ग उठा, "मैंने एक दफ़ा चन्द लेडीज़ को यह फिल्म दिखायी।"

अशोक चिल्लाया, "लैडीज़ को?"

"हाँ-हाँ—बड़े मज़े ले लेकर देखी उन्होंने।"

"ग़लत।"

महाराजा ने बड़ी संजीदगी के साथ कहा, "सच कहता हूँ—एक दफ़ा देखकर दूसरी दफ़ा फिर देखी, चीखती, चिल्लाती और हँसती रहीं।"

अशोक ने अपने सिर को झटका-सा दिया, "हद हो गयी है—मैं तो समझता था वे बेहोश हो गयी होंगी।"

"मेरा भी यही ख़याल था, लेकिन उन्होंने खूब लुत्फ़ उठाया।"

अशोक ने पूछा, "क्या यूरोपियन थीं?"

महाराजा ग ने कहा, "नहीं भाई—अपने देश की थीं—मुझसे कई बार यह फिल्म और प्रोजेक्टर माँगकर ले गयीं—मालूम नहीं कितनी सहेलियों को दिखा चुकी हैं—"

"मैंने कहा..." अशोक कुछ कहते-कहते रुक गया।

"क्या?"

"एक-दो रोज़ के लिए यह फिल्म दे सकते हो मुझे?"

"हाँ-हाँ ले जाओ!" यह कहकर महाराजा ने अशोक की पसलियों में ठोका दिया, "साले किसको दिखायेगा।"

"दोस्तों को।"

"दिखा जिसको भी तेरी मर्ज़ी!" यह कहकर महाराजा ग ने प्रोजेक्टर में से फ़िल्म का स्पूल निकाला। उसको दूसरे स्पूल पर चढ़ा दिया और डिब्बा अशोक के हवाले कर दिया, "ले पकड़...ऐश कर!"

अशोक ने डिब्बा हाथ में ले लिया तो उसके बदन में झुरझुरी-सी दौड़ गयी। घोड़ों के टब लेना भूल गया और चन्द मिनट इधर-उधर की बातें करने के बाद चला गया।

घर से प्रोजेक्टर ले जाकर उसने कई दोस्तों को यह फ़िल्म दिखायी। तक़रीबन सबके लिए यौन-सम्बन्धों का यह खुलापन बिलकुल नयी चीज़ थी। अशोक ने हर एक की प्रतिक्रिया नोट की। कुछ ने थोड़ी-सी घबराहट के साथ फिल्म का एक-एक

सीन ग़ौर से देखा। कुछ ने थोड़ा-सा देखकर आँखें बन्द कर लीं। कुछ आँखें खुली रखने के बावजूद फ़िल्म को परिपूर्ण तौर पर न देख सके। एक बर्दाश्त न कर सका और उठकर चला गया।

तीन-चार रोज़ के बाद अशोक को फ़िल्म लौटाने का ख़याल आया तो उसने सोचा क्यों न अपनी बीवी को दिखाऊँ। अतः वह प्रोजेक्टर अपने घर ले गया रात हुई तो उसने अपनी बीवी को बुलाया दरवाज़े बन्द किये। प्रोजेक्टर का कनेक्शन वगैरह ठीक किया। फ़िल्म निकाली। उसको फ़िट किया। कमरे की बत्ती बुझायी और फ़िल्म चला दी।

पर्दे पर चन्द लम्हात सफ़ेद रौशनी थरथरायी, फिर तस्वीरें शुरू हुईं। अशोक की बीवी ज़ोर से चीख़ी, तड़पी, उछली। उसके मुँह से अजीब-ओ-ग़रीब आवाज़ें निकलीं। अशोक ने उसे पकड़कर बैठाना चाहा तो उसने आँखों पर हाथ रख लिये और चीखना शुरू कर दिया, "बन्द करो—बन्द करो।"

अशोक ने हँसकर कहा, "अरे भई देख लो...शरमाती क्यों हो।"

"नहीं-नहीं," यह कहकर उसने हाथ छुड़ाकर भागना चाहा।

अशोक ने उसको ज़ोर से पकड़ लिया वह हाथ जो उसकी आँखों पर था। एक तरफ़ खींचा। इस खींचा-तानी में अनायास अशोक की बीवी ने रोना शुरू कर दिया। अशोक के ब्रेक सा लग गया। उसने तो महज़ तफ़रीह की ख़ातिर अपनी बीवी को फ़िल्म दिखायी थी।

रोती और बड़बड़ाती उसकी बीवी दरवाज़ा खोलकर बाहर निकल गयी। अशोक चन्द लम्हात बिलकुल ख़ाली ज़ेहन बैठा नंगी तस्वीरें देखता रहा, जो हैवानी हरकतों में मस्त थीं, फिर एकदम उसने मामले की नज़ाकत को महसूस किया। इस एहसास ने उसे ग्लानि के समन्दर में ग़र्क़ कर दिया...उसने सोचा, 'मुझसे बहुत ही घटिया हरकत हुई। लेकिन हैरत है कि मुझे इसका ख़याल तक न आया—दोस्तों को दिखाया था। ठीक था। घर में और किसी को नहीं, अपनी बीवी—अपनी बीवी को'—उसके माथे पर पसीना आ गया।

फ़िल्म चल रही थी। नंगी औरत विभिन्न आसन इख़्तियार करती दौड़ रही थी। अशोक ने उठकर स्विच ऑफ कर दिया—पर्दे पर सब कुछ बुझ गया। मगर उसने अपनी निगाहें दूसरी तरफ़ फेर लीं। उसका दिल-ओ-दिमाग़ शर्मसारी में डूबा हुआ था, यह एहसास उसको चुभ रहा था कि उससे एक निहायत ही निकृष्ट हरकत हुई है। उसने यहाँ तक सोचा कि वह कैसे अपनी बीवी से आँख मिला सकेगा।

कमरे में घुप अँधेरा था। एक सिगरेट सुलगाकर उसने पछतावे को अनेक ख़यालों के ज़रिये से दूर करने की कोशिश की। मगर कामयाब न हुआ। थोड़ी देर दिमाग़ में इधर-उधर हाथ मारता रहा। जब चारों तरफ़ से धिक्कार ही धिक्कार हुई

तो विचलित हो गया। और एक अजीब-सी ख़्वाहिश उसके दिल में पैदा हुई कि जिस तरह कमरे में अँधेरा है उसी तरह उसके दिमाग़ पर भी अँधेरा छा जाये।

बार-बार उसे यह चीज़ सता रही थी, "ऐसी घटिया हरकत और मुझे ख़याल तक न आया।" फिर वह सोचता 'बात अगर सास तक पहुँच गयी—सालियों को पता चल गया। मेरे बारे में क्या राय क़ायम करेंगे ये लोग कि ऐसे गिरे हुए चरित्र का आदमी निकला—ऐसी गन्दी मानसिकता कि अपनी बीवी को...'

तंग आकर अशोक ने सिगरेट सुलगायी। वे नंगी तस्वीरें जो वह कई बार देख चुका था उसकी आँखों के सामने नाचने लगीं—उनके नेपथ्य में उसे अपनी बीवी का चेहरा नज़र आता। हैरान-ओ-परेशान, जिसने ज़िन्दगी में पहली बार गंदगी का इतना बड़ा ढेर देखा हो। सिर झटककर अशोक उठा और कमरे में टहलने लगा। मगर इससे भी उसका तनाव दूर न हुआ।

थोड़ी देर के बाद वह दबे पाँव कमरे से बाहर निकला। साथ वाले कमरे में झाँककर देखा। उसकी बीवी मुँह सिर लपेटकर लेटी हुई थी। काफ़ी देर खड़ा सोचता रहा कि अन्दर जाकर मुनासिब शब्दों में उससे माफी माँगे, मगर खुद में इतनी ज़ुरअत पैदा न कर सका। दबे पाँव लौटा और अँधेरे कमरे में सोफ़े पर लेट गया। देर तक जागता रहा, आख़िर सो गया।

सुबह-सवेरे उठा। रात की घटना उसके ज़ेहन में ताज़ा हो गयी। अशोक ने बीवी से मिलना मुनासिब न समझा और नाश्ता किये बग़ैर निकल गया।

ऑफ़िस में दिल लगाकर उसने कोई काम न किया। यह एहसास उसके दिल-ओ-दिमाग़ के साथ चिपक कर रह गया था, "ऐसी घटिया हरकत और मुझे ख़याल तक न आया।"

कई बार उसने घर बीवी को टेलीफ़ोन करने का इरादा किया मगर हर बार नम्बर के आधे अंक घुमाकर रिसीवर रख दिया। दोपहर को घर से जब उसका खाना आया तो उसने नौकर से पूछा, "मेम साहब ने खाना खा लिया?"

नौकर ने जवाब दिया, "जी नहीं—वह कहीं बाहर गयी हैं।"

"कहाँ?"

"मालूम नहीं साहब!"

"कब गयी थीं?"

"ग्यारह बजे।"

अशोक का दिल धड़कने लगा। भूख ग़ायब हो गयी। दो-चार निवाले खाये और हाथ उठा लिया। उसके दिमाग़ में हलचल मच गयी थी। तरह-तरह के ख़यालात पैदा हो रहे थे, "ग्यारह बजे—अभी तक लौटी नहीं—गयी कहाँ है—माँ के पास? क्या वह उसे सब कुछ बता देगी?—ज़रूर बतायेगी। माँ से बेटी सब कुछ कह सकती

है—हो सकता है बहिनों के पास गयी हो—सुनेंगी तो क्या कहेंगी?—दोनों मेरी इज़्ज़त करती थीं—जाने बात कहाँ से कहाँ पहुँचेगी—ऐसी घटिया हरकत और मुझे ख़याल तक न आया—"

अशोक ऑफ़िस से बाहर निकल गया। मोटर ली और इधर-उधर आवारा चक्कर लगाता रहा। जब कुछ समझ में न आया तो उसने मोटर का रुख़ घर की तरफ़, फेर दिया, "देखा जायेगा जो कुछ होगा।"

घर के पास पहुँचा तो उसका दिल ज़ोर-ज़ोर से धड़कने लगा। जब लिफ़्ट एक झटके के साथ ऊपर उठी तो उसका दिल उछलकर उसके मुँह में आ गया।

लिफ़्ट तीसरी मंज़िल पर रुकी। कुछ देर सोचकर उसने दरवाज़ा खोला। अपने फ़्लैट के पास पहुँचा तो उसके क़दम रुक गये। उसने सोचा कि लौट जाये। मगर फ़्लैट का दरवाज़ा खुला और उसका नौकर बीड़ी पीने के लिए बाहर निकला। अशोक को देखकर उसने बीड़ी हाथ में छुपा ली और सलाम किया। अशोक को अन्दर दाख़िल होना पड़ा।

नौकर पीछे-पीछे आ रहा था। अशोक ने पलटकर उससे पूछा, "मेम साहब कहाँ हैं?"

नौकर ने जवाब दिया, "अन्दर कमरे में।"

"और कौन है?"

"उनकी बहिनें साहब—कोलाबे वाले साहब की मेम साहब और दो पारसी बाइयाँ!"

यह सुनकर अशोक बड़े कमरे की तरफ़ बढ़ा। दरवाज़ा बन्द था। उसने धक्का दिया। अन्दर से अशोक की बीवी की पतली मगर तेज़ आवाज़ आयी, "कौन है?"

नौकर बोला, "साहब!"

अन्दर कमरे में एकदम गड़बड़ शुरू हो गयी। चीख़ें बुलन्द हुईं। दरवाज़ों की चिटख़नियाँ खुलने की आवाज़ें आयीं। खट-खट, फट-फट हुई। अशोक कोरीडोर से होता पिछले दरवाज़े से कमरे में दाख़िल हुआ तो उसने देखा कि प्रोजेक्टर चल रहा है और पर्दे पर दिन की रौशनी में धुँधली इन्सानी शक्लें एक नफ़रत भरी उन्मुक्तता के साथ हैवानी हरकतों में मशगूल हैं।

अशोक बेतहाशा हँसने लगा।

4 जून, 1950

चौदहवीं का चाँद

अक्सर लोगों की जीवन-शैली उनके हालात पर निर्भर होती है और कुछ बेकार अपनी तक़दीर का रोना रोते हैं। हालाँकि उससे हासिल कुछ भी नहीं होता। वे समझते हैं अगर हालात बेहतर होते तो वे ज़रूर दुनिया में कुछ कर दिखाते। अधिकतर ऐसे भी हैं जो मजबूरियों के कारण क़िस्मत का शुक्र करते हैं। उनकी ज़िन्दगी उन ट्राम कारों की तरह है जो हमेशा एक ही पटरी पर चलती रहती हैं। जब बेकार हो जाती हैं तो उन्हें महज़ लोहा समझकर किसी कबाड़ी के हवाले कर दिया जाता है।

ऐसे इन्सान बहुत कम हैं जिन्होंने हालात की परवाह न करते हुए ज़िन्दगी की बागडोर अपने हाथ में सँभाल ली। टॉमसन विल्सन भी ऐसा ही था।

उसने अपनी ज़िन्दगी बदलने के लिए अनोखा क़दम उठाया, पर उसकी मंज़िल का चूँकि कोई पता नहीं था, इसलिए उसकी कामयाबी के बारे में अन्दाज़ा लगाना मुश्किल था।

उससे उस अनोखेपन के बारे में मैंने बहुत कुछ सुना। सबसे पहले लोग यही कहते कि वह बहुत एकान्तवादी है, लेकिन मैंने दिल में निश्चय कर लिया कि किसी-न-किसी बहाने उसे अपनी दास्तान-ए-ज़िन्दगी बयान करने पर तैयार कर लूँगा। क्योंकि मुझे दूसरे आदमियों के बयान की सच्चाई पर विश्वास नहीं था।

मैं चन्द रोज़ के लिए एक स्वास्थ्यवर्धक स्थल पर गया। वहीं उससे मुलाकात हुई। मैं नदी किनारे अपने मेज़बान के साथ खड़ा था कि वह एकदम पुकार उठा : "विल्सन।"

मैंने पूछा, "कहाँ है?"

मेरे मेज़बान ने जवाब दिया, "अरे भई! वही जो मुँडेर पर नीली क़मीज़ पहने हमारी तरफ़ पीठ किये बैठा है।"

मैंने उस तरफ़ देखा और मुझे नीली कमीज़, सफ़ेद बालों वाला सिर नज़र नहीं आया। मेरी बड़ी ख़्वाहिश थी कि वह मुड़कर देखे और हम उसे सैर-तफ़रीह

के लिए साथ ले जायें।

उस वक़्त सूरज का अक्स नदी में डूब रहा था। सैर करने वाले चहचहा रहे थे। इतने में गिरजे की समान ध्वनि के साथ घंटियाँ बजने लगीं।

मैं उस वक़्त कुदरत की दिल फरेबियों से इस क़दर चमत्कृत हो चुका था कि विल्सन को अपनी तरफ़ आते न देख सका। जब वह मेरे पास से गुज़रा तो मेरे दोस्त ने उसे रोक लिया और उसका मुझसे परिचय कराया। उसने मेरे साथ हाथ मिलाया, लेकिन बड़ी सहजता से—मेरे दोस्त ने उसको महसूस किया और उसको शराब की दावत दी।

आमन्त्रित किये जाने पर वह मुस्कुराया। यद्यपि उसके दाँत खूबसूरत न थे फिर भी उसकी मुस्कुराहट दिलकश थी—वह नीली क़मीज़ और ख़ाकी रंग की पतलून पहने था जो किसी हद तक मैली थी। उसके लिबास को उसके जिस्म की बनावट से कोई अनुकूलता नहीं थी।

उसका चेहरा लम्बोतरा, पतले होंठ और आँखें भूरे रंग की थीं। चेहरे का रूप बता रहा था कि जवानी में वह ज़रूर सुन्दर होगा। स्वरूप के एतबार से वह किसी बीमा कम्पनी का एजेन्ट मालूम होता था।

हम चहलक़दमी करते, एक रेस्तराँ में पहुँचकर उससे मिले-जुले बाग़ीचे में बैठ गये और बैरे को शराब लाने के लिए कहा। होटलवाले की बीवी भी वहाँ मौजूद थी। अधेड़पन की वजह से अब उसमें वह बात नहीं रही थी। लेकिन चेहरे का निखार अब भी गुज़री हुई करारी जवानी का प्रतीक था।

तीस साल पहले बड़े-बड़े आर्टिस्ट उसके दीवाने थे। उसकी बड़ी-बड़ी शराबी आँखों और शहद भरी मुस्कुराहटों में अजब आकर्षण था।

हम तीनों बैठे यूँ ही इधर-उधर की बातें करते रहे चूँकि विषय दिलचस्प नहीं थे, इसलिए विल्सन थोड़ी देर के बाद विदा माँग कर चला गया। हम भी उसके विदा होने पर उदास हो गये।

रास्ते में मेरे दोस्त ने विल्सन के बारे में कहा, "मुझे तो तुम्हारी सुनायी हुई कहानी निराधार मालूम होती है।"

"क्यों?"

"वह इस क़िस्म की हरकत करने वाला नहीं हो सकता।"

उसने कहा, "कोई शख़्स किसी के स्वभाव के बारे में सही अन्दाज़ा कैसे लगा सकता है?"

"मुझे तो वह आम इन्सान दिखायी देता है, जो कुछ संरक्षणों के सहारे कारोबार से अलग हो चुका है।"

"तुम यही समझो, ठीक है।"

दूसरे दिन नदी किनारे विल्सन हमें फिर दिखायी दिया। भूरे रंग का लिबास पहने, दाँतों में पाइप दबाये खड़ा था। ऐसा मालूम होता था कि उसके चेहरे की झुर्रियाँ और सफ़ेद बालों से भी जवानी फूट रही है।

हम कपड़े उतारकर पानी के अन्दर चले गये। जब मैं नहाकर बाहर निकला तो विल्सन ज़मीन पर औंधे मुँह लेटा कोई किताब पढ़ रहा था। मैं सिगरेट सुलगा कर उसके पास गया।

उसने किताब से नज़रें हटाकर मेरी तरफ़, देखा और पूछा, "बस नहा चुके।"

मैंने जवाब दिया, "हाँ—आज तो लुत्फ़ आ गया—दुनिया में इससे बेहतर नहाने की और कोई जगह नहीं हो सकती—तुम यहाँ कितने समय से हो।"

उसने जवाब दिया, "पन्द्रह बरस से।"

यह कहकर वह नदी की मचलती हुई नीली लहरों की तरफ़ देखने लगा। उसके बारीक होंठों पर मधुर मुस्कुराहट खेलने लगी, "पहली बार यहाँ आते ही मुझे इस जगह से मुहब्बत हो गयी—तुम्हें उस जर्मन का क़िस्सा मालूम है, जो एक बार यहाँ लंच खाने आया और यहीं का हो के रह गया—वह चालीस साल यहाँ रहा—मेरा भी यही हाल होगा। चालीस बरस नहीं तो पच्चीस तो कहीं नहीं गये।"

मैं चाहता था कि वह अपनी गुफ़्तगू जारी रखे। उसके शब्दों से ज़ाहिर था कि उसकी कहानी की हक़ीक़त ज़रूर कुछ है।

इतने में मेरा दोस्त भीगा हुआ हमारी तरफ़ आया। बहुत खुश था, क्योंकि वह नदी में एक मील तैरकर आ रहा था। उसके आते ही हमारी गुफ़्तगू का विषय बदल गया और बात अधूरी रह गयी।

इसके बाद विल्सन से कई बार मुलाकात हुई। उसकी बातें बड़ी दिलचस्प होतीं। वह इस द्वीप के चप्पे-चप्पे से वाक़िफ था।

एक दिन चाँदनी रात का लुत्फ़ उठाने के बाद मैंने और मेरे दोस्त ने सोचा कि चलो मांटी सलारो की पहाड़ी की सैर करें। मैंने विल्सन से कहा, "आओ यार तुम भी हमारे साथ चलो।"

विल्सन ने मेरी दावत कुबूल कर ली। लेकिन मेरा दोस्त तबियत ख़राब का बहाना करके हमसे जुदा हो गया। खैर हम दोनों पहाड़ी की ओर चल दिये और उस सैर का खूब लुत्फ़ उठाया। शाम के धुँधलके में थके-माँदे, भूखे सराय में आये।

खाने का इन्तज़ाम पहले ही कर रखा था, जो बहुत लज़ीज़ साबित हुआ। शराब अँगूर की थी। पहली बोतल तो सिवइयाँ खाने के साथ ही ख़त्म हो गयी। दूसरी जाम के आख़िरी घूँट पीने के बाद, मेरे और विल्सन के दिमाग़ में एक साथ यह ख़याल समाने लगा कि ज़िन्दगी कुछ ऐसी दुश्वार नहीं।

हम उस वक़्त बाग़ीचे में अँगूरों से लदी हुई बेल के नीचे बैठे थे। रात की

ख़ामोश वातावरण में ठंडी हवा चल रही थी। सराय की सेविका हमारे लिए पनीर और अंजीरें ले आयी।

विल्सन ने थोड़े से अन्तराल के बाद मुझसे कहा, "हमारे चलने में अभी काफ़ी देर है। चाँद कम-से-कम एक घंटे तक पहाड़ी के ऊपर आयेगा।"

मैंने कहा, "हमारे पास फुर्सत ही फुर्सत है—यहाँ आकर कोई भी इन्सान जल्दी के बारे में नहीं सोच सकता।"

विल्सन मुस्कुराया, "फुर्सत—काश लोग इससे वाक़िफ़ होते। हर इन्सान को यह चीज़ मुफ़्त मिल सकती है। लेकिन लोग कुछ ऐसे बेवकूफ़ हैं कि वे इसे हासिल करने की कोशिश ही नहीं करते—काम!—कमबख़्त, इतना समझने के भी योग्य नहीं कि काम करने से ग़रज़ सिर्फ़ फुर्सत हासिल करना है।"

शराब का असर अमूमन कुछ लोगों को चिन्तन की तरफ़ ले जाता है—विल्सन का ख़याल अपनी जगह दुरुस्त था, मगर कोई अछूती और अनोखी बात नहीं थी।

उसने सिगरेट सुलगायी और कहने लगा, "जब मैं पहली बार यहाँ आया तो चाँदनी रात का समाँ था—आज भी वही चौदहवीं का चाँद आसमान पर नज़र आयेगा।"

मैं मुस्कुरा दिया, "ज़रूर नज़र आयेगा।"

वह बोला, "दोस्त मेरा मज़ाक न उड़ाओ—जब मैं अपनी ज़िन्दगी के पिछले पन्द्रह बरसों पर नज़र डालता हूँ तो मुझे यह लम्बा अर्सा एक महीने का धुँधला अन्तराल-सा लगता है—आह वह रात जब पहली बार मैंने चबूतरे पर बैठकर चाँद का नज़ारा किया। किरणें नदी की सतह पर चाँद के पतरे चढ़ा रही थीं। मैंने उस वक़्त शराब ज़रूर पी रखी थी, लेकिन नदी के नज़ारे और आस-पास के वातावरण ने जो नशा पैदा किया, वह शराब कभी पैदा नहीं कर सकती।"

उसके होंठ खुश्क होने लगे। उसने अपना गिलास उठाया मगर वह ख़ाली था। एक बोतल मँगवायी गयी। विल्सन ने दो-चार बड़े-बड़े घूँट पिये और कहने लगा, "अगले दिन मैं नदी किनारे नहाया और द्वीप में इधर-उधर घूमता रहा—बड़ी रौनक थी—मालूम हुआ कि हुस्न-ओ-इश्क की देवी का साम्राज्य फैला हुआ है—अगर मेरी तक़दीर में सदा बैंक का मैनेजर होना ही लिखा होता तो यक़ीनन मुझे ऐसी सैर कभी नसीब न होती।"

मैंने उससे पूछा, "क्या तुम किसी बैंक के मैनेजर थे?"

"हाँ भाई था—वह रात मेरे वहाँ रहने की आख़िरी रात थी। क्योंकि सोमवार की सुबह को मुझे बैंक में हाज़िर होना था, पर जब मैंने चाँद, नदी और कश्तियों को देखा तो ऐसा विस्मित हुआ कि वापस जाने का ख़याल मेरे ज़ेहन से उतर गया।"

इसके बाद उसने अपनी बीती घटनाएँ विस्तार से बतायीं और कहा कि वह द्वीप में पन्द्रह साल से रह रहा है और अब उसकी उम्र उनचास बरस की थी।

पहली बार जब वह यहाँ आया तो उसने सोचा कि नौकरी का फंदा गले से उतार देना चाहिए और ज़िन्दगी के बाक़ी दिन यहाँ के जादुई वातावरण में गुज़ारनेचाहिए।

द्वीप का वातावरण और चाँद की रौशनी विल्सन के दिमाग़ पर इस क़दर छा गयी कि उसने बैंक की नौकरी छोड़ दी। अगर वह चन्द बरस और वहाँ रहता तो उसे उचित पेन्शन मिल जाती। मगर उसने उसकी बिलकुल परवाह न की। अलबत्ता बैंकवालों ने उसे उसकी ख़िदमत के बदले इनाम दिया। विल्सन ने अपना घर बेचा और द्वीप का रुख़ किया। उसके अपने हिसाब के मुताबिक़ वह पच्चीस बरस तक ज़िन्दगी बसर कर सकता था।

मेरी उससे कई मुलाकातें हुईं। इस दौरान में मुझे मालूम हुआ कि वह बड़ा यथार्थवादी है। उसे कोई ऐसी बात गवारा नहीं जो उसकी आज़ादी में बाधा डाले, इसी वजह से औरत भी उसको प्रभावित न कर सकी। वह सिर्फ़ कुदरती दृश्यों को पसन्द करने वाला था। उसकी ज़िन्दगी का एकमात्र मक़सद सिर्फ़ अपने लिए खुशी तलाश करना था और उसे यह नायाब चीज़ मिल गयी थी।

बहुत कम इन्सान खुशी की तलाश करना जानते हैं। मैं नहीं कह सकता वह समझदार था या बेवकूफ़। इतना ज़रूर है कि अपनी ज़ात के हर पहलू से बखूबी वाकिफ़ था।

आख़िरी मुलाकात के बाद मैंने अपने मेज़बान दोस्त से इजाज़त माँगी और अपने घर रवाना हो गया। इस दौरान में जंग छिड़ गयी और मैं तेरह बरस तक उस द्वीप पर न जा सका।

तेरह बरस के बाद जब मैं द्वीप पर पहुँचा तो मेरे दोस्त की हालत बहुत ख़स्ता हो चुकी थी। मैंने एक होटल में कमरा किराये पर लिया। खाने पर अपने दोस्त से विल्सन के बारे में बात हुई।

वह ख़ामोश रहा। उसकी यह ख़ामोशी बड़ी दुखभरी थी। मैंने बेचैन होकर पूछा, "कहीं उसने खुदकुशी तो नहीं कर ली।"

मेरे दोस्त ने आह भरी, "यह दर्द भरी दास्तान मैं तुम्हें क्या सुनाऊँ—विल्सन को स्कीम मालूम थी कि वह पच्चीस बरस आराम से गुज़ार सकता है पर उसे यह मालूम नहीं था कि आराम के पच्चीस बरस गुज़ारने के साथ ही उसकी इच्छा-शक्ति ख़त्म हो जायेगी।"

"इच्छा-शक्ति को ज़िन्दा रखने के लिए कशमकश ज़रूरी है। समतल ज़मीन पर चलने वाले पहाड़ियों पर नहीं चढ़ सकते—उसका तमाम रुपया ख़त्म हो गया। उधार लेता रहा, लेकिन यह सिलसिला कब तक जारी रहता। क़र्ज़ देने वालों ने उसे तंग करना शुरू किया। आख़िर एक रोज़ उसने अपनी झोंपड़ी के उस कमरे में जहाँ वह सोता था, बहुत से कोयले जलाये और दरवाज़ा बन्द कर लिया—सुबह

जब उसकी नौकरानी नाश्ता तैयार करने आयी तो उसे बेहोश पाया...लोग उसे अस्पताल ले गये। बच गया पर उसका दिमाग़ क़रीब-क़रीब विक्षिप्त हो गया—मैं उससे मिलने गया लेकिन वह कुछ इस तरह हैरान नज़रों से मेरी तरफ़ देखने लगा, जैसे मुझे पहचान नहीं सका।"

मैंने अपने दोस्त से पूछा, "अब कहाँ रहता है।"

"घर-बार तो उसका नीलाम हो गया है—पहाड़ियों पर आवारा फिरता रहता है। मैंने एक-दो बार उसे पुकारा मगर वह मेरी शक्ल देखते ही जंगली हिरनों की तरह कुलाचें भरता दौड़ गया।"

दो-तीन दिन के बाद जब मैं और मेरा दोस्त चहलक़दमी कर रहे थे कि मेरे दोस्त ने ज़ोर से पुकारा, "विल्सन।"

मेरी निगाहों ने उसे ज़ैतून के पेड़ के पीछे छिपता देखा। हमारे क़रीब पहुँचने पर उसने कोई हरकत न की बस चुपचाप खड़ा रहा। फिर अचानक हैवानों की तरह बेतहाशा भागना शुरू कर दिया। इसके बाद मैंने फिर उसको कभी न देखा।

घर वापस आया तो एक बरस के बाद मेरे दोस्त का ख़त आया कि विल्सन मर गया है। उसकी लाश पहाड़ी के किनारे पड़ी थी। चेहरे से यह ज़ाहिर होता था कि सोते में दम निकल गया है—उस रात चौदहवीं का चाँद था—मेरा ख़याल है शायद यह चौदहवीं का चाँद ही उसकी मौत का सबब हो।

सिराज

नागपाड़ा पुलिस चौकी के उस तरफ़ जो छोटा-सा बाग़ है, उसके बिलकुल सामने, ईरानी होटल के बाहर, खम्बे के साथ लगकर ढूँडू खड़ा था—दिन ढले, निर्धारित वक़्त पर ढूँडू वहाँ पहुँच जाता और सुबह चार बजे तक अपने धंधे में व्यस्त रहता। मालूम नहीं, उसका असली नाम क्या था, मगर सब उसे ढूँडू कहते थे; इस लिहाज़ से तो यह नाम बहुत मुनासिब था कि उसका काम अपने मुवक्किलों के लिए उनकी ख़्वाहिश और पसन्द के मुताबिक हर नस्ल और हर रंग की लड़कियाँ ढूँढना था।

वह यह धंधा क़रीब-क़रीब दस बरस से कर रहा था—इस दौरान में हज़ारों लड़कियाँ उसके हाथों से गुज़र चुकी थीं; हर मज़हब की, हर नस्ल की, हर मिज़ाज की।

उसका अड्डा शुरू ही से वही रहा था; नागपाड़ा पुलिस चौकी के उस तरफ़, बाग़ के बिलकुल सामने, ईरानी होटल के बाहर खम्बे के साथ।

वह खम्बा उसका निशान बन गया था; मुझे तो वह खम्बा ढूँडू ही मालूम होता था—मैं जब कभी उधर से गुज़रता, मेरी नज़र उस खम्बे पर ज़रूर पड़ती, जिस पर जगह-जगह चूने और कत्थे से लिथड़ी हुई उँगलियाँ पोंछी गयी थीं; मुझे ऐसा लगता कि ढूँडू खड़ा है और काली कांडी और सेंके की सुपारीवाला पान चबा रहा है।

वह खम्बा काफ़ी ऊँचा था—ढूँडू भी लम्बे क़द का था।

खम्बे के ऊपर तारों का जाल-सा बिछा हुआ था, कोई तार दूर तक दौड़ता चला गया था और दूसरे खम्बे के तारों से उलझ गया था; कोई तार किसी बिल्डिंग में और कोई तार किसी दुकान में चला गया था, ऐसा लगता था कि उस खम्बे की पहुँच दूर-दूर तक है और वह दूसरे खम्बों के साथ मिलकर सारे शहर पर छाया हुआ है। उस खम्बे के साथ टेलीफ़ोन के महकमे ने एक बक्स लगा रखा था, जिसके ज़रिये से ज़रूरत के मुताबिक़ तारों की दुरुस्ती वग़ैरह की जाँच-पड़ताल की जाती थी—मैं अक्सर सोचता था कि ढूँडू भी उसी क़िस्म का एक बक्स है, जो लोगों की जिंसी (यौन) जाँच-पड़ताल के लिए खम्बे के साथ लगा रहता है। उसे आस-पास के इलाक़े के अलावा दूर-दूर के उन तमाम सेठों का भी पता था, जिनको थोड़े-थोड़े

अन्तराल के बाद या हमेशा ही अपनी जिंसी ख़्वाहिशात (यौन-कामना) के तने हुए या ढीले तार दुरुस्त कराने की ज़रूरत महसूस होती थी।

उसे उन तमाम छोकरियों का भी पता था, जो उस धंधे में थीं; वह उनके जिस्म की बनावट से वाक़िफ़ था; उनकी हर नब्ज़ से परिचित था; कौन किस मिज़ाज की है और किस वक़्त और किस ग्राहक के लिए उपयुक्त है, उसको इसका बख़ूबी अन्दाज़ा था—एक सिर्फ़ उसको सिराज के बारे में अभी तक कोई अन्दाज़ा नहीं हुआ था; वह अभी तक सिराज की गहराई तक नहीं पहुँच सका था।

ढूँढू कई बार मुझसे कह चुका था, "साली का मस्तक फिरेला है...समझ में नहीं आता मंटो साहब, कैसी छोकरी है...घड़ी में माशा, घड़ी में तोला, कभी आग, कभी पानी...अभी हँस रही है, कहकहे लगा रही है, फिर एकदम रोना शुरू कर देती है...साली की किसी से नहीं बनती, बड़ी झगड़ालू है; हर ग्राहक से लड़ती है, साली से कई बार कह चुका हूँ कि देख, अपना मस्तक ठीक कर, वरना जा, जहाँ से आयी है; अंग पर तेरे कोई कपड़ा नहीं, खाने को तेरे पास कौड़ी नहीं; मारा-मारी और धाँधली से तो मेरी जान, काम चलेगा नहीं...पर वह भी एक तुख़्म (बीज) है मंटो साहब, कुछ सुनती ही नहीं!"

मैंने सिराज को एक-दो मर्तबा देखा था—बड़ी दुबली-पतली लड़की थी, मगर ख़ूबसूरत; उसकी आँखें ज़रूरत से ज़्यादा बड़ी थीं; ऐसा लगता था कि वह उसके अंडाकार चेहरे पर सिर्फ़ अपनी बड़ाई जताने की ख़ातिर छायी हुई हैं। मैंने जब उसको पहली मर्तबा क्लेयर रोड पर देखा था तो मुझे बड़ी उलझन हुई थी; मेरे दिल में यह ख़्वाहिश पैदा हुई थी कि उसकी आँखों से कहूँ, भई तुम थोड़ी देर के लिए एक तरफ़ हट जाओ कि मैं सिराज को देख सकूँ, लेकिन मेरी इस ख़्वाहिश के बावजूद, जो यक़ीनन मेरी आँखों ने उसकी आँखों तक पहुँचा दी होगी, वे उसी तरह उसके सफ़ेद अंडाकार चेहरे पर छायी रहीं...सिराज कुछ अलग सी थी, मगर इस नाटेपन के बावजूद बड़ी खूबसूरत मालूम होती थी; ऐसा लगता था कि वह एक सुराही है, जिसमें उसकी गुंजाइश से ज़्यादा पानी मिली शराब भरने की कोशिश की गयी है, और नतीजे के तौर पर वह तरल चीज़ दबाव के कारण इधर-उधर तड़पकर बह निकली है...मैंने पानी मिली शराब इसलिए कहा कि सिराज में तल्ख़ी (कटुता) थी, वही तल्ख़ी, जो नशीली शराब में होती है; ऐसा लगता था, किसी धोखेबाज़ ने उसमें पानी मिला दिया है कि मात्रा ज़्यादा हो जाये; मगर सिराज में ज़नानेपन की जो मात्रा थी, वैसी की वैसी मौजूद थी; और उसकी झुँझलाहट से, जो उसके घने बालों से, उसकी तीखी नाक से, उसके भिंचे हुए होंठों से और उसकी उँगलियों से, जो नक़्शा बनाने वालों की नुकीली और तेज़-तेज़ पेंसिलें मालूम होती थीं, मैंने यह अन्दाज़ा लगाया था कि वह हर चीज़ से नाराज़ है; ढूँढू से, उस खम्बे से, जिसके साथ लगकर

वह खड़ा रहता था; उन ग्राहकों से, जो उसके लिए लाये जाते थे; अपनी बड़ी-बड़ी आँखों से भी, जो उसके सफ़ेद अंडाकार चेहरे पर क़ब्ज़ा जमाये रखती थीं; वह हर चीज़ से नाराज़ थी—वह अपनी पतली-पतली उन उँगलियों से भी, जो नक़्शा बनाने वालों की पेंसिलों की तरह तेज़ थीं, नाराज़ थी; शायद इसलिए कि जो नक़्शा वह बनाना चाहती थी, उसकी उँगलियाँ नहीं बना सकती थीं।

यह तो ख़ैर एक कहानीकार की समझ है, जो छोटे-से तिल में काले पत्थर की तमाम सख़्तियाँ बयान कर सकता है; आप ढूँडू की ज़बानी सिराज के बारे में कुछ सुनिये—

ढूँडू ने एक दिन मुझसे कहा, "मंटो साहब, आज साली ने फिर टंटा कर दिया... वह तो जाने किस दिन का पुण्य काम आ गया...और आपकी दुआ से यूँ भी नागपाड़ा चौकी के सब अफ़सर मेहरबान हैं, वरना आज ढूँडू अन्दर होता...आज उसने वह धमाल मचाया है कि मैं तो बाप-रे-बाप कहता रह गया..."

मैंने पूछा, "बात क्या हुई थी?"

"वही, जो हुआ करती है...मैंने लाख लानत भेजी अपनी हरकत पर कि हरामी, जब तू उस छोकरी को अच्छी तरह जानता है तो फिर क्यों उँगली लेता है, क्यों, उसको निकालकर लाता है...तेरी माँ लगती है या बहन...मेरी तो अक़्ल काम नहीं करती मंटो साहब!"

हम दोनों ईरानी के होटल में बैठे हुए थे—ढूँडू ने कॉफ़ी मिली चाय प्लेट में उँडेली और सड़प-सड़प पीने लगा, "असल बात यह है कि साली से मुझे हमदर्दी है!"

मैंने पूछा, "क्यों?"

ढूँडू ने सिर को एक झटका दिया, "जाने क्यों...? यह साला मालूम हो जाये तो रोज़-रोज़ का टंटा न खत्म हो जाये..." फिर उसने एकदम प्लेट में प्याली औंधी करके मुझसे कहा, "आपको मालूम है...अभी तक कुँआरी है...!"

यक़ीन मानिये, मैं एक क्षण के लिए चकरा गया, "कुँआरी?"

"आपकी जान की क़सम।"

मैंने चाहा कि वह अपनी बात पर पुनर्विचार करे। मैंने कहा, "नहीं ढूँडू...!"

ढूँडू को मेरा यह शक नागवार मालूम हुआ, "मैं आपसे झूठ नहीं कहता मंटो साहब...सोलहा आने कुँआरी है...आप मुझसे शरत लगा लीजिये।"

मैं सिर्फ़ इसी क़दर कह सका, "मगर ऐसा क्योंकर हो सकता है?"

ढूँडू ने बड़े विश्वास के साथ कहा, "ऐसा क्यों नहीं हो सकता...सिराज-जैसी छोकरी तो इस धंधे में रहकर भी सारी उम्र कुँआरी रह सकती है...साली किसी को हाथ ही नहीं लगाने देती...मुझे उसकी सारी हिस्ट्री मालूम नहीं; इतना जानता हूँ कि पंजाबन है...लैमिंगटन रोड पर एक मेम साहब के पास थी; वहाँ से निकाली गयी

कि हर ग्राहक से लड़ती थी, फिर भी वहाँ उसने दो-तीन महीने निकाल लिये कि मडाम के पास दस-बीस और छोकरियाँ थीं, पर मंटो साहब, कोई कब तक किसी को खिलाता है; मेम साहब ने एक दिन उसे तीन कपड़ों में निकाल बाहर किया...वहाँ से निकाली गयी तो वह फ़ारस रोड पर एक दूसरी मेम साहब के पास जा पहुँची; यहाँ भी उसका माथा वैसे का वैसा था; यहाँ उसने एक ग्राहक को काट खाया! बड़ी मुश्किल से दो-तीन महीने यहाँ गुज़ारे...साली के मिज़ाज में तो जैसे आग भरी हुई है, अब कौन उसे ठंडा करता फिरे, ...फिर ख़ुदा आपका भला करे, खेतवाड़ी के एक होटल में रही; पर यहाँ भी वही धमाल; होटल के मैनेजर ने आख़िर तंग आकर उसे चलता किया...क्या बताऊँ मंटो साहब, न साली को खाने का होश है, न पीने का, कपड़ों में जुएँ पड़ी हैं, सिर दो महीने से नहीं धोया...चरस के दो-एक सिगरेट कहीं से मिल जायें तो फूँक लेती है, या किसी होटल के बाहर खड़ी होकर फ़िल्मी रिकॉर्ड सुनती रहती है..."

मेरे लिए यह स्पष्टता काफ़ी थी; मैं अपनी प्रतिक्रिया से आपको आगाह नहीं करना चाहता कि कहानी लेखक की हैसियत से यह अनुचित है।

मैंने ढूँडू से महज़ सिलसिला-ए-गुफ़्तगू कायम रखने के लिए पूछा, "जब उसे इस धंधे से कोई दिलचस्पी ही नहीं तो तुम उसे वापस क्यों नहीं भेज देते...किराया तुम मुझसे ले लो!"

ढूँडू को मेरी बात नागवार मालूम हुई, "मंटो साहब, किराये साले की क्या बात है...क्या मैं नहीं दे सकता?"

मैंने टोह लेनी चाही, "फिर तुम उसे वापस क्यों नहीं भेजते?"

ढूँडू कुछ अर्से के लिए ख़ामोश हो गया, फिर उसने कान में उड़सा हुआ सिगरेट का टुकड़ा निकालकर सुलगाया और धुएँ को नाक के दोनों नथुनों से बाहर फेंककर सिर्फ़ इतना कहा, "मैं नहीं चाहता कि वह जाये।"

मैंने सोचा कि उलझे हुए धागे का एक सिरा मेरे हाथ में आ गया है, "क्या तुम उससे मुहब्बत करते हो?"

ढूँडू पर तीव्र प्रतिक्रिया हुई, "आप कैसी बातें करते हैं मंटो साहब!" फिर उसने अपने दोनों कान पकड़कर खींचे, "*क़ुरआन* की क़सम, मेरे दिल में ऐसा नीच ख़याल कभी नहीं आया...मुझे तो बस..." वह रुक गया, फिर उसने कहा, "मुझे बस वह कुछ अच्छी लगती है..."

मैंने बड़ा सही सवाल किया, "क्यों?"

ढूँडू ने भी बड़ा सही जवाब दिया, "इसलिए...इसलिए कि वह दूसरों-जैसी नहीं...बाकी जितनी हैं, सब पैसे की पीर हैं...हरामी हैं अव्वल दर्जे की...पर सिराज है ना, कुछ अजीबो-ग़रीब है...निकाल के लाता हूँ तो राज़ी हो जाती है, सौदा हो

जाता है; टैक्सी या विक्टोरिया में बैठ जाती है...अब मंटो साहब, ग्राहक साला मौज शौक़ के लिए आता है, माल-पानी ख़र्च करता है, ज़रा दबा के देखना चाहता है, या वैसे ही छूना चाहता है, बस फिर एक धमाल मचा देती है सिराज, मारा-मारी शुरू कर देती है...ग्राहक शरीफ़ हो तो भाग जाता है, पियेला हो, या मवाली हो तो आफ़त...हर मौक़े पर मुझे पहुँचना पड़ता है, पैसे वापस करने पड़ते हैं और हाथ-पैर अलग जोड़ने पड़ते हैं...कसम, *क़ुरआन* की, सिर्फ़ सिराज की ख़ातिर...और मंटो साहब, आपकी जान की क़सम, इसी साली सिराज की वजह से मेरा धंधा रह गया है..."

मेरे ज़ेहन ने सिराज की जो पृष्ठभूमि तैयार की थी, मैं उसका ज़िक्र नहीं करना चाहता; हाँ इतना ज़रूर कहना चाहता हूँ कि ढूँढू ने जो कुछ बताया, वह मेरे ज़ेहन की तैयार की हुई पृष्ठभूमि के साथ कुछ ठीक तौर पर जमता नहीं था; मैंने एक दिन सोचा कि ढूँढू को बताये बग़ैर सिराज से मिला जाये।

सिराज बाईकल्ला स्टेशन के पास ही एक निहायत घटिया जगह में रहती थी, जहाँ कूड़े-कर्कट के ढेर थे, आस-पास का तमाम कचरा था—कॉरपोरेशन ने यहाँ ग़रीबों के लिए टीन के बेशुमार झोंपड़े बना रखे थे।

मैं यहाँ उन बुलन्द इमारतों का ज़िक्र नहीं करना चाहता, जो उस कूड़ाघर से थोड़ी ही दूर स्थापित थीं कि उन ऊँची इमारतों का इस अफ़साने से कोई ताल्लुक नहीं : दुनिया नाम ही उतार-चढ़ाव का है, या उत्कृष्टता और अधमों का।

ढूँढू से मुझे सिराज के झोंपड़े का अता-पता मालूम था—मैं वहाँ गया, अपने उम्दा कपड़ों को उस माहौल से छुपाते हुए; लेकिन यहाँ मेरा अन्तर्मन नहीं था।

बहरहाल मैं वहाँ गया—झोंपड़े के बाहर एक बकरी बँधी हुई थी; उसने मुझे देखा तो मिमियाई। अब अन्दर से एक बुढ़िया निकली, जैसे पुरानी दास्तानों की पोथियों से कोई कुटनी लाठी टेकती हुई निकलती है।

मैं लौटने ही वाला था कि टाट के जगह-जगह से फटे हुए पर्दे के पीछे मुझे दो बड़ी आँखें नज़र आईं, बिलकुल उसी तरह फटी हुईं, जिस तरह टाट का वह पर्दा फटा हुआ था; फिर मैंने सिराज का सफ़ेद अंडाकार चेहरा देखा और मुझे उन छायी हुई आँखों पर बड़ा गुस्सा आया।

सिराज ने मुझे देख लिया था—मालूम नहीं, वह अन्दर क्या काम कर रही थी, लेकिन वह सब काम छोड़-छाड़कर बाहर आ गयी, उसने बुढ़िया की तरफ़ कोई ध्यान न दिया और मुझसे कहा, "आप यहाँ कैसे आ गये?"

मैंने संक्षेप में कहा, "तुमसे मिलना था!"

उसने भी संक्षेप में कहा, "तो अन्दर आ जाइये!"

मैंने कहा, "नहीं, तुम मेरे साथ चलो।"

मैंने सिराज को साथ चलने के लिए कहा तो पुरानी दास्तानों की कुटनी बड़े

दुकानदाराना अन्दाज़ में बोली, "दस रुपये लगेंगे!"

मैंने बटुआ निकालकर दस रुपये बुढ़िया को दे दिये और सिराज से कहा, "आओ सिराज!"

उसकी बड़ी-बड़ी आँखों ने एक लम्हे के लिए मेरी निगाहों को रास्ता दिया कि उसके चेहरे की सड़क पर चन्द क़दम चल सकूँ—मैं एक बार फिर इसी नतीजे पर पहुँचा कि वह खूबसूरत है, सिकुड़ी हुई ख़ूबसूरती, चंदन लगी ख़ूबसूरती, सदियों से सुरक्षित रखी हुई ख़ूबसूरती—मैंने एक लहज़े (क्षण) के लिए यूँ महसूस किया कि मैं मिस्र में हूँ और पुराने शवों की खुदाई पर नियुक्त किया गया हूँ।

मैं ज़्यादा विस्तार में नहीं जाना चाहता।

सिराज मेरे साथ थी; हम दोनों एक होटल में थे। वह मेरे सामने गंदे कपड़े पहने हुए बैठी थी, और उसकी बड़ी-बड़ी आँखें उसके अंडाकार चेहरे पर बलात कब्ज़ा किये हुए थीं। मुझे ऐसा महसूस हो रहा था कि उसकी बड़ी-बड़ी आँखों ने सिर्फ़ उसके चेहरे ही को नहीं, उसके सारे वुजूद को ढाँप रखा है कि मैं उसके किसी रोयें को भी न देख सकूँ।

बुढ़िया ने दस रुपये माँगे थे, जो मैंने उसे दे दिये थे; इसके अलावा मैंने चालीस रुपये सिराज को भी दिये; मैं चाहता था कि वह मुझसे भी उसी तरह लड़े-झगड़े, जिस तरह वह दूसरों के साथ लड़ती-झगड़ती है; इसीलिए मैंने सिराज से ऐसी कोई बात न की, जिससे मुहब्बत और निष्ठा की बू आये—मैं उसकी बड़ी-बड़ी आँखों से भयभीत था; वे आँखें इतनी बड़ी थीं कि मेरे अलावा मेरे इर्द-गिर्द की सारी दुनिया को देख सकती थीं।

वह ख़ामोश थी।

घटिया तरीक़े पर उसे छेड़ने के लिए ज़रूरी था कि मेरे जिस्म और ज़ेहन में ग़लत क़िस्म की हरारत पैदा हो—फिर मैंने व्हिस्की के चार बड़े पैग पिये और उसको आम ग्राहकों की तरह छेड़ा, उसने कोई प्रतिरोध न किया। मैंने जानबूझकर एक ज़बर्दस्त फ़ुज़ूल हरकत की; मेरा ख़याल था कि वह बारूद जो उसके अन्दर भरा पड़ा है, उस बारूद को भक्-से उड़ाने के लिए मेरी ज़बर्दस्त फ़ुज़ूल हरकत की चिंगारी काफ़ी होगी, मगर हैरत है कि वह शान्त रही।

उसने मुझे अपनी बड़ी-बड़ी आँखों के फैलाव में समेटते हुए कहा, "मुझे चरस का एक सिगरेट मँगवा दीजिये!"

मैंने कहा, "शराब पियोगी?"

"नहीं...मैं चरस की सिगरेट पियूँगी।"

मैंने उसे चरस की सिगरेट मँगवा दी।

ठेठ चरसियों के अन्दाज़ में सिगरेट पीकर उसने मेरी तरफ़ देखा—उसकी

बड़ी-बड़ी आँखें अब अपना प्रभुत्व छोड़ चुकी थीं, उसी तरह जिस तरह कोई दमनकारी अपना प्रभुत्व छोड़ता है।

उसका चेहरा मुझे एक उजड़ी हुई, एक ध्वस्त सल्तनत नज़र आया, तबाह मुल्क; उसका हर शरीरांग वीरानी की एक लकीर थी—मगर यह वीरानी क्या थी, क्यों थी; कई बार ऐसा भी होता है कि आबादियाँ ही वीरानों का कारण होती हैं; क्या वह इसी क़िस्म की कोई आबादी थी, जो बसना शुरू हुई ही थी कि किसी हमलावर के सबब अधूरी रह गयी और उसकी दीवारें, जो अभी गज़ भर भी ऊपर न उठी थीं, आहिस्ता-आहिस्ता खंडहर बन गयीं?—मैं एक चक्कर में था, लेकिन मैं आपको इस चक्कर में नहीं डालना चाहता; मैंने क्या सोचा? क्या नतीजा बरामद किया? आपको इससे क्या मतलब।

सिराज कुँआरी थी, या कुँआरी नहीं थी, मैं इसके बारे में भी नहीं जानना चाहता था—हाँ, चरस के धुएँ में लिपटी उसकी नशीली आँखों में मुझे एक ऐसी झलक नज़र आयी थी, जिसको मेरा क़लम भी बयान नहीं कर सकता।

मैंने सिराज के साथ बातें करना चाहा, मगर उसे बातों से कोई दिलचस्पी नहीं थी; मैंने चाहा कि वह मुझसे लड़े-झगड़े, मगर उसने मुझे नाउम्मीद किया।

आख़िर मैं उसे उसके घर छोड़ आया।

ढूँडू को जब मेरे इस ख़ुफिया सिलसिले का पता चला तो वह बहुत नाराज़ हुआ—उसके दोस्ताना और व्यापारिक जज़्बात बहुत बुरी तरह आहत हो गये थे; उसने मुझे सफ़ाई का मौक़ा ही न दिया और सिर्फ़ इतना कहा, "मंटो साहब, मुझे आपसे यह उम्मीद न थी! फिर वह खम्बे से हटकर एक तरफ़ चला गया।"

अजीब बात यह हुई कि दूसरे रोज़ शाम को निर्धारित समय पर वह मुझे अपने अड्डे पर नज़र न आया, मैंने सोचा, 'शायद बीमार हो; मगर उससे अगले रोज़ भी वह वहाँ मौजूद नहीं था।'

इसी तरह एक हफ़्ता गुज़र गया—उस खम्बे के क़रीब से मेरा हर सुबह-शाम आना-जाना होता था; मैं जब उस खम्बे को देखता, मुझे ढूँडू याद आ जाता।

मैं बाईकल्ला स्टेशन के पास उस घटिया जगह पर भी गया, जहाँ सिराज रहती थी, यह देखने के लिए कि वह कहाँ है, मगर वहाँ अब सिर्फ़ वह बूढ़ी कुटनी रहती थी। मैंने उससे सिराज के बारे में पूछा तो वह अपनी पोपली मुस्कुराहट में लाखों बरस पुरानी जिंसी (कामुक) करवट बदलकर बोली, "वह तो चली गयी...और हैं... बुलवाऊँ..."

मैंने सोचा, 'यह क्या हुआ, ढूँडू और सिराज दोनों ग़ायब हैं और वह भी मेरी उस ख़ुफ़िया मुलाक़ात के बाद...' मैं उस ख़ुफ़िया मुलाक़ात के बारे में बिलकुल सशंकित नहीं था।

यहाँ पर मैं अपने ख़यालात आप पर ज़ाहिर नहीं करना चाहता; हाँ, मुझे यह हैरत ज़रूर थी कि वे दोनों कहाँ और क्यों ग़ायब हो गये हैं; उनमें मुहब्बत क़िस्म की कोई चीज़ नहीं थी, ढूँडू तो ऐसी चीज़ों से मुक्त था; फिर उसकी बीवी थी, बच्चे थे और वह उनसे बेहद मुहब्बत करता था; तब यह सिलसिला क्या था कि दोनों एक साथ ग़ायब थे?

मैंने सोचा, 'हो सकता है, अचानक ढूँडू के दिमाग़ में यह ख़याल आ गया हो कि सिराज को अब वापस अपने घर लौट जाना चाहिए—सिराज के लौट जाने के बारे में ढूँडू पहले फैसला न कर सका था—मुमकिन है, अब उसने यह फैसला कर लिया हो!'

इसी उधेड़बुन में लगभग एक महीना गुज़र गया।

एक शाम अचानक मुझे ढूँडू नज़र आ गया, उसी खम्बे के साथ लगकर खड़ा हुआ; मुझे ऐसा महसूस हुआ कि जैसे खम्बे में एक मुद्दत तक करेंट फेल रहने के बाद अब एकदम करेंट वापस आ गया है और खम्बे में जान पड़ गयी है; टेलीफ़ोन की तारों के बक्स में भी; ऐसा लगा, जैसे ऊपर, चारों तरफ़ फैले हुए तारों के जाल आपस में कानाफूसी कर रहे हैं!

मैं ढूँडू के पास से गुज़रा—उसने मेरी तरफ़ देखा और मुस्कुराया—फिर हम दोनों ईरानी के होटल में थे।

मैंने उससे कुछ न पूछा—उसने अपने लिए कॉफ़ी मिली चाय और मेरे लिए सादा चाय मँगवाई; फिर उसने पहलू बदलकर ऐसी सीट स्थापित की, जैसे वह मुझे कोई बहुत बड़ी बात सुनानेवाला हो; मगर उसने सिर्फ़ इतना कहा, "और सुनाओ मंटो साहब!"

मैंने कहा, "क्या सुनायें ढूँडू...बस गुज़र रही है..."

वह मुस्कुराया, "ठीक कहा आपने...बस गुज़र रही है, और गुज़र जायेगी...यह साला गुज़रते रहना या गुज़रना भी अजीब चीज़ है...सच पूछिये तो इस दुनिया में हर चीज़ अजीब है..."

मैंने सिर्फ़ इतना कहा, "तुम ठीक कहते हो ढूँडू!"

चाय आयी तो हम दोनों ने पीनी शुरू की। ढूँडू ने प्लेट में अपनी कॉफ़ी मिली चाय उँड़ेली और मुझसे कहा, "मंटो साहब, सिराज ने मुझे सारी बात बता दी थी...उसने कहा था, 'वह सेठ, जो तुम्हारा दोस्त है, उसका माथा फिरेला है...' "

मैं हँसा, "क्यों?"

"उसने कहा : 'वह मुझे होटल में ले गया...इतने रुपये दिये, पर सेठों वाली कोई बात न की...' "

मैंने कहा, "वह क़िस्सा ही कुछ और था ढूँडू!"

वह पेट भरके हँसा, "मैं जानता हूँ...मुझे माफ़ कर देना...मैं उस रोज़ तुमसे नाराज़ हो गया था..." उसके अन्दाज़े-गुफ़्तुगू में, शायद पहली बार, अनजाने में बेतकल्लुफी पैदा हो गयी, "पर अब वह क़िस्सा ख़त्म हो गया है!"

"कौन-सा क़िस्सा?"

"उस साली सिराज का क़िस्सा...और किसका?"

मैंने पूछा, "हुआ क्या?"

ढूँढू गुटकने लगा, "जिस रोज़ वह आपके साथ गयी थी, मुझे उसी रोज़ उस बुढ़िया से पता चल गया था और मैंने सोचा था कि आप ही हो सकते हैं और मैं आपसे नाराज़ हो गया था...जब सिराज से मिला तो कहने लगी, 'मेरे पास चालीस रुपये हैं...चलो, मुझे लाहौर ले चलो...' मैं बोला, 'साली, यह एकदम तेरे सिर पर क्या भूत सवार हो गया है...' वह बोली, 'नहीं, चल ढूँढू, तुझे मेरी क़सम...' और मंटो साहब, आप तो जानते ही हैं, मैं साली की कोई बात नहीं टाल सकता था कि वह मुझे अच्छी लगती थी। मैंने कहा, 'चल...' सो हम टिकट कटा के गाड़ी में सवार हो गये...लाहौर पहुँचकर हम एक होटल में ठहर गये...उसने मुझसे कहा, 'ढूँढू, मुझे एक बुर्क़ा ला दे...' मैं बुर्क़ा ले आया...बुर्क़ा पहनकर वह लगी सड़क-सड़क और गली-गली घूमने...इस तरह कई दिन गुज़र गये...एक दिन मैंने अपने आपसे कहा कि यह भी अच्छी रही ढूँढू, उस साली का तो मस्तक फिरेला है, साला तेरा भेझा भी फिर गया क्या, जो इतनी दूर आ गया है उसके साथ ख़राब होने...मंटो साहब, एक दिन हम ताँगे में बैठे हुए थे कि उसने ताँगा रुकवाया और सड़क के उस पार खड़े एक आदमी की तरफ़ इशारा करके मुझसे कहने लगी, 'ढूँढू, उस आदमी को मेरे पास होटल में ले आ...मैं चलती हूँ वापस होटल में...' मेरी अक़्ल जवाब दे गयी...मैं ताँगे से उतरा तो ताँगा यह जा, वह जा...और मैं उस आदमी के पीछे-पीछे...आपकी दुआ से और अल्लाहताला की मेहरबानी से मैं आदमी-आदमी को पहचानता हूँ...मैंने उस आदमी से इधर-उधर की दो बातें कीं और ताड़ गया कि वह मौज-शौक़ करने वाला आदमी है...सो मैं बोला, 'बम्बई का ख़ास माल है...' वह बोला : 'अभी चलो...' मैं बोला, 'नहीं, पहले माल-पानी दिखाओ...' उसने इतने सारे नोट दिखाये...मैं अपने दिल में बोला कि चल ढूँढू, धंधा यहाँ भी चलना चाहिए...पर मेरी समझ में यह बात नहीं आयी थी कि उस साली सिराज ने सारे लाहौर में उसी आदमी को क्यों चुना है...मैंने खुद से कहा कि सब चलता है...मैंने ताँगा लिया, उस आदमी को साथ लिया और सीधा होटल में...मैंने सिराज को ख़बर की तो वह बोली, 'अभी ठहर...' मैं ठहर गया...थोड़ी देर के बाद मैं उस आदमी को, जो अच्छी शक्ल का था, अन्दर ले गया...सिराज को देखते ही वह साला यूँ बिदका; जैसे घोड़ा बिदकता है...सिराज ने उस आदमी को पकड़ लिया..." ढूँढू ने प्याली में बची-खुची

अपनी ठंडी कॉफ़ी मिली चाय एक ही चुस्की में ख़त्म की और बीड़ी सुलगाने लगा।

मैंने कहा, "सिराज ने उस आदमी को पकड़ लिया?"

ढूँढू ने बुलन्द आवाज़ में कहा, "हाँ जी, पकड़ लिया उस साले को...और कहने लगी, 'अब तू जाता कहाँ है?...मेरा घर छुड़ाकर तू मुझे अपने साथ किसलिए लाया था...मैं तुझसे मुहब्बत करती थी...तूने भी मुझसे यही कहा था कि तू मुझसे मुहब्बत करता है...पर जब मैं अपना घर-बार, अपने माँ-बाप छोड़कर तेरे साथ भाग निकली और अमृतसर से हम दोनों यहाँ, इसी होटल में आकर ठहरे तो रात ही रात तू क्यों भाग गया, मुझे अकेली छोड़कर?...किसलिए लाया था तू मुझे यहाँ, किसलिए भगाया था तूने मुझे?...मैं हर बात के लिए तैयार थी और तू मुझे छोड़कर भाग गया...आ...अब मैंने तुझे बुलाया है...मेरी मुहब्बत वैसी की वैसी क़ायम है... आ'...और मंटो साहब, वह उस आदमी के साथ लिपट गयी...उस साले के आँसू भी टपकने लगे...वह रो-रोकर माफ़ियाँ माँगने लगा, 'मुझसे ग़लती हो गयी थी...मैं डर गया था...मैं अब तुमसे कभी अलग नहीं रहूँगा...' साला क़समें खाता रहा और जाने क्या-क्या बकता रहा...फिर सिराज ने मुझे इशारा किया और मैं कमरे से बाहर चला गया...मैं बाहर बरामदे में खाट पर सो रहा था कि सुबह सिराज ने मुझे जगाया और कहा, 'चल ढूँढू...' मैं बोला, 'कहाँ...?' वह बोली, 'वापस बम्बई...' मैं बोला, 'और वह साला कहाँ है...?' सिराज ने कहा, 'सो रहा है...मैं उस पर अपना बुर्क़ा डाल आयी हूँ...' "

ढूँढू ने अपने लिए दूसरी कॉफ़ी मिली चाय का ऑर्डर दिया तो सिराज ईरानी होटल में दाख़िल हुई। उसका सफ़ेद अंडाकार चेहरा निखरा हुआ था और उसके चेहरे पर उसकी बड़ी-बड़ी आँखें दो गिरे हुए सिग्नल मालूम हो रही थीं।

साहिबे-करामात

चौधरी मौजू बूढ़े बरगद की घनी छाँव के नीचे चारपाई पर बड़े इत्मिनान से बैठा अपना हुक्का पी रहा था। धुएँ के हल्के-हल्के बुक़्क़े उसके मुँह से निकलते थे और दोपहर की ठहरी हुई हवा में हौले-हौले गुम हो जाते थे।

वह सुबह से अपने छोटे-से खेत में हल चलाता रहा था और अब थक गया था। धूप इस क़दर तेज़ थी कि चील भी अपना अण्डा छोड़ दे, मगर वह इत्मिनान से बैठा अपने हुक्के का मज़ा ले रहा था, जो चुटकियों में उसकी थकन दूर कर देता था।

उसका पसीना ख़ुश्क हो गया था, इसलिए वह ठहरी हुई हवा उसे कोई ठंडक नहीं पहुँचा रही थी। मगर हुक्के का ठंडा-ठंडा लज़ीज़ धुआँ उसके दिलो-दिमाग़ में नाक़ाबिले-बयान सुरूर की लहरें पैदा कर रहा था।

अब वक़्त हो चुका था कि घर से उसकी इकलौती लड़की जैनाँ रोटी-लस्सी लेकर आ जाये—वह ठीक वक़्त पर पहुँच जाती थी, हालाँकि घर में उसका हाथ बँटाने वाला और कोई नहीं था; उसकी माँ थी जिसको, दो साल हुए, मौजू ने एक लम्बे झगड़े के बाद गुस्से में तलाक़ दे दिया था।

मौजू की जवान इकलौती बेटी जैनाँ बड़ी फ़रमाबरदार लड़की थी; वह अपने बाप का बहुत ख़याल रखती थी; घर का काम-काज, जो इतना ज़्यादा नहीं था, बड़ी मुस्तैदी से करती थी कि इस तरह जो ख़ाली वक़्त मिले, उसमें चर्ख़ा चलाये और पूनियाँ काते, या अपनी सहेलियों के साथ, जो गिनती की थीं, इधर-उधर की ख़ुशगप्पियों में गुज़ार दे।

चौधरी मौजू की ज़मीन अच्छी थी और उसके गुज़ारे के लिए काफ़ी थी—गाँव बहुत छोटा था और घर से थोड़ी दूरी पर था, जहाँ से रेल का गुज़र नहीं था। एक कच्ची सड़क थी, जो उसे दूर के एक बड़े गाँव से मिलाती थी। चौधरी मौजू हर महीने दो मर्तबा अपनी घोड़ी पर सवार होकर उस बड़े गाँव में जाता था, जिसमें दो-तीन दुकानें थीं, और अपनी ज़रूरत की चीज़ें ले आता था।

पहले वह बहुत खुश था; उसको कोई ग़म नहीं था; दो-तीन बरस उसको इस ख़याल ने अलबत्ता ज़रूर सताया था कि उसके यहाँ कोई औलाद नहीं है, मगर फिर वह यह सोचकर शुक्रगुज़ार हो गया था कि जो अल्लाह को मंजूर होता है, वही होता है—मगर जिस दिन से उसने अपनी बीवी को तलाक़ देकर मैके रुख़्सत कर दिया था, उसकी ज़िन्दगी सूखा हुआ नैचा-सी बनकर रह गयी थी।

चौधरी मौजू मज़हबी आदमी था, हालाँकि उसे अपने मज़हब के बारे में सिर्फ़ दो-तीन चीज़ों का ही पता था कि ख़ुदा एक है, जिसकी पूजा लाज़िमी है और हज़रत मुहम्मद उसके पैगंबर हैं, जिनके आदेश मानना फर्ज़ है और *कुरआन* पाक ख़ुदा का कलाम है, जो हज़रत मुहम्मद पर अवतरित हुआ; और बस।

नमाज़-रोज़े से आज़ाद था—गाँव बहुत छोटा था, जिसमें कोई मस्जिद नहीं थी; दस-पन्द्रह घर थे, वह भी एक-दूसरे से दूर-दूर—लोग अल्लाह-अल्लाह करते थे; उसके दिल में उस ज़ात-पाक का खौफ़ था और इससे ज़्यादा और कुछ नहीं था—क़रीब-क़रीब हर घर में *क़ुरआन* मौजूद थी, मगर पढ़ना कोई भी नहीं जानता था; उसकी ज़रूरत सिर्फ़ उसी वक़्त पेश आती थी, जब किसी से कोई सच्ची बात कहलवानी होती थी, या किसी काम के लिए कोई हल्फ़ (कसम) उठवाना होता था। गाँव में मौलवी की शक्ल भी उसी वक़्त दिखायी देती थी, जब किसी लड़के या लड़की की शादी होती थी—किसी की मौत पर नमाज़े-जनाज़ा वग़ैरह गाँव के लोग ख़ुद ही पढ़ लेते थे, अपनी ज़बान में।

चौधरी मौजू ऐसे मौक़ों पर ज़्यादा काम आता था; उसकी ज़बान में असर था, जिस अन्दाज़ से वह मरहूम (दिवंगत) की ख़ूबियाँ बयान करता था और उसकी मुक्ति के लिए दुआ करता था, वह कुछ उसी का हिस्सा था।

पिछले बरस जब उसके दोस्त दीनू का जवान लड़का मर गया था तो उसको कब्र में उतारकर उसने बड़े प्रभावी अन्दाज़ में यह कहा था, "क्या शीन जवान लड़का था, थूक फेंकता था तो बीस ग़ज दूर जाके गिरती थी, उसकी पेशाब की धार का तो आस-पास के किसी गाँव-खेड़े में भी मुक़ाबला करने वाला मौजूद नहीं था और बेनी पकड़ने में तो जवाब नहीं था उसका...हे घसनी का नारा मारता और दो उँगलियों से यूँ बेनी खोलता जैसे कुर्ते का बटन खोलते हैं...दीनू यार, तुझ पर आज क़यामत का दिन है, तू यह सदमा कैसे बर्दाश्त करेगा...यारो, उसे मर जाना चाहिए था...ऐसा जवान लड़का, ऐसा ख़ूबसूरत गबरू जवान...नीति सुनयारी-जैसी सुन्दर और हठीली नार उसको काबू करने के लिए तावीज़-धागे कराती रही, मगर धन्य है दीनू, तेरा लड़का लँगोट का पक्का रहा...ख़ुदा करे, उसको जन्नत में सबसे ख़ूबसूरत हूर मिले और वहाँ भी वह लँगोट का पक्का रहे...अल्लाह मियाँ ख़ुश होकर उस पर अपनी रहमतें उतार दें...आमीन!"

चौधरी मौजू की यह छोटी-सी बात सुनकर दस-बीस आदमी, जिनमें दीनू भी शामिल था, दहाड़ें मार-मारकर रो पड़े थे—ख़ुद चौधरी मौजू की आँखों से भी आँसू बह रहे थे।

मौजू ने जब अपनी बीवी फाताँ को तलाक़ देना चाहा था तो उसने मौलवी बुलाने की ज़रूरत नहीं समझी थी। उसने बड़े-बूढ़ों से सुन रखा था कि तीन मर्तबा 'तलाक़ तलाक़, तलाक़' कह दो तो क़िस्सा ख़त्म हो जाता है—उसने अपना क़िस्सा इसी तरह ख़त्म किया था, मगर दूसरे ही दिन उसको बहुत अफ़सोस हुआ था, बड़ी लज्जा आयी थी कि उसने यह क्या ग़लती की, मियाँ-बीवी में झगड़े होते ही रहते हैं, तलाक़ की नौबत तो नहीं आती; उसको दरगुज़र करना चाहिए था।

फाताँ उसको पसन्द थी; गो वह उस वक़्त जवान नहीं थी, फिर भी उसको फाताँ का जिस्म पसन्द था, उसकी बातें पसन्द थीं—फिर वह उसकी बेटी जैनाँ की माँ थी...मगर तीर कमान से निकल चुका था और वापस नहीं आ सकता था—चौधरी मौजू जब भी उस किस्से के मुताल्लिक़ सोचता तो उसके चहेते हुक्के का धुआँ उसके हलक़ में कड़वा घूँट बन-बन के जाने लगता।

जैनाँ ख़ूबसूरत थी, अपनी माँ की तरह। इन दो बरसों में उसने एकदम बढ़ना शुरू कर दिया था और देखते-देखते जवान मुटियार बन गयी थी; उसके अंग-अंग से जवानी फूट-फूट के निकल रही थी—चौधरी मौजू को अब उसके हाथ पीले करने की फ़िक्र भी थी; यहाँ फिर उसको फाताँ याद आ जाती; वह यह काम कितनी आसानी से कर सकती थी।

चारपाई पर चौधरी मौजू ने अपना आसन और अपना तहमद दुरुस्त करते हुए हुक्के से ग़ैर मामूली लम्बा कश लिया और खाँसने लगा।

उसके खाँसने के दौरान किसी की आवाज़ आयी, "अस्सलाम अलैकुम वरहमतुल्लाहि व बराकातुहु!"

चौधरी मौजू ने पलटकर देखा—उसे सफ़ेद कपड़ों में एक लम्बी दाढ़ी वाला बुज़ुर्ग नज़र आया।

उसने सलाम का जवाब दिया और सोचने लगा कि यह शख़्स कहाँ से आ गया है।

उस शख़्स की आँखें बड़ी-बड़ी और रौबीली थीं, जिनमें सुर्मा लगा हुआ था; लम्बे-लम्बे पट्टे थे; पट्टों और दाढ़ी के बाल खिचड़ी थे; सफ़ेद ज़्यादा और सियाह कम; सिर पर सफ़ेद पगड़ी थी; काँधे पर रेशम का काढ़ा हुआ बसंती रूमाल; हाथ में चाँदी की मूठवाला मोटा लट्ठ (लाठी) था, पाँव में लाल खाल का नर्मो-नाज़ुक जूता। चौधरी मौजू ने जब उस बुज़ुर्ग को ग़ौर से देखा तो उसके दिल में फ़ौरन ही आदर का भाव पैदा हो गया—चारपाई पर से वह जल्दी-जल्दी उठा और बुज़ुर्ग से मुख़ातिब

हुआ, "आप कहाँ से आये? कब आये?"

बुज़ुर्ग के लबों में कतरी हुई मुस्कुराहट पैदा हुई, "फ़क़ीर कहाँ से आयेंगे...उनका कोई घर नहीं होता...उनके आने का कोई वक़्त मुक़र्रर नहीं, उनके जाने का कोई वक़्त मुक़र्रर नहीं...अल्लाह तबारक तआला ने जिधर हुक्म दिया, चल पड़े और जहाँ ठहरने का हुक्म हुआ, वहीं ठहर गये।"

चौधरी मौजू पर इन अल्फ़ाज़ का बहुत असर हुआ—उसने आगे बढ़कर उस बुज़ुर्ग का हाथ बड़े आदर से अपने हाथों में लिया, चूमा, अपनी आँखों से लगाया : "चौधरी मौजू का घर आपका अपना घर है।"

बुज़ुर्ग मुस्कुराता हुआ खाट पर बैठ गया और फिर अपने चाँदी की मूठवाले लट्ठ को दोनों हाथों से थामकर उस पर अपना सिर झुका दिया, "अल्लाह को जाने तेरी कौन-सी अदा पसन्द आ गयी कि अपने इस बन्दे और आसी (तुच्छ और गुनहगार) बन्दे को तेरे पास भेज दिया।"

चौधरी मौजू ने ख़ुश होकर पूछा, "तो मौलवी साहब, आप उसके हुक्म से आये हैं?"

मौलवी साहब ने अपना झुका हुआ सिर उठाया और किसी क़दर नाराज़ लहज़े में कहा, "तो क्या हम तेरे हुक्म से आये हैं...हम तेरे बन्दे हैं या उसके, जिसकी इबादत में हमने पूरे चालीस बरस गुज़ारकर यह थोड़ा-बहुत रुतबा हासिल किया है?"

चौधरी मौजू काँप गया—अपने ख़ास गँवार लेकिन निष्ठा भरे अन्दाज़ में उसने मौलवी साहब से अपनी ग़लती माफ़ कराई और कहा, "मौलवी साहब, हम-जैसे इन्सानों से, जिनको नमाज़ पढ़नी भी नहीं आती, ऐसी ग़लतियाँ हो जाती हैं...हम गुनहगार हैं, हमें बख़्शवाना और बख़्शना आपका काम है।"

मौलवी साहब ने अपनी बड़ी-बड़ी सुर्मा लगी आँखें बन्द कीं और कहा, "हम इसीलिए आये हैं।"

चौधरी मौजू ज़मीन पर बैठ गया और मौलवी साहब के पाँव दबाने लगा। इतने में उसकी लड़की जैनाँ आ गयी—उसने मौलवी साहब को देखा तो घूँघट कर लिया।

मौलवी साहब ने मुँदी हुई आँखों से पूछा, "कौन है यह चौधरी मौजू?"

"मौलवी साहब, मेरी बेटी जैनाँ।"

मौलवी साहब ने अधमिची आँखों से जैनाँ को देखा और मौजू से कहा, "इससे पूछो, हम फ़क़ीरों से कैसा परदा?"

"कोई परदा नहीं मौलवी साहब...परदा कैसा?" फिर चौधरी मौजू अपनी बेटी से मुख़ातिब हुआ, "जैनाँ, यह मौलवी साहब हैं, अल्लाह के ख़ास बन्दे...इनसे कैसा परदा...उठा ले अपना घूँघट!"

जैनाँ ने अपना घूँघट उठा लिया।

मौलवी साहब ने अपनी सुर्मा लगी नज़रें भर के जैनाँ की तरफ़ देखा और मौजू से कहा, "तेरी बेटी ख़ूबसूरत है चौधरी मौजू!"

जैनाँ शरमा गयी।

मौजू ने कहा, "अपनी माँ पर है मौलवी साहब!"

"कहाँ है इसकी माँ?" मौलवी साहब ने एक बार फिर जैनाँ की जवानी की तरफ़ देखा।

मौजू घबरा गया कि क्या जवाब दे।

मौलवी साहब ने फिर पूछा, "इसकी माँ कहाँ है चौधरी मौजू?"

मौजू ने जल्दी से कहा, "मर चुकी है जी!"

मौलवी साहब की नज़रें जैनाँ पर गड़ी हुई थीं—जैनाँ की प्रतिक्रिया भाँपकर उन्होंने मौजू से कड़ककर कहा, "तू झूठ बोलता है!"

मौजू ने मौलवी साहब के पाँव पकड़ लिये और याचना भरी आवाज़ में कहा, "जी हाँ...जी हाँ, मैंने झूठ बोला था...मुझे माफ़ कर दीजिये...मैं बड़ा झूठा आदमी हूँ...मैंने उसको तलाक़ दे दिया था मौलवी साहब..."

मौलवी साहब ने एक लम्बी 'हूँ' की, नज़रें जैनाँ की चदरिया से हटाईं और मौजू से मुख़ातिब हुए, "तू बहुत बड़ा गुनहगार है...क्या क़ुसूर था उस बेज़बान का?"

मौजू शर्मिंदा था, "कुछ नहीं मौलवी साहब...मामूली-सी बात थी जो बढ़ते-बढ़ते तलाक़ तक पहुँच गयी...मैं वाक़ई गुनहगार हूँ...तलाक़ देने के दूसरे ही दिन मैंने सोचा था कि मौजू, तूने यह क्या झक मारी है...पर क्या हो सकता था, चिड़ियाँ खेत चुग चुकी थीं...पछतावे से क्या हो सकता था मौलवी साहब..."

मौलवी साहब ने चाँदी की मूठवाला लट्ठ मौजू के काँधे पर रख दिया, "अल्लाह ताला की ज़ात बहुत बड़ी है...वह बड़ा रहीम है...बड़ा करीम है...वह चाहे तो हर बिगड़ी बना सकता है...उसका हुक्म हुआ तो यह हक़ीर फ़क़ीर ही तेरी मुक्ति के लिए कोई रास्ता ढूँढ निकालेगा।"

एहसानमंद चौधरी मौजू फ़ौरन ही मौलवी साहब की टाँगों के साथ लिपट गया और रोने लगा। मौलवी साहब ने जैनाँ की तरफ़ देखा—जैनाँ की आँखों से भी अश्क बह रहे थे।

"इधर आ लड़की!" मौलवी साहब के लहज़े में ऐसा आदेश था, जिसको रद्द करना जैनाँ के लिए नामुमकिन था : रोटी और लस्सी एक तरफ़ रखकर वह खाट के पास चली गयी।

मौलवी साहब ने जैनाँ को बाज़ू से पकड़ा और कहा, "बैठ जा।"

जैनाँ ज़मीन पर बैठने लगी तो मौलवी साहब ने उसका बाज़ू ऊपर खींचा, "इधर मेरे पास बैठ।"

जैनाँ सिमटकर मौलवी साहब के पास बैठ गयी।

मौलवी साहब ने उसकी कमर में हाथ देकर उसको अपने क़रीब किया और फिर ज़रा दबाकर पूछा, "क्या लाई है तू हमारे खाने के लिए?"

जैनाँ ने एक तरफ़ हटना चाहा, मगर मौलवी साहब की गिरफ़्त मज़बूत थी।

जैनाँ ने जवाब दिया, "जी...जी रोटियाँ हैं, साग है और लस्सी।"

मौलवी साहब ने जैनाँ की पतली और मज़बूत कमर एक बार फिर दबाई, "चल ला खाना और हमें खिला...!"

जैनाँ उठी तो मौलवी साहब ने मौजू के काँधे से अपना चाँदी की मूठवाला लट्ठ नन्ही-सी मार देने के बाद उठा लिया, "उठ मौजू, हमारे हाथ धुला।"

मौजू फ़ौरन उठा—पास ही कुआँ था—वह पानी लाया और उसने मौलवी साहब के हाथ बड़े आदर से धुलाये।

जैनाँ ने चारपाई पर खाना रख दिया।

मौलवी साहब सबका-सब खाना खा गये और फिर उन्होंने जैनाँ को हुक्म दिया कि वह उनके हाथ धुलाये।

जैनाँ आदेश का उल्लंघन नहीं कर सकती थी कि मौलवी साहब की शक्लो-सूरत और उनकी गुफ़्तगू का अन्दाज़ ही कुछ ऐसा आदेश भरा था।

मौलवी साहब ने डकार लेकर बड़े ज़ोर से अलहम्दुलिल्लाह कहा, दाढ़ी पर गीला-गीला हाथ फेरा, एक और डकार ली और चारपाई पर लेट गये और एक आँख बन्द करके दूसरी आँख से जैनाँ की ढलकी हुई चदरिया की तरफ़ देखते रहे।

जब जैनाँ जल्दी-जल्दी बर्तन समेटकर चली गयी तो मौलवी साहब ने आँखें बन्द कीं और मौजू से कहा, "चौधरी मौजू, अब हम सोयेंगे।"

मौजू कुछ देर तक उनके पाँव दबाता रहा—जब उसने देखा कि वह सो गये हैं तो एक तरफ़ जाकर उसने उपले सुलगाये और चिलम में तम्बाकू भरकर भूखे पेट हुक्का पीना शुरू कर दिया—वह खुश था; उसको ऐसा लग रहा था कि उसकी ज़िन्दगी का कोई बहुत बड़ा बोझ दूर हो गया है—उसने दिल ही दिल में अपने मख़्सूस गँवार, मगर निष्ठा भरे अन्दाज़ में अल्लाह ताला का शुक्र अदा किया, जिसने अपनी कृपा से मौलवी साहब की शक्ल में फ़रिश्ता-ए-रहमत भेजा।

पहले उसने सोचा, 'मौलवी साहब के पास ही बैठा रहे कि शायद उनको किसी ख़िदमत की ज़रूरत हो,' मगर जब देर हो गयी और वह सोते रहे तो वह उठकर अपने खेत में चला गया और अपने काम में मशगूल हो गया। उसको ज़रा भी ख़याल नहीं था कि वह भूखा है; उसको बेहद ख़ुशी थी कि उसका खाना मौलवी साहब ने खा लिया है और यूँ उसको इतनी बड़ी खुशी नसीब हुई है।

शाम होने से पहले-पहले खेत में काम ख़त्म करने के बाद जब वह बूढ़े बरगद

के पास वापस लौटा तो उसको यह देखकर बड़ा दुख हुआ कि मौलवी साहब मौजूद नहीं हैं—उसने ख़ुद की बड़ी लानत-मलामत की कि वह क्यों चला गया था; उनके हुज़ूर बैठा रहता, 'शायद वह नाराज़ होकर चले गये हों और कोई बद्दुआ भी दे गये हों...' जब उसने यह सोचा तो उसकी सादा रूह लरज़ गयी और उसकी आँखों में आँसू आ गये।

उसने इधर-उधर मौलवी साहब को तलाश किया, मगर वह न मिले—शाम गहरी हो गयी, फिर भी उनका सुराग़ न मिला।

थक-हारकर अपने को दिल ही दिल में कोसता और लानत-मलामत करता वह गर्दन झुकाये घर की तरफ़ जा रहा था कि उसे रास्ते में गाँव के दो जवान लड़के घबराये हुए मिले।

उसने उनसे घबराहट की वजह पूछी तो उन्होंने पहले तो टालना चाहा, मगर फिर उसको असल बात बता ही दी : वे घूरे में दबा हुआ शराब का घड़ा निकालकर शराब पीने ही वाले थे कि एक नूरानी सूरतवाले बुज़ुर्ग एकदम वहाँ प्रकट हो गये और बड़ी ग़ज़बनाक निगाहों से देखते हुए यह पूछने लगे कि वे यह क्या हरामकारी कर रहे हैं; जिस चीज़ को अल्लाह ताला ने हराम क़रार दिया है, वे उसे पीकर इतना बड़ा गुनाह कर रहे हैं, जिसका कोई प्रायश्चित ही नहीं—उनमें इतनी ज़ुर्रत ही नहीं थी कि कुछ बोल सकते; बस सिर पर पाँव रखकर भागे...

मौजू ने उन दोनों नौजवानों को बताया कि वह नूरानी सूरतवाले वाक़ई अल्लाह को पहुँचे हुए बुज़ुर्ग हैं; फिर उसने अंदेशा ज़ाहिर किया कि जाने गाँव पर क्या क़हर बरपेगा—एक तो उसने मौलवी साहब को छोड़कर चले जाने की बुरी हरकत की थी, दूसरे गाँव के दो नौजवान हराम चीज़ पीने वाले थे।

"अब अल्लाह ही बचाये...अब अल्लाह बचाये मेरे बच्चो..." यह बड़बड़ाता हुआ मौजू घर की ओर रवाना हुआ।

जैनाँ मौजूद थी, पर मौजू ने उससे कोई बात न की और खाट पर ख़ामोश बैठकर हुक़्क़ा पीने लगा—उसके दिलो-दिमाग़ में एक तूफ़ान बरपा था; उसको यक़ीन था कि उस पर और गाँव पर ज़रूर कोई ख़ुदाई आफ़त आयेगी।

शाम का खाना तैयार था और जैनाँ ने मौलवी साहब के लिए भी पकाया था।

जब जैनाँ ने मौजू से पूछा कि मौलवी साहब कहाँ हैं तो मौजू ने बड़े दुख भरे लहज़े में कहा, "गये...चले गये...हम गुनहगारों के यहाँ उनका क्या काम!"

जैनाँ को अफ़सोस हुआ—मौलवी साहब ने कहा था कि वह कोई ऐसा रास्ता ढूँढ निकालेंगे, जिससे उसकी माँ वापस आ जायेगी; पर वह तो जा चुके थे; अब वह रास्ता ढूँढने वाला कौन है—वह ख़ामोशी से पीढ़ी पर बैठ गयी और खाना ठंडा होता रहा।

थोड़ी देर के बाद ड्योढ़ी में आहट हुई—बाप और बेटी, दोनों चौंके।

मौजू उठ के बाहर गया—चन्द लम्हात के बाद मौजू और मौलवी साहब सहन में थे।

दीये की धुँधली रोशनी में जैनाँ ने देखा कि मौलवी साहब लडख़ड़ा रहे हैं और उनके हाथ में एक घड़ा है।

मौजू ने सहारा देकर मौलवी साहब को चारपाई पर बिठाया।

मौलवी साहब ने घड़ा मौजू को दिया और लड़खड़ाती आवाज़ में कहा, "आज ख़ुदा ने हमारा बहुत कड़ा इम्तिहान लिया...तुम्हारे गाँव के दो जवान लड़के घूरे में से शराब का घड़ा निकालकर शराब पीने ही वाले थे कि हम पहुँच गये...वे हमें देखते ही भाग गये...हमको बहुत सदमा हुआ कि इतनी छोटी उम्र और इतना बड़ा गुनाह...फिर हमने सोचा कि इसी उम्र में तो इन्सान रास्ते से भटकता है...हमने उनके लिए अल्लाह ताला के हुज़ूर में गिड़गिड़ाकर दुआ माँगी कि उन बच्चों का गुनाह माफ़ किया जाये...जवाब मिला...जानते हो, क्या जवाब मिला?"

मौजू ने लरज़ते हुए कहा, "जी नहीं!"

"जवाब मिला, 'क्या तू उनका गुनाह अपने सिर लेता है...?' हमने अर्ज़ की, 'हाँ अल्लाह ताला...' आवाज़ आयी, 'तो जा यह सारा घड़ा शराब का तू पी...हमने उन लड़कों को बख़्शा!' "

मौजू के रोंगटे खड़े हो गये, "तो आपने पी?"

मौलवी साहब का लहज़ा और ज़्यादा लड़खड़ा गया, "हाँ पी...पी...उनका गुनाह अपने सिर लेने के लिए पी...प्रभु की आँखों में सुर्ख़ुरू (स्वीकार्य) होने के लिए पी...घड़े में और भी पड़ी है...यह भी हमें पीनी है...रख दे इसे सँभाल के और देख...और देख, इसकी एक बूँद भी इधर-उधर न हो..."

मौजू ने घड़ा उठाकर अन्दर कोठरी में रख दिया और उसके मुँह पर कपड़ा भी बाँध दिया—जब वह वापस सहन में आया तो उसने देखा कि मौलवी साहब उसी तरह चारपाई पर बैठे हैं, जैनाँ उनके पास खड़ी है और उनका सिर दाब रही है; वह जैनाँ से कह रहे थे, "जो आदमी दूसरों के लिए कुछ करता है, अल्लाह उससे बहुत ख़ुश होता है...वह इस वक़्त तुझसे भी ख़ुश है...हम भी तुझसे ख़ुश हैं।"

अपनी ख़ुशी में मौलवी साहब ने जैनाँ को अपने पास बिठाकर उसकी पेशानी चूम ली—जैनाँ ने उठना चाहा, मगर उनकी गिरफ़्त मज़बूत थी।

मौलवी साहब ने जैनाँ को अपने गले से लगाया और मौजू से कहा, "चौधरी मौजू, तेरी बेटी का नसीबा जाग उठा है।"

मौजू साक्षात कृतज्ञता का रूप था, "यह सब आपकी दुआ है, आपकी मेहरबानी है।"

मौलवी साहब ने जैनाँ को एक मर्तबा फिर अपने सीने के साथ भींचा, "अल्लाह मेहरबान सो कुल मेहरबान...जैनाँ, हम तुझे एक वज़ीफ़ा बतायेंगे...वह पढ़ा करना, अल्लाह हमेशा मेहरबान रहेगा...जाओ, हमारे लिए खाना लाओ...!"

दूसरे दिन सुबह मौलवी साहब बहुत देर से उठे।

मौजू डर के मारे खेतों पर न गया, बस सहन में उनकी चारपाई के पास बैठा रहा।

जब वह उठे तो उनके लिए दातून तैयार थी; पानी, साबुन, सब कुछ तैयार था; नाश्ता भी।

काफ़ी देर के बाद मौलवी साहब के आदेश के मुताबिक़ मौजू ने शराब का घड़ा लाकर उनके पास रख दिया।

उन्होंने ज़ेरे-लब कुछ पढ़ा, घड़े का मुँह खोलकर उसमें तीन बार फूँका और तीन कटोरियाँ शराब चढ़ा गये; फिर उन्होंने ऊपर आसमान की तरफ़ देखा, कुछ पढ़ा और बुलन्द आवाज़ में कहा, "हम तेरे हर इम्तिहान में पूरे उतरेंगे मौला..." फिर वह मौजू से मुख़ातिब हुए, "मौजू जा...हुक्म मिला है कि अभी जा और जैनाँ की माँ को ले आ...रास्ता मिल गया है हमें।"

मौजू बहुत ख़ुश हुआ—जल्दी-जल्दी उसने घोड़ी पर ज़ीन कसी और कहा कि वह दूसरे रोज़ सुबह-सवेरे वापस पहुँच जायेगा; फिर उसने जैनाँ को ताकीद की कि वह मौलवी साहब के हर आराम का ख़याल रखे और उनकी ख़िदमतग़ुजारी में कोई कसर उठा न रखे।

जैनाँ बर्तन माँजने में मशगूल हो गयी।

मौलवी साहब चारपाई पर बैठे उसे घूरते रहे, धीरे-धीरे कटोरियाँ भर-भर शराब पीते रहे और मोटे-मोटे दानोंवाली माला फेरते रहे।

जब वह काम से फ़ारिग हो गयी तो उन्होंने उससे कहा, "जैनाँ, देखो, वुज़ू कर लो।"

जैनाँ ने बड़े भोलेपन से जवाब दिया, "मुझे नहीं आता मौलवी जी!"

उन्होंने बड़े प्यार से उससे पूछा, "वुज़ू (नमाज से पहले हाथ-पैर धोने का अमल) करना नहीं आता...क्या जवाब देगी अल्लाह को..." यह कहकर वह उठे और उन्होंने जैनाँ को वुज़ू कराया—वह ऐसे आसन और ऐसे अन्दाज़ में उसको समझाते रहे थे कि उसके बदन का एक-एक हिस्सा उनकी नज़रों के सामने था।

वुज़ू कराने के बाद उन्होंने नमाज़ की चटाई माँगी; वह न मिली तो फिर प्यार से डाँटा और थपथपाया।

उन्होंने चादर मँगवाई और अन्दर कोठरी में बिछा दी, फिर उन्होंने जैनाँ से कहा कि वह बाहर के दरवाज़े की कुंडी लगा दे। जब वह कुंडी लगाकर लौट आयी तो उन्होंने कहा कि वह घड़ा और कटोरा कोठरी में ले आये। जब वह दोनों चीज़ें

ले आयी तो उन्होंने इशारे से उसे चादर पर बैठने को कहा और माला फेरनी शुरू कर दी।

बहुत देर तक वह आँखें बन्द किये इसी तरह वजीफ़ा करते रहे—जैनाँ उनके पास खामोश बैठी रही।

काफ़ी देर के बाद उन्होंने आँखें खोलीं, आधी कटोरी भरी, उसमें तीन फूँकें मारीं और जैनाँ की तरफ़ बढ़ा दी, "पी जाओ इसे।"

जैनाँ ने कटोरी थाम ली, मगर उसके हाथ काँपने लगे।

मौलवी साहब ने बड़े क्रोध भरे अन्दाज़ में उसकी तरफ़ देखा, "हम कहते हैं, पी जाओ इसे...तुम लोगों के सारे दिलद्दर दूर हो जायेंगे...!"

जैनाँ काँपते हाथों से आधी कटोरी पी गयी और उसका बदन सुलगने लगा।

मौलवी साहब अपनी दाढ़ी में मुस्कुराए, "हम फिर अपना वज़ीफ़ा शुरू करते हैं...जब भी हम अपनी तर्जनी (अँगूठे के बराबर वाली उँगली) से इशारा करें तो घड़े में से आधी कटोरी भरकर फ़ौरन पी जाना और पीती रहना...समझ गयीं?"

उन्होंने जैनाँ को कुछ कहने का मौक़ा ही न दिया और आँखें बन्द करके ध्यान मुद्रा में चले गये।

जैनाँ के मुँह का जायक़ा बेहद ख़राब हो गया था और उसके सीने में आग-सी लग रही थी; वह चाहती थी कि उठकर ठंडा-ठंडा पानी पिये, पर वह कैसे उठ सकती थी।

एकदम मौलवी साहब की शहादत की उँगली उठी—जैनाँ ने एक नाक़ाबिले-समझ दबाव के तहत फ़ौरन आधी कटोरी भरी और एक ही साँस में पी गयी; उसको उबकाई-सी आयी, मगर उसने रोक ली; उसने लुआब थूकना चाहा, मगर निगल लिया; उसने ज़ोर से आँखें भींचीं और फिर खोलीं—मौलवी साहब आँखें बन्द किये माला फेर रहे थे—जाने कितनी बार मौलवी साहब की तर्जनी की उँगली उठी, जाने कितनी बार जैनाँ ने आधी कटोरी भरकर पी—जैनाँ ने महसूस किया कि मौलवी साहब के चेहरे पर नूर बरस रहा है और उसके अपने बदन में लपटें-सी उठ रही हैं; एक रौशन-सी धुँध फैल रही है और उसकी आँखों को दिखायी देते हुए भी कुछ दिखायी नहीं दे रहा है; बस उसका बदन देख रहा है कि वह एक जवान, मज़बूत, ख़ूबसूरत मर्द की गोद में है और वह उसे जन्नत दिखाने ले जा रहा है...

जब जैनाँ की आँखें खुलीं तो वह चादर पर लेटी हुई थी।

उसने भीगी और नशीली आँखों से इधर-उधर देखा।

वह वहाँ क्यों लेटी हुई है, वह वहाँ कब लेटी थी—उसने सोचना चाहा तो उसे धुँध-सी नज़र आयी और नींद आने लगी; उसका बदन दुख रहा था, लेकिन अनजाने तौर पर संतुष्ट था।

और वह जन्नत?

वह एकदम उठ बैठी—बाहर सहन में आयी तो उसने देखा कि दिन ढल चुका है और मौलवी साहब खुरे के पास बैठे वुज़ू कर रहे हैं।

आहट सुनकर उन्होंने पलटकर जैनाँ की तरफ़ देखा और मुस्कुराए।

जैनाँ की समझ में कुछ न आया; वह वापस कोठरी में चली गयी और चादर पर बैठकर अपनी माँ के बारे में सोचने लगी, जिसको वापस लाने उसका बाप गया हुआ था और पूरी रात बाक़ी थी उनकी वापसी में।

उसे सख़्त भूख लग रही थी, लेकिन एक बेनाम थकन के मारे उससे उठा नहीं जा रहा था; उसके छोटे-से व्याकुल दिमाग़ में धुँध में लिपटी बेशुमार बातें आ रही थीं।

थोड़ी देर के बाद कोठरी में मौलवी साहब प्रकट हुए, उन्होंने कहा, "हमें तुम्हारे बाप के लिए एक वज़ीफ़ा (तंत्र) करना है...सारी रात किसी क़ब्र के पास बैठना होगा... सुबह आ जायेंगे...तुम्हारे लिए भी दुआ माँगेंगे..." और वह घड़ा उठाकर चले गये।

जैनाँ ने फिर सोचने की कोशिश की—जन्नत...एक जवान, मज़बूत, ख़ूबसूरत मर्द की गोद...

वह धुँध में खोयी-खोयी सो गयी।

सुबह सवेरे उसकी नींद खुली ही थी कि मौलवी साहब आ गये—उनकी बड़ी-बड़ी आँखें, जिनमें सुर्मे की तहरीर ग़ायब थी, बेहद सुर्ख़ थीं, उनके क़दमों में लडख़ड़ाहट थी—उन्होंने अन्दर कोठरी में जाकर घड़ा रख दिया।

सहन में आते ही उन्होंने मुस्कुराकर जैनाँ की तरफ़ देखा और आगे बढ़कर उसको गले से लगा लिया; फिर उसकी पेशानी को चूमा और चारपाई पर बैठ गये।

जैनाँ एक तरफ़ कोने में पीढ़ी पर गुमसुम बैठ गयी—उसको अपने बाप का इन्तज़ार था, माँ का भी, जिससे बिछड़े हुए उसे दो बरस हो चुके थे।

मौलवी साहब ने कहा, "जैनाँ, मौजू अभी तक नहीं आया?"

वह ख़ामोश रही।

मौलवी साहब फिर उससे बोले, "हम सारी रात एक टूटी हुई क़ब्र पर सिर न्योढ़ाये सुनसान क़ब्रिस्तान में मौजू के लिए वज़ीफ़ा पढ़ते रहे...कब आयेगा वह...क्या वह ले आयेगा तुम्हारी माँ को...?"

जैनाँ ने सिर्फ़ इतना कहा, "जी, मालूम नहीं..."

थोड़ी देर के बाद आहट हुई तो जैनाँ उठी—ड्योढ़ी में उसकी माँ खड़ी थी—वह उसे देखते ही उससे लिपट गयी और रोने लगी।

फिर मौजू आया। उसने मौलवी साहब को बड़े अदब और एहतिराम के साथ सलाम किया; फिर उसने अपनी बीवी से कहा, "फाताँ, सलाम करो मौलवी साहब को।"

फाताँ अपनी बेटी से अलग हुई, अपने आँसू पोंछती हुई आगे बढ़ी और उसने

मौलवी साहब को सलाम किया।

मौलवी साहब ने अपनी लाल-लाल आँखों से फाताँ को घूर के देखा और मौजू से कहा, “हम सारी रात एक टूटी हई क़ब्र के पास बैठकर तुम्हारे लिए वज़ीफ़ा पढ़ते रहे...अभी-अभी उठ के आये हैं...अल्लाह ने हमारी सुन ली है...सब ठीक हो जायेगा।”

मौजू ने फ़र्श पर बैठकर मौलवी साहब के पाँव दाबने शुरू कर दिये; वह इतना कृतज्ञ और आभारी था कि कुछ न कह सका—फाताँ से मुख़ातिब होकर उसने आँसुओं भरी आवाज़ में कहा, “तू ही मौलवी साहब का शुक्रिया अदा कर...मुझे तो आता नहीं।”

फाताँ उसके पास ही बैठ गयी और मौलवी साहब से सिर्फ़ इतना कह सकी, “हम ग़रीब लोग क्या अदा कर सकते हैं?”

मौलवी साहब ने ग़ौर से फाताँ को देखा, “मौजू, तुम ठीक कहते थे...फाताँ ख़ूबसूरत है; इस उम्र में भी जवान मालूम होती है, बिलकुल दूसरी जैनाँ...उससे भी अच्छी...” फिर वह फाताँ, से मुख़ातिब हुए, “हम सब ठीक कर देंगे फाताँ...अल्लाह का फ़ज़्लो-करम हो गया है।”

मौजू और फाताँ, दोनों खामोश रहे—मौजू मौलवी साहब के पाँव दबाता रहा, फाताँ उसके पास बैठी रही—जैनाँ चूल्हा सुलगाने में मसरूफ़ हो गयी थी।

आख़िर मौलवी साहब उठे, फाताँ के सर पर हाथ से प्यार किया और मौजू से कहा, “अल्लाह ताला का हुक्म है कि जब कोई आदमी अपनी बीवी को तलाक़ देने के बाद फिर उसको अपने घर बसाना चाहे तो उसकी सज़ा यह है कि पहले वह औरत किसी और मर्द से शादी करे, उससे तलाक़ ले, तब जाइज़ है।”

मौजू ने हौले-से कहा, “यह मैं सुन चुका हूँ मौलवी साहब!”

मौलवी साहब ने मौजू को उठाया और उसके कन्धे पर हाथ रखा, “लेकिन हमने ख़ुदा के हुज़ूर गिड़गिड़ाकर दुआ माँगी कि ऐसी कड़ी सज़ा न दी जाये ग़रीब मौजू को; उससे भूल हो गयी है...आवाज़ आयी : ‘हम तेरी सिफ़ारिशें कब तक सुनते रहेंगे...तू अपने लिए जो भी माँग, हम देने के लिए तैयार हैं...’ हमने अर्ज़ की : ‘मेरे शहनशाह...बह्रो बर (आकाश-पाताल) के मालिक...हम अपने लिए कुछ नहीं माँगते...तेरा दिया हमारे पास बहुत कुछ है...हम मौजू के लिए माँगते हैं, इसलिए कि मौजू को फाताँ से मुहब्बत है...’ इरशाद हुआ : ‘तो हम उसकी मुहब्बत और तेरे ईमान का इम्तिहान लेना चाहते हैं...एक दिन के लिए तू फाताँ से निकाह कर ले और दूसरे दिन उसे तलाक़ देकर मौजू के हवाले कर दे...हम तेरे लिए बस यही कर सकते हैं कि तूने चालीस बरस दिल से हमारी इबादत की है’...”

मौजू बहुत ख़ुश हुआ, “मुझे मंजूर है मौलवी साहब, मुझे मंज़ूर है...” फिर उसने फाताँ की तरफ़ तमतमाती आँखों से देखा, “क्यों फाताँ?” उसने फाताँ के

जवाब का इन्तज़ार तक न किया, "हम दोनों को मंज़ूर है।"

मौलवी साहब ने आँखें बन्द कर लीं और देर तक कुछ पढ़ते रहे; फिर उन्होंने आँखें खोलकर मौजू और फाताँ, दोनों के फूँक मारी और आसमान की तरफ़ नज़रें उठाईं, "अल्लाह ताला हम सबको इस इम्तिहान में पूरा उतारे..."

फिर वह मौजू से मुख़ातिब हुए, "अच्छा मौजू, हम अब चलते हैं...तुम और जैनाँ आज की रात कहीं चले जाना और कल सुबह सवेरे लौट आना...हम शाम को आयेंगे..." यह कहकर वह चले गये।

शाम हुई तो मौजू और जैनाँ तैयार हो गये।

शाम ढलने को थी कि मौलवी साहब वापस आये—वह ज़ेरे-लब कुछ पढ़ रहे थे।

काफ़ी देर के बाद जब उन्होंने इशारा किया तो मौजू और जैनाँ ड्योढ़ी से बाहर निकल गये।

मौलवी साहब उठे और ड्योढ़ी की कुंडी चढ़ाने के बाद फाताँ से बोले, "फाताँ, तुम आज की रात हमारी बीवी हो...जाओ अन्दर से बिस्तर ले आओ और चारपाई पर बिछा दो...थोड़ी देर के बाद हम सोयेंगे।"

जब फाताँ ने अन्दर कोठरी से बिस्तर लाकर चारपाई पर बड़े सलीक़े से बिछा दिया तो मौलवी साहब ने कहा, "तुम बैठो, हम अभी आते हैं।"

यह कहकर वह कोठरी में चले गये—दीया रौशन था और कोने में बर्तनों की मीनारों के पास उनका घड़ा रखा था।

उन्होंने घड़ा हिलाकर देखा—काफ़ी शराब बाक़ी थी।

घड़ा उठाकर, उसके साथ ही मुँह लगाकर उन्होंने कई बड़े-बड़े घूँट भरे; फिर घड़ा रखकर रेशमी फूलोंवाले बसंती रूमाल से मूँछें और होंठ साफ़ किये और सहन में आ गये—घड़ा उनकी बग़ल में था और कटोरी हाथ में।

फाताँ चारपाई पर बैठी हुई थी—मौलवी साहब ने इशारे से फाताँ को बैठे रहने को कहा और उसके बिलकुल क़रीब फ़र्श पर बैठ गये।

आधी कटोरी भरने के बाद उसे अपने सामने रखकर वह काफ़ी देर तक कुछ पढ़ते रहे, फिर तीन दफ़ा फूँककर उन्होंने कटोरी उठाई और फाताँ की तरफ़ बढ़ाई : "लो एक साँस में इसे पी जाओ।"

फाताँ पी गयी—उसे उबकाई आयी तो मौलवी साहब तेज़ी से उठे और उसकी पीठ थपथपाते हुए कड़कदार आवाज़ में बोले, "ठीक हो जाओ फ़ौरन।"

फाताँ सँभली और किसी क़दर ठीक हो गयी।

मौलवी साहब ने कितनी बार आधी कटोरी भरी, फूँकी और फाताँ को दी।

फाताँ जब चारपाई पर बैठे-बैठे थक गयी तो टाँगें फैलाकर लेट गयी—मौलवी साहब उठे और फाताँ पर छा गये।

सुबह सवेरे जब मौजू और जैनाँ लौटे तो उन्होंने देखा कि ड्योढ़ी का दरवाज़ा खुला हुआ है, सहन में फाताँ सो रही है, चारपाई के पास ही घड़ा और कटोरी पड़ी है, मगर मौलवी साहब मौजूद नहीं हैं।

मौजू ने सोचा, "शायद बाहर गये होंगे खेतों में..." उसने आगे बढ़कर फाताँ को जगाया।

फाताँ ने गूँ-गूँ की, फिर 'जन्नत, जन्नत' बड़बड़ाते हुए आँखें खोल दीं—जब उसने मौजू और जैनाँ को देखा तो फ़ौरन उठकर बैठ गयी।

मौजू ने पूछा, "मौलवी साहब कहाँ हैं?"

फाताँ आँखें फाड़े उनको देख रही थी, "मौलवी साहब? कौन मौलवी साहब...? ओह, वह...यहाँ नहीं हैं क्या?"

"नहीं...," मौजू ने कहा, "मैं उन्हें बाहर देखता हूँ।"

वह अभी ड्योढ़ी ही में था कि उसे फाताँ की हल्की-सी चीख़ सुनाई दी।

उसने पलटकर देखा—फाताँ तकिया उठाये कुछ देख रही थी।

जब वह क़रीब आया तो फाताँ ने पूछा, "यह क्या है?"

मौजू ने कहा, "बाल।"

जैनाँ ने कहा, "मौलवी साहब की दाढ़ी और पट्टे!"

फाताँ ने कहा, "हाँ, मौलवी साहब की दाढ़ी और पट्टे!"

मौजू ने आगे बढ़कर दाढ़ी और पट्टे उठा लिये—"मौलवी साहब कहाँ हैं?" फ़ौरन ही उसके सादा लौह और बेलौस दिमाग़ में एक ख़याल आया, "फाताँ..जैनाँ, तुम नहीं समझीं...वह कोई करामात (चमत्कार) वाले बुज़ुर्ग थे...हमारा काम कर गये और अपनी निशानी छोड़ गये..."

उसने दाढ़ी और पट्टों को चूमा, आँखों से लगाया और फिर उनको जैनाँ के हवाले करके कहा, "देखो बेटी, इनको किसी साफ़ कपड़े में लपेटकर बड़े सन्दूक़ में हिफ़ाज़त से रख दो...खुदा के हुक्म से घर में बरकत ही बरकत रहेगी।"

जैनाँ दाढ़ी और पट्टे लेकर अन्दर कोठरी में चली गयी तो मौजू फाताँ के पास बैठ गया और बड़े प्यार से कहने लगा, "मैं अब नमाज़ पढ़ना सीखूँगा और मौलवी साहब के लिए दुआ किया करूँगा, जिन्होंने हम दोनों को फिर से मिला दिया।"

फाताँ ख़ामोश रही।

अंजाम बख़ैर

बँटवारे के बाद जब साम्प्रदायिक फ़साद बहुत बढ़ गये और जगह-जगह हिन्दुओं और मुसलमानों के ख़ून से ज़मीन रंगी जाने लगी तो नसीम अख़्तर ने, जो दिल्ली की जवान तवाइफ़ थी, अपनी बूढ़ी माँ से कहा, "चलो माँ, यहाँ से चलें।"

बूढ़ी नायिका ने अपने पोपले मुँह में पानदान से छालियों के बारीक-बारीक टुकड़े डालते हुए नसीम अख़्तर से पूछा, "कहाँ जायेंगे बिटिया?"

"पाकिस्तान!" यह कहकर नसीम अख़्तर अपने उस्ताद ख़ान साहब अच्छन ख़ाँ से मुख़ातिब हुई, "ख़ाँ साहब, आपका क्या ख़याल है...यहाँ रहना अब ख़तरे से ख़ाली नहीं।"

ख़ाँ साहब ने नसीम अख़्तर की हाँ में हाँ मिलाई, "तुम ठीक कहती हो...बाई जी को मना लो तो हम सब चलते हैं।"

नसीम अख़्तर ने अपनी माँ से बहुतेरा कहा, "चलो यहाँ से...अब यहाँ हिन्दुओं का राज होगा और वे लोग कोई मुसलमान बाक़ी नहीं छोड़ेंगे।"

बूढ़ी नायिका ने कहा, "तो क्या हुआ...हमारा धंधा तो हिन्दुओं की ही बदौलत चलता है और तुम्हारे चाहने वाले भी सबके सब हिन्दू ही हैं...मुसलमानों में रखा ही क्या है?"

"ऐसा न कहो माँ...उनका मज़हब और हमारा मज़हब एक है...क़ायदे-आज़म साहब ने इतनी मेहनत से मुसलमानों के लिए पाकिस्तान बनाया है...हमें अब वहीं रहना चाहिए।"

मांडो मिरासी ने अफ़ीम के नशे में अपना सिर हिलाया और नशीली आवाज़ में कहा, "छोटी बाई, अल्लाह सलामत रखे तुम्हें...क्या बात कही है तुमने...मैं तो अभी चलने के लिए तैयार हूँ...मेरी क़ब्र पाकिस्तान में बने तो मेरी रूह हमेशा ख़ुश रहेगी।"

दूसरे मिरासी भी तैयार हो गये, लेकिन बड़ी बाई दिल्ली छोड़ना नहीं चाहती थी और बालाख़ाने (ऊपरी मंज़िल) पर उसी का हुक्म चलता था, इसलिए सब ख़ामोश हो गये।

बड़ी बाई ने सेठ गोविन्द प्रकाश की कोठी पर आदमी भेजा और उसके आने पर कहा, "मेरी बच्ची आजकल बहुत डरी हुई है...पाकिस्तान जाना चाहती है...मैंने उसे समझाया है कि वहाँ क्या धरा है। ...यहाँ आप-जैसे मेहरबान सेठ लोग मौजूद हैं...वहाँ जा के तो हम उपले थापेंगे...आप एक करम कीजिये।"

सेठ गोविन्द प्रकाश यूँ तो बड़ी बाई की बातें सुन रहा था, मगर उसका दिमाग़ कुछ और ही सोच रहा था—एकदम चौंककर उसने बड़ी बाई से पूछा, "तुम क्या चाहती हो?"

"हमारे कोठे के नीचे दो-तीन बन्दूक़ वाले सिपाहियों का पहरा खड़ा करवा दीजिये ताकि मेरी बच्ची का सहम दूर हो जाये।"

सेठ ने कहा, "यह कोई मुश्किल काम नहीं है...मैं अभी जाकर सुपरिंटेंडेंट पुलिस से मिलता हूँ...शाम से पहले-पहले तुम्हारे कोठे के नीचे सिपाही मौजूद होंगे।"

बड़ी बाई ने सेठ को बहुत दुआएँ दीं।

जब वह जाने लगा तो उसने कहा, "हम आज अपनी नसीम अख़्तर का मुजरा सुनने आयेंगे।"

बड़ी बी ने ससम्मान कहा, "हाये जम-जम आइये...आपका अपना घर है, बच्ची को अपनी दासी समझिए...खाना यहीं खाइयेगा।"

"नहीं...मैं आजकल परहेज़ी खाना खा रहा हूँ।" यह कहकर सेठ अपनी तोंद पर हाथ फेरता हुआ चला गया।

शाम को बड़ी बी ने चाँदनियाँ बदलवाईं, गावतकियों पर नये ग़िलाफ़ चढ़वाये, ज़्यादा रौशनीवाले बल्ब लगवाये और अपने नौकर को सेठ गोविन्द प्रकाश के लिए आला क़िस्म के सिगरेटों का डिब्बा लाने भेज दिया।

थोड़ी ही देर के बाद नौकर होश खोता हुआ-सा हाँफता-काँपता वापस आ गया—उसके मुँह से एक बात भी नहीं निकलती थी। आख़िर जब वह कुछ देर के बाद सँभला तो उसने बताया कि चौक में पाँच-छः सिखों ने एक मुसलमान दुकानदार को कृपाणों से उसकी आँखों के सामने टुकड़े-टुकड़े कर डाला है, "जब मैंने वह सब देखा तो सिर पर पाँव रखकर भागा और यहाँ आ कर दम लिया।"

नसीम अख़्तर यह ख़बर सुनकर बेहोश हो गयी।

बड़ी मुश्किलों से ख़ान साहब अच्छन ख़ाँ उसे होश में लाये।

वह बहुत देर तक निढाल रही और ख़ामोशी से शून्य में देखती रही।

आख़िर उसकी माँ ने कहा, "ख़ून-ख़राबे होते ही रहते हैं...क्या इससे पहले क़त्ल नहीं होते थे?"

माँ के दम-दिलासा देने से वह सँभल गयी तो उसकी माँ ने फिर बड़े दुलार और प्यार से कहा, "उठो मेरी बच्ची, जाओ लहँगा पहनो...सेठ साहब आते ही होंगे।"

उसने बेदिली से लहँगा पहना, सोलह सिंगार किये और मसनद पर बैठ गयी।

उसका जी भारी-भारी था। उसको ऐसा महसूस हो रहा था कि उस मृतक दुकानदार का सारा ख़ून उसके दिलो-दिमाग़ पर जम गया है। उसका दिल धड़क रहा था। उसका जी चाह रहा था कि भड़कीले लहँगे की बजाय सादा सलवार-क़मीज़ पहन ले।

आख़िर उससे रहा न गया—उसने हाथ जोड़कर अपनी माँ से कहा, "ख़ुदा के लिए मेरी बात सुनो और भाग चलो यहाँ से...मेरा दिल गवाही देता है कि हम पर कोई-न-कोई आफ़त आनेवाली है।"

उसकी माँ ने झुँझलाकर कहा, "हम पर क्यों आफ़त आने लगी...? हमने किसी का क्या बिगाड़ा है?"

उसने बड़ी संजीदगी से जवाब दिया, "उस ग़रीब दुकानदार ने किसी का क्या बिगाड़ा था, जो ज़ालिमों ने उसके टुकड़े-टुकड़े कर डाले...बिगाड़ने वाले उल्टे बच जाते हैं...मारे जाते हैं वे, जिन्होंने किसी का कुछ बिगाड़ा नहीं होता।"

"तुम्हारा दिमाग़ ख़राब हो गया है।"

"चारों तरफ़ ख़ून की नदियाँ बह रही हैं; ऐसे हालात में किसका दिमाग़ दुरुस्त रह सकता है।" यह कहकर वह उठी और बालकनी में खड़ी हो गयी और नीचे बाज़ार में देखने लगी।

उसे बिजली के खम्बे के पास चार आदमी खड़े दिखायी दिये जिनके पास बन्दूकें थीं—उसने ख़ान साहब अच्छन खाँ को बुलाया और इशारे से वे चारों आदमी दिखाये, "ऐसा लगता है, वे वही सिपाही हैं, जिनको भेजने का वादा सेठ साहब कर गये हैं।"

ख़ान साहब अच्छन खाँ ने उन आदमियों को अपनी चुंधी आँखों से बग़ौर देखा, "नहीं, वे सिपाही नहीं हैं...सिपाहियों की तो वर्दी होती है...मुझे तो वे गुंडे मालूम होते हैं।"

उसका कलेजा धक-से रह गया, "गुंडे?"

"अल्लाह बेहतर जानता है...कुछ कहा नहीं जा सकता...लो, वह तुम्हारे कोठे की तरफ़ ही आ रहे हैं...देखो नसीम, तुम ऊपर छत पर चली जाओ...मैं अभी आता हूँ...मुझे दाल में कुछ काला नज़र आता है।"

वह चुपके से, माँ की नज़र बचाकर, छत पर चली गयी।

थोड़ी देर के बाद ख़ान साहब अच्छन ख़ाँ अपनी चुंधी आँखें झपकाते आये।

उसका दिल डूब रहा था—उसने पूछा, "क्या बात है?"

"वही, जिसका मुझे डर था...तुम्हारे बारे में पूछ रहे थे और कह रहे थे कि तुम्हारे लिए सेठ गोविन्द प्रकाश ने कार भेजी है और बुलाया है...बाई जी बहुत ख़ुश हुईं और कहने लगीं, 'बड़ी मेहरबानी है उनकी; मैं देखती हूँ, कहाँ है नसीम... शायद

गुसलख़ाने में हो...आप रुकिये, मैं भी तैयार हो जाती हूँ...' उन गुंडों में से एक ने कहा, 'तुम्हें क्या सेठ साहब शहद लगा के चाटेंगे...बैठी रहो, जहाँ बैठी हो; ख़बरदार जो यहाँ से हिलीं...हम ख़ुद तुम्हारी बेटी को ढूँढ लेंगे...' मैंने जब ये बातें सुनीं और उन गुंडों के बिगड़े हुए तेवर देखे तो खिसक आया।"

वह हवास खो बैठी, "अब क्या किया जाये?"

ख़ान साहब अच्छन ख़ाँ ने अपना सिर खुजलाया और कहा, "देखो, मैं कोई तरकीब सोचता हूँ यहाँ से फ़ौरन निकल भागने की।"

"और माँ?"

"बाई जी के बारे में कुछ नहीं कह सकता...उनको अल्लाह के हवाले करके ख़ुद निकल भागना चाहिए।"

ऊपर चारपाई पर दो चादरें पड़ी हुई थीं—ख़ान साहब ने उनको गाँठ देकर एक रस्सा-सा बनाया और मज़बूती से एक कुंडे के साथ बाँधकर दूसरी तरफ़ गली में लटका दिया—नीचे लांड्री की छत थी।

"अगर हम लांड्री की छत पर उतर जायें तो आगे रास्ता साफ़ होगा...लांड्री की छत की सीढ़ियाँ दूसरी तरफ़ हैं...उनके ज़रिये हम तबेले तक पहुँच सकते हैं और वहाँ से साइस के ताँगे में, जो मुसलमान है, सीधा स्टेशन का रुख़ कर सकते हैं..." ख़ान साहब ने तरकीब बताई।

नसीम अख़्तर ने बड़ी बहादुरी दिखायी। धीरे-धीरे नीचे फिसलती हुई लांड्री की छत पर कूद पड़ी।

ख़ान साहब अच्छन ख़ाँ भी बहिफ़ाज़त तमाम उतर आये।

दोनों लांड्री की सीढ़ियाँ तय करके तबेले में पहुँच गये।

साइस इत्तिफ़ाक़ से ताँगे में घोड़ा जोत रहा था—दोनों ताँगे में बैठे और उन्होंने स्टेशन का रुख़ किया।

रास्ते ही में उन्हें सशस्त्र फ़ौजी मुसलमानों का मिलिट्री ट्रक मिल गया जो हिन्दुओं के ख़तरनाक मुहल्लों से मुसलमानों को निकाल-निकालकर महफ़ूज़ स्थानों पर पहुँचा रहा था और जो मुसलमान पाकिस्तान जाना चाहते थे, उन्हें स्पेशल ट्रेनों में जगह दिलवा देता था—ताँगे से उतरकर वे ट्रक में बैठ गये और चन्द ही मिनटों में स्टेशन पर पहुँच गये।

स्पेशल ट्रेन तैयार थी—उनको अच्छी जगह मिल गयी और वे बख़ैरियत लाहौर पहुँच गये।

लाहौर में वे क़रीब-क़रीब एक महीने तक वाल्टन कैंप में रहे, निहायत बदहाली की

हालत में—फिर वे शहर चले आये।

नसीम अख़्तर के पास काफ़ी ज़ेवर थे जो उसने उस रात पहने थे जिस रात सेठ गोविन्द प्रकाश उसका मुजरा सुनने आ रहा था। उसने सारे ज़ेवर उतारकर ख़ान साहब अच्छन ख़ाँ के हवाले कर दिये थे।

जब वे वाल्टन कैंप छोड़कर शहर आये तो उन्होंने कुछ ज़ेवर बेचकर एक सस्ते से होटल में रहना शुरू कर दिया और मकान की तलाश जारी रखी—आख़िर बड़ी मुश्किल से उन्हें हीरा मंडी में एक मकान मिल गया जो अच्छा-ख़ासा था।

हीरा मंडी में आने के बाद ख़ान साहब अच्छन ख़ाँ ने नसीम अख़्तर से कहा, "गद्दे और चाँदनियाँ वग़ैरह ख़रीद लेते हैं...और तुम बिस्मिल्लाह करके मुजरा शुरू कर दो।"

नसीम अख़्तर ने कहा, "नहीं ख़ाँ साहब...मेरा जी उकता गया है...मैं तो इस मकान में भी रहना पसन्द नहीं करती...किसी शरीफ़ मुहल्ले में कोई छोटा-सा मकान तलाश कीजिये कि मैं वहाँ चली जाऊँ...मैं अब ख़ामोश ज़िन्दगी बसर करना चाहती हूँ।"

ख़ान साहब को बड़ी हैरत हुई, "क्या हो गया है तुम्हें?"

"बस जी उचाट हो गया है...मैं इस ज़िन्दगी से किनारा करना चाहती हूँ...दुआ कीजिये, ख़ुदा मेरा इरादा पक्का रखे।" यह कहते हुए उसकी आँखों में आँसू आ गये।

ख़ान साहब ने उसको बहुत समझाया, पर वह टस से मस न हुई।

एक दिन उसने ख़ान साहब से साफ़ कह दिया कि वह शादी करना चाहती है और किसी ने उसे कुबूल न किया तो वह उम्र भर कुँआरी रहेगी।

ख़ान साहब अच्छन ख़ाँ बहुत हैरान हुए कि नसीम अख़्तर में यह तब्दीली कैसे आयी है : 'फ़सादात तो इसका कारण नहीं हो सकते...फिर क्या वजह है कि वह मुजरा छोड़ देने पर तुली हुई है और शादी करके शरीफ़ों की तरह ज़िन्दगी बसर करना चाहती है...' उन्होंने कई बार सोचा।

जब वह नसीम अख़्तर को समझा-समझाकर थक गये तो उन्होंने उसे एक मुहल्ले में जहाँ शरीफ़ लोग रहते थे, एक छोटा-सा मकान किराये पर ले दिया और ख़ुद एक मालदार तवाइफ़ को तालीम देने की ग़रज़ से हीरा मंडी के एक कोठे पर चले गये।

नसीम अख़्तर ने थोड़े से बर्तन ख़रीदे; एक चारपाई और बिस्तर वग़ैरह भी—उसने एक छोटे-से लड़के को नौकर रख लिया और सुकून की ज़िन्दगी बसर करने लगी।

पाँचों नमाज़ें पढ़ती—रोज़े आये तो उसने सारे के सारे ही रखे।

एक दिन वह ग़ुसलख़ाने में नहा रही थी कि ग़ैर इरादी तौर पर अपनी सुरीली आवाज़ में गाने लगी।

उसके यहाँ एक औरत का आना-जाना था—उसको मालूम नहीं था कि वह औरत शरीफ़ों के मुहल्लों की दलाल है; शरीफ़ों के मुहल्ले में कई घर तबाहो- बरबाद कर चुकी है; कई लड़कियों की इज़्ज़त औने-पौने दामों बिकवा चुकी है।

जब उस औरत ने, जिसका नाम जनते था, नसीम अख़्तर की सुरीली और मँझी हुई आवाज़ सुनी तो उसको तभी ख़याल आया कि यह लड़की, जिसका आगा है न पीछा, बड़ी मार्के की तवाइफ़ बन सकती है—बस उसने नसीम अख़्तर पर डोरे डालने शुरू कर दिये और कई सब्ज़बाग़ दिखाये, मगर नसीम अख़्तर उसके क़ाबू में न आयी।

आख़िर एक रोज़ थक-हारकर उस औरत ने नसीम अख़्तर को गले से लगा लिया और चटपट बलाएँ लेना शुरू कर दीं, "जीती रहो बेटा, मैं तो तुम्हारा इम्तिहान ले रही थी...तुम सोलह आने पूरी उतरी हो।"

नसीम अख़्तर की आँखें भीग गयीं—उसने जनते को बता दिया कि वह शादी करना चाहती है, इसलिए कि एक यतीम कुँआरी लड़की का अकेले रहना ख़तरे से ख़ाली नहीं है।

जनते ने कहा, "बेटा, यह क्या मुश्किल है...मैंने सैकड़ों शादियाँ कराई हैं और सबकी सब कामयाब रही हैं...अल्लाह ने चाहा तो तुम्हें मनचाहा मियाँ मिल जायेगा जो तुम्हारे पाँव धो-धोकर पियेगा।"

जनते कई रिश्ते लाई मगर उसने किसी रिश्ते की भी कोई ख़ास तारीफ़ न की—आख़िर में वह एक ऐसा रिश्ता लाई जो उसके कहने के मुताबिक़ भला और दौलतमंद इन्सान था और उम्र का भी ज़्यादा नहीं था।

नसीम अख़्तर मान गयी—तारीख़ मुक़र्रर की गयी और आख़िर उसकी शादी अन्जाम पा गयी।

वह ख़ुश थी कि उसका मियाँ बहुत अच्छा है और उसकी हर इच्छा का ख़याल रखता है।

एक दिन उसके होशो-हवास गुम हो गये जब उसने दूसरे कमरे में बैठी हुई औरतों की आवाज़ें सुनीं—उसने दरज़ में से झाँककर देखा कि उसका मियाँ दो बूढ़ी तवाइफ़ों से उसके बारे में बातें कर रहा है; जनते भी पास बैठी है और सब मिलकर उसका सौदा तय कर रहे हैं।

उसकी समझ में कुछ न आया कि वह क्या करे और क्या न करे। बहुत देर तक वह रोती और सोचती रही—आख़िर वह उठी, अपना लहँगा निकालकर पहना और बाहर निकलकर सीधी अपने उस्ताद ख़ान साहब अच्छन ख़ाँ के पास पहुँची और फिर उसने मुजरे के साथ-साथ पेशा भी शुरू कर दिया—एक अजीब क़िस्म के इंतिक़ामी जज़्बे (बदले की भावना) के साथ वह खेलने लगी।

सड़क के किनारे

यही दिन थे; आसमान उसकी आँखों की तरह ऐसा ही नीला था, जैसा कि आज है, धुला हुआ, निथरा हुआ...और धूप भी ऐसी ही कुनकुनी थी, सुहाने ख़्वाबों की तरह...मिट्टी की बास भी ऐसी ही थी, जैसी कि इस वक़्त मेरे दिलो-दिमाग़ में रच रही है...और मैंने इसी तरह लेटे-लेटे अपनी फड़फड़ाती हुई रूह उसके हवाले की थी...

फिर उसने मुझसे कहा था, "तुमने मुझे जो ये लम्हे प्रदान किये हैं, यक़ीन जानो, मेरी ज़िन्दगी इनसे ख़ाली थी...जो ख़ाली जगहें तुमने आज मेरी हस्ती में भरी हैं, तुम्हारी शुक्रगुज़ार हैं...तुम मेरी ज़िन्दगी में न आतीं तो शायद मेरी ज़िन्दगी हमेशा अधूरी रहती...मेरी समझ में नहीं आता, मैं तुमसे और क्या कहूँ...मेरी तकमील (पूर्णता) हो गयी है, ऐसे मुकम्मल तौर पर कि महसूस होता है, मुझे अब तुम्हारी ज़रूरत नहीं रही...।"

और वह चला गया...हमेशा के लिए चला गया...

मेरी आँखें रोईं, मेरा दिल रोया...मैंने उसकी मिन्नत-समाजत की, उससे लाख मर्तबा पूछा, "अब तुम्हें मेरी ज़रूरत क्यों नहीं रही...मुझे तुम्हारी ज़रूरत, अपनी तमाम शिद्दतों के साथ अब है...उन लम्हात के बाद, जिन्होंने बक़ौल तुम्हारे, तुम्हारी हस्ती की ख़ाली जगहें भरी हैं..."

उसने कहा, "तुम्हारे वुजूद के जिस-जिस ज़र्रे की मेरी हस्ती को निर्माण के लिए ज़रूरत थी, ये लम्हे वह ज़र्रे चुन-चुनकर मुझे देते रहे...अब जब कि मेरी हस्ती की पूर्णता हो गयी है, तुम्हारा और मेरा रिश्ता ख़ुद-ब-ख़ुद ख़त्म हो गया है...।"

किस क़दर कठोर शब्द थे...तुमसे यह पथराव बरदाश्त न हो सका...मैं चीख़-चीख़कर रोने लगी, मगर उस पर कुछ असर न हुआ...मैंने उससे कहा, "वे ज़र्रे, जिनसे तुम्हारी हस्ती पूरी हुई है, मेरे वुजूद का एक हिस्सा थे। क्या उन ज़र्रों का मुझसे कोई रिश्ता नहीं...क्या मेरे वुजूद का बकाया हिस्सा उन ज़र्रों से अपना नाता तोड़ सकता है...तुम मुकम्मल हो गये हो, लेकिन मुझे अधूरा करके...क्या मैंने

इसीलिए तुम्हें अपना पूज्य बनाया था..."

उसने कहा, "फूलों और कलियों का रस चूस-चूसकर भँवरे शहद इकट्ठा करते हैं, मगर वह शहद तो क्या, उसकी तलछट तक भी उन फूलों और कलियों के होंठों तक नहीं लाते...ख़ुदा अपनी पूजा कराता है, मगर ख़ुद बन्दगी नहीं करता...अदम के साथ एकान्त में चन्द क्षण बसर करके उसने मेरे वुजूद को पूर्णता दी...लेकिन अब अदम कहाँ है...उसकी अब वुजूद की क्या ज़रूरत है...अदम एक ऐसी माँ थी, जो वुजूद को जन्म देते ही ज़चगी के बिस्तर पर फ़ना हो गयी थी..."

औरत रो सकती है, दलीलें पेश नहीं कर सकती...औरत की सबसे बड़ी दलील उसकी आँख से ढलका हुआ आँसू है...मैंने उससे कहा, "देखो, मैं रो रही हूँ...मेरी आँखें आँसू बरसा रही हैं...तुम जा रहे हो तो जाओ, मगर मेरे कुछ आँसुओं को तो अपने रूमाल के कफ़न में लपेटकर साथ लेते जाओ...मैं तो सारी उम्र रोती रहूँगी, मगर मुझे इतना तो याद रहेगा कि मेरे चन्द आँसुओं के कफ़न-दफ़न का सामान तुमने किया था, मुझे ख़ुश करने के लिए..."

उसने कहा, "मैं तुम्हें ख़ुश कर चुका हूँ...तुम्हें वह ठोस ख़ुशी दे चुका हूँ, जिसके तुम ख़्वाब ही देखा करती थीं...क्या वह लुत्फ़, वह नशा तुम्हारी ज़िन्दगी के बक़ाया लम्हात का सहारा नहीं बन सकता...तुम कहती हो कि मेरी पूर्णता ने तुम्हें अधूरा कर दिया है, लेकिन यह अधूरापन ही क्या तुम्हारी ज़िन्दगी को गतिमान रखने के लिए काफ़ी नहीं...मैं मर्द हूँ...आज तुमने मुझे पूर्णता दी है, कल कोई और करेगा...मर्द का वुजूद कुछ ऐसी प्रकृति से बना होता है, और उसकी ज़िन्दगी में ऐसे कई लम्हात आते हैं, जब वह ख़ुद को पूर्णता का इच्छुक समझता है, और तुम जैसी कई औरतें आती हैं, जो उन लम्हात की पैदा की हुई ख़ाली जगहें भर देती हैं..."

मैं रोती रही, झुँझलाती रही।

मैंने सोचा, 'वह चन्द लम्हात अभी-अभी मेरी मुट्ठी में थे, नहीं-नहीं मैं उन लम्हों की मुट्ठी में थी...मैंने क्यों ख़ुद को उन लम्हात के हवाले किया, क्यों अपनी फड़फड़ाती रूह उनके मुँह खुले पिंजड़े में डाल दी...हाँ, एक मज़ा था, एक लुत्फ़ था, एक नशा था, था ज़रूर था...और यह उसके और मेरे टकराव में था, लेकिन यह क्या कि वह परिपूर्ण रहा और मुझमें तराड़ें पड़ गयीं...यह क्या कि वह अब मेरी ज़रूरत महसूस नहीं करता, और मैं और भी शिद्दत से उसकी ज़रूरत महसूस करती हूँ...वह ताक़तवर बन गया है, मैं दुर्बल हो गयी हूँ...यह क्या कि आसमान पर दो बादल हम-आगोश हों; एक रो-रोकर बह जाये, दूसरा बिजली बनकर कौंधे, लपके, बरसे, सिमटे और ग़ायब हो जाये...यह किसका क़ानून है...आसमानों का या ज़मीनों का...या इनको बनानेवालों का...?'

मैं सोचती रही, झुँझलाती रही : दो रूहों का सिमटकर एक हो जाना और

एक होकर अंतरंग व्यापकता इख़्तियार कर जाना...क्या यह सब शायरी है...नहीं, दो रूहें तो सिमटकर उस नन्हे-से बिन्दु पर पहुँचती हैं, जो फैलकर सृष्टि बनता है...लेकिन इस कायनात में क्यों एक रूह घायल छोड़ दी जाती है...क्या इस क़ुसूर पर कि उसने दूसरी रूह को उस नन्हे-से बिन्दु तक पहुँचने में मदद दी थी...?

यह कैसी कायनात है...

यही दिन थे, आसमान उसकी आँखों की तरह ऐसा ही नीला था, जैसा कि आज है...और धूप भी ऐसी ही कुनकुनी थी...और मैंने इसी तरह लेटे-लेटे अपनी फड़फड़ाती हुई रूह उसके हवाले की थी...

वह अब मौजूद नहीं है...बिजली का कौंधा बनकर जाने वह किन बदलियों के विलाप से खेल रहा है...वह अपनी तकमील करके चला गया...वह एक साँप था, जो मुझे डसकर चला गया...क्यों उसकी छोड़ी हुई लकीर मेरे पेट में करवटें ले रही है...क्या यह मेरी तकमील हो रही है...नहीं, नहीं, यह पूर्णता कैसे हो सकती है...यह तो विध्वंस है...लेकिन यह मेरे जिस्म की ख़ाली जगहें क्यों भर रही हैं...

यह मेरे जिस्म के गड्ढे किस मलबे से भरे जा रहे हैं...मेरी रगों में यह कैसी सरसराहटें दौड़ रही हैं...मेरे पेट में कौन-सा नन्हा-सा बिन्दु फैलते हुए पेचो-ताब खा रहा है...मेरी नाव डूबकर अब किन समंदरों में उभरने के लिए उठ रही है...यह मेरे अन्दर दहकते हुए चूल्हों पर किस मेहमान के लिए दूध गर्म किया जा रहा है...यह मेरा दिल मेरे ख़ून को धुनक-धुनककर किसके लिए मुलायम और नर्म रज़ाइयाँ तैयार कर रहा है...यह मेरा दिमाग़ मेरे ख़यालात के रंग-बिरंगे धागों से किसके लिए नन्ही-मुन्नी पोशाकें बुन रहा है...मेरा रंग किसके लिए निखर रहा है...मेरे अंग-अंग और रोम-रोम में फँसी हुई हिचकियाँ लोरियों में क्यों तब्दील हो रही हैं...

यही दिन थे; आसमान उसकी आँखों की तरह ऐसा ही नीला था, जैसा कि आज है...लेकिन अब यह आसमान अपनी बुलंदियों से उतरकर क्यों मेरे पेट में तन गया है...उसकी नीली-नीली आँखें क्यों मेरी रगों में दौड़ती-फिरती हैं...

मेरी छातियों की गोलाइयों में मस्जिदों के मेहराबों-ऐसी पवित्रता क्यों आ रही है...

नहीं-नहीं, यह पवित्रता नहीं...मैं इन मेहराबों को ढहा दूँगी...मैं अपने अन्दर दहकते हुए तमाम चूल्हे सर्द कर दूँगी...जिन पर बिन बुलाये मेहमान की ख़ातिरदारियाँ चढ़ी हुई हैं...मैं अपने ख़यालात के तमाम रंग-बिरंगे धागे उलझा दूँगी...

यही दिन थे; आसमान उसकी आँखों की तरह ऐसा ही नीला था, जैसा कि आज है...मैं वे दिन क्यों याद करती हूँ; वे दिन, जिनके सीने पर से वह अपने नक़्शे-कदम भी उठाकर ले गया है...लेकिन यह...यह नक़्शे-कदम किसका है, यह जो मेरे पेट की गहराइयों में तड़प रहा है...क्या यह मेरा जाना-पहचाना नहीं...मैं इसे खुरच दूँगी,

इसे मिटा दूँगी...यह नक़्शे-क़दम नहीं, रसौली है, फोड़ा है, बहुत ख़ौफ़नाक फोड़ा...लेकिन मुझे यह क्यों महसूस हो रहा है कि यह तो फाहा है...फाहा है तो किस ज़ख़्म का...उस ज़ख़्म का, जो वह मुझे लगाकर चला गया था...नहीं-नहीं...ऐसा लगता है, यह किसी पैदाइशी ज़ख़्म का फाहा है, ऐसा ज़ख़्म, जो मैंने कभी देखा ही नहीं...जो मेरी कोख में जाने कब से सो रहा था...

यह कोख है क्या...फ़ुज़ूल-सी मिट्टी की हांडी...बच्चों का खिलौना...मैं इसे तोड़-फोड़ दूँगी...

कौन मेरे कान में कह रहा है : 'यह दुनिया एक चौराहा है...अपना भांडा क्यों चौराहे पर फोड़ती है...याद रख, तुझ पर उँगलियाँ उठेंगी...'

उँगलियाँ...उँगलियाँ उधर क्यों न उठेंगी, जिधर वह अपनी हस्ती मुकम्मल करके चला गया है...क्या इन उँगलियों को वह रास्ता मालूम नहीं...यह दुनिया एक चौराहा है...लेकिन वह तो मुझे एक दोराहे पर छोड़कर चला गया था...इस राह भी अधूरापन, उस राह भी अधूरापन...इधर भी आँसू, उधर भी आँसू...

यह किसका आँसू मेरे सीप में मोती बन रहा है...यह मोती पिरोया कहाँ जायेगा...

उँगलियाँ उठेंगी...जब सीप का मुँह खुलेगा, मोती फिसलकर चौराहे पर गिर पड़ेगा, फिर उँगलियाँ उठेंगी...सीप की तरफ़ भी और मोती की तरफ़ भी...उँगलियाँ सँपोलियाँ बनकर दोनों को डस लेंगी और अपने ज़हर से उनको नीला कर देंगी...

आसमान उसकी आँखों की तरह ऐसा ही नीला था, जैसा कि आज है...आसमान गिर क्यों नहीं पड़ता...वह कौन-से स्तंभ हैं, जो आसमान को थामे हुए हैं...उस दिन जो ज़लज़ला आया था, क्या वह इन स्तंभों की बुनियादें हिला देने के लिए काफ़ी नहीं था...यह क्यों अब तक उसी तरह तना हुआ है...

मेरी रूह पसीने में ग़र्क़ है...उसका हर छिद्र खुला हुआ है...चारों तरफ़ आग दहक रही है...मेरे अन्दर कुठाली में सोना पिघल रहा है...धौंकनियाँ चल रही हैं, शोले भड़क रहे हैं...ज्वालामुखी पहाड़ के लावे की तरह सोना पिघल रहा है...मेरी रगों में नीली आँखें दौड़ रही हैं, हाँफ रही हैं...घंटियाँ बज रही हैं...कोई आ रहा है...कोई आ रहा है...बन्द कर दो...किवाड़ बन्द कर दो...

कुठाली उलट गयी है...पिघला हुआ सोना बह रहा है...घंटियाँ बज रही हैं...मेरी आँखें मुँद रही हैं...नीला आसमान गंदला होकर नीचे आ रहा है...

यह किसके रोने की आवाज़ है...इसे चुप कराओ...इसकी चीख़ें मेरे दिल पर हथौड़े मार रही हैं...चुप कराओ, इसे चुप कराओ...

मैं गोद बन रही हूँ...मैं क्यों गोद बन रही हूँ...

मेरी बाँहें खुल रही हैं...चूल्हे पर दूध उबल रहा है...मेरी छातियों की गोलाइयाँ

प्यालियाँ बन रही हैं...

लाओ, इस गोश्त के लोथड़े को मेरे दिल के धुनके हुए ख़ून के नर्म-नर्म गालों में लिटा दो...

मत छीनो...मत छीनो इसे...मुझसे जुदा न करो, ख़ुदा के लिए मुझसे जुदा न करो...

उँगलियाँ...उँगलियाँ...उठने दो उँगलियाँ...मुझे कोई परवाह नहीं...यह दुनिया चौराहा है...फूट जाने दो मेरी ज़िन्दगी के तमाम भांडे...

मेरी ज़िन्दगी तबाह हो जायेगी...

हो जाने दो तबाह...मुझे मेरा गोश्त वापस दे दो...मेरी रूह का यह टुकड़ा मुझसे मत छीनो...यह बड़ा क़ीमती है...यह गौहर है, जो मुझे उन चन्द लम्हात ने अता किया है, उन चन्द लम्हात ने, जिन्होंने मेरे वुजूद के कई ज़र्रे चुनकर किसी की तकमील की थी, और जो मुझे अपने ख़याल में अधूरा छोड़कर चला गया था...मेरी पूर्णता तो आज हुई है...

मान लो, मान लो...मेरे पेट के शून्य से पूछो...मेरी दूध-छातियों से पूछो...उन लोरियों से पूछो, जो मेरे अंग-अंग और रोम-रोम में तमाम हिचकियाँ सुलाकर जाग रही हैं...उन झूलनों से पूछो, जो मेरे बाजुओं में डल रहे हैं...मेरे चेहरे की ज़र्दियों से पूछो, जो गोश्त के इस लोथड़े के गालों को अपनी तमाम सुर्ख़ियाँ चुनाती रही हैं...उन साँसों से पूछो, जो चोरी-छुपे इसको इसका हिस्सा पहुँचाते रहे हैं।

उँगलियाँ...उठने दो उँगलियाँ...मैं उन्हें काट डालूँगी...शोर मचेगा तो मैं वह काटी हुई उँगलियाँ उठाकर अपने कानों में ठूँस लूँगी...मैं गूँगी हो जाऊँगी, बहरी हो जाऊँगी, अन्धी हो जाऊँगी...मेरा गोश्त मेरे इशारे समझ लिया करेगा...मैं इसे टटोल-टटोलकर पहचान लिया करूँगी...

मत छीनो...मत छीनो इसे...यह मेरी कोख की माँग का सिन्दूर है, मेरी ममता के माथे की बिंदिया है, मेरे गुनाह का कड़वा फल है...

लोग इस पर थू-थू करेंगे...

मैं चाट लूँगी, सब थूकें...

देखो, मैं हाथ जोड़ती हूँ, पाँव पड़ती हूँ...मेरे भरे हुए दूध के बर्तन औंधे न करो...मेरे दिल के धुनके हुए ख़ून के नर्म-नर्म गालों में आग न लगाओ...मेरी बाँहों के झूलनों की रस्सियाँ न तोड़ो...मेरे कानों को उन गीतों से महरूम न करो, जो इसके रोने में मुझे सुनाई देते हैं...

मत छीनो...मत छीनो...मुझसे जुदा न करो, ख़ुदा के लिए मुझे इससे जुदा न करो...

लाहौर : इक्कीस जनवरी।

धोबी मंडी से पुलिस ने एक नवजात बच्ची को सर्दी से ठिठुरते हुए सड़क के किनारे पड़ा हुआ पाया और अपने क़ब्ज़े में ले लिया...किसी संगदिल ने बच्ची की गर्दन को मज़बूती से कपड़े में जकड़ रखा था और नंगे जिस्म को गीले कपड़े में बाँध रखा था कि वह सर्दी से मर जाये, मगर वह ज़िन्दा थी...बच्ची बहुत ख़ूबसूरत है, उसकी आँखें नीली हैं...बच्ची को हस्पताल पहुँचा दिया गया है।

डॉक्टर शिरोडकर

बम्बई में डॉक्टर शिरोडकर का बहुत नाम था, इसलिए कि वह औरतों के रोगों का विशेषज्ञ था। उसके हाथ में शिफ़ा (निदान) थी। उसका शिफ़ाख़ाना बहुत बड़ा था, एक आलीशान इमारत की दो मंज़िलों में, जिनमें कई कमरे थे। निचली मंज़िल के कमरे सादे से थे और निचले तबके की औरतों के लिए विशेष थे, ऊपरी मंज़िल के कमरे अमीर औरतों के लिए।

एक लेबोरेट्री थी और उसके साथ ही कंपाउंडर का कमरा। एक्स-रे का कमरा अलग था—उसकी मासिक आमदनी ढाई-तीन हज़ार के क़रीब होगी।

मरीज़ औरतों के खाने का इंतज़ाम बहुत अच्छा था, जो उसने एक पारसन के सिपुर्द कर रखा था, जो उसके एक दोस्त की बीवी थी।

डॉक्टर शिरोडकर का यह छोटा-सा हस्पताल, मेटरनिटी होम भी था—बम्बई की आबादी के बारे में आप अन्दाज़ा लगा सकते हैं, कितनी होगी। वहाँ बेशुमार सरकारी हस्पताल और मेटरनिटी होम हैं, लेकिन इसके बावजूद डॉक्टर शिरोडकर का क्लीनिक भरा रहता। कभी-कभी तो उसे कई केसों को मायूस करना पड़ता, इसलिए कि कोई बेड ख़ाली नहीं रहता था।

उस पर लोगों को विश्वास था। यही वजह है कि लोग अपनी बीवियाँ और जवान लड़कियाँ उसके हस्पताल में छोड़ आते थे, जहाँ उनका बड़ी अच्छी तरह से इलाज किया जाता था।

डॉक्टर शिरोडकर के हस्पताल में दस-बारह नर्सें थीं। ये सभी मेहनती और निष्ठावान थीं। मरीज़ औरतों की बहुत अच्छी तरह देखभाल करतीं—इन नर्सों का चयन डॉक्टर शिरोडकर ने बड़ी छानबीन के बाद किया था—वह बुरी और भद्दी शक्ल की कोई नर्स अपने हस्पताल में रखना नहीं चाहता था।

एक मर्तबा जब चार नर्सों ने अचानक शादी करने का फ़ैसला किया तो डॉक्टर बहुत परेशान हुआ—जब वे चारों चली गयीं तो उसने अनेक अख़बारों में इश्तिहार दिये कि उसे नर्सों की ज़रूरत है। कई आयीं। डॉक्टर शिरोडकर ने उनका इंटरव्यू

लिया, मगर उसे उनमें किसी की शक्ल पसन्द न आयी।

किसी का चेहरा टेढ़ा-मेढ़ा, किसी का क़द मुट्ठी भर का, किसी का रंग ख़ौफ़नाक तौर पर काला, किसी की नाक गज़ भर लम्बी—लेकिन वह भी अपनी हठ का पक्का था। उसने और इश्तिहार अख़बारों में दिये और आख़िर उसने चार खूबसूरत और सफ़ाई पसन्द नर्सें चुन ही लीं।

अब वह निश्चिन्त था, चुनांचे उसने फिर दिल लगा कर काम शुरू कर दिया। मरीज़ औरतें भी ख़ुश हो गयीं, इसलिए कि चार नर्सों के चले जाने से उनकी देख-रेख अच्छी तरह नहीं हो रही थी। ये नयी नर्सें भी ख़ुश थीं कि डॉक्टर शिरोडकर उनसे बड़े स्नेह से पेश आता था। उन्हें वक़्त पर तनख़्वाह मिलती थी। दोपहर का खाना हस्पताल ही उन्हें मुहैया करता। वर्दी भी हस्पताल के ज़िम्मे थी।

डॉक्टर शिरोडकर की आमदनी चूँकि बहुत ज़्यादा थी, इसलिए वह इन छोटे-मोटे खर्चों से घबराता नहीं था। शुरू-शुरू में जब उसने सरकारी हस्पताल की नौकरी छोड़कर ख़ुद अपना हस्पताल क़ायम किया तो उसने थोड़ी-बहुत कंजूसी की, मगर बहुत जल्द उसने खुलकर ख़र्च करना शुरू कर दिया।

उसका इरादा था कि शादी कर ले, मगर उसे हस्पताल से एक लम्हे की फ़ुर्सत नहीं मिलती थी—दिन-रात, उसको वहीं रहना पड़ता। बालाई मंज़िल में उसने एक छोटा-सा कमरा अपने लिए रखा था, जिसमें वह रात को चन्द घंटे सो जाता। लेकिन अक्सर उसे जगा दिया जाता, जब किसी मरीज़ औरत को उसकी फ़ौरी तवज्जोह की ज़रूरत होती।

तमाम नर्सों को उससे हमदर्दी थी कि उसने अपनी नींद, अपना आराम हराम कर रखा है। वह अक्सर उससे कहतीं, "डॉक्टर साहब, आप कोई असिस्टेंट क्यों नहीं रख लेते?"

डॉक्टर शिरोडकर जवाब देता, "जब कोई क़ाबिल मिलेगा तो रख लूँगा।"

वह कहतीं, "आप तो अपनी क़ाबलियत का चाहते हैं। भला वह कहाँ से मिलेगा?"

"मिल जायेगा।"

नर्सें यह सुनकर ख़ामोश हो जातीं और अलग जाकर आपस में बातें करतीं, "डॉक्टर शिरोडकर अपनी सेहत ख़राब कर रहे हैं। किसी दिन कहीं बीमार न पड़ जायें।"

"हाँ, उनकी सेहत काफ़ी गिर चुकी है...वज़न भी कम हो गया है।"

"खाते-पीते भी बहुत कम हैं।"

"हर वक़्त व्यस्त जो रहते हैं।"

"अब उन्हें कौन समझाये।"

क़रीब-क़रीब हर रोज़ उनके दरमियान इसी क़िस्म की बातें होतीं—उनको डॉक्टर से इसलिए भी बहुत ज़्यादा हमदर्दी थी कि वह बहुत शरीफ़ इन्सान था। उसके हस्पताल

में सैकड़ों ख़ूबसूरत और जवान औरतें इलाज के लिए आती थीं, मगर उसने कभी उनको बुरी निगाहों से नहीं देखा था। वह बस अपने काम में मगन रहता।

असल में उसे अपने पेशे से एक क़िस्म का इश्क़ था—वह इस तरह इलाज करता था, जिस तरह कोई स्नेह और प्यार का हाथ किसी के सर पर फेरे।

जब वह सरकारी हस्पताल में मुलाज़िम था तो उसके ऑपरेशन करने के अमल के सम्बन्ध में यह मशहूर था कि वह उपकरण नहीं चलाता, ब्रुश से तस्वीरें बनाता है।

और यह हक़ीक़त है कि उसके किये हुए ऑपरेशन नब्बे फ़ीसद कामयाब रहते थे। उसको इस फ़न में दक्षता हासिल थी। इसके अलावा आत्म-विश्वास भी था, जो उसकी कामयाबी का सबसे बड़ा राज़ था।

एक दिन वह एक औरत का, जिसके औलाद नहीं होती थी, बड़े ग़ौर से मुआइना करके बाहर निकला और अपने दफ़्तर में गया तो उसने देखा कि एक बड़ी हसीन लड़की बैठी है—डॉक्टर शिरोडकर एक क्षण के लिए ठिठक गया। उसने ज़नाना हुस्न का ऐसा श्रेष्ठ नमूना पहले कभी नहीं देखा था।

वह अन्दर दाख़िल हुआ—लड़की ने कुर्सी पर से उठना चाहा—डॉक्टर ने उससे कहा, "बैठो-बैठो।" और यह कहकर वह अपनी घूमनेवाली कुर्सी पर बैठ गया। फिर पेपरवेट पकड़कर उसके अन्दर हवा के बुलबुलों को देखते हुए उस लड़की से मुख़ातिब हुआ, "बताइये?"

लड़की ने आँखें झुकाकर कहा, "एक प्राइवेट...बहुत ही प्राइवेट बात है, जो मैं आपसे करना चाहती हूँ।"

डॉक्टर शिरोडकर ने उसकी तरफ़ देखा—उसकी झुकी हुई आँखें भी बला की ख़ूबसूरत दिखायी दे रही थीं—डॉक्टर ने उससे पूछा, "प्राइवेट बात तुम कर लेना...पहले अपना नाम बताओ।"

लड़की ने जवाब दिया, "मैं...मैं अपना नाम बताना नहीं चाहती।"

डॉक्टर की दिलचस्पी इस जवाब से बढ़ गयीः "कहाँ रहती हो?"

"शोलापुर में...आज ही यहाँ पहुँची हूँ।"

डॉक्टर ने पेपरवेट मेज़ पर रख दिया, "इतनी दूर से यहाँ आने का मक़सद क्या है?"

लड़की ने जवाब दिया, "मैंने कहा है ना कि मुझे आपसे एक प्राइवेट बात करनी है।"

इतने में एक नर्स अन्दर दाख़िल हुई—लड़की घबरा गयी—डॉक्टर ने उस नर्स को चन्द हिदायतें दीं, जो वह पूछने आयी थी। फिर उसने नर्स से कहा, "अब तुम जा सकती हो...हाँ किसी वार्ड ब्वॉय से कह दो कि वह कमरे के बाहर खड़ा रहे और किसी को अन्दर न आने दे।"

नर्स “जी अच्छा” कहकर चली गयी—डॉक्टर ने दरवाज़ा बन्द कर दिया और अपनी कुर्सी पर बैठकर उस हसीन लड़की से मुख़ातिब हुआ, “अब तुम अपनी प्राइवेट बात मुझे बता सकती हो।”

शोलापुर की लड़की घबराहट और उलझन महसूस कर रही थी। उसके होंठों पर लफ़्ज़ आते, मगर फिर वापस उसके हलक़ के अन्दर चले जाते—आख़िर उसने हिम्मत और जुर्रत से काम लिया और रुक-रुक के सिर्फ़ इतना कहा, “मुझसे...मुझसे एक ग़लती हो गयी है...मैं बहुत घबरा रही हूँ।”

डॉक्टर शिरोडकर समझ गया, लेकिन फिर भी उसने उस लड़की से कहा, “ग़लतियाँ इन्सान से हो ही जाती हैं...तुमसे क्या ग़लती हुई है?”

लड़की ने थोड़ा रुकने के बाद जवाब दिया, “वही...वही जो नासमझ जवान लड़कियों से हुआ करती है।”

डॉक्टर ने कहा, “मैं समझ गया...लेकिन अब तुम क्या चाहती हो?”

लड़की फ़ौरन अपने मक़सद की तरफ़ आ गयी, “मैं चाहती हूँ कि यह गर्भ ख़त्म हो जाये...सिर्फ़ एक महीना हुआ है।”

डॉक्टर शिरोडकर ने कुछ देर सोचा, फिर बड़ी संजीदगी से कहा, “यह जुर्म है...तुम जानती नहीं हो?”

लड़की की भूरी आँखों में मोटे-मोटे आँसू उमड़ आये, “तो मैं ज़हर खा लूँगी।” यह कहकर उसने रोना शुरू कर दिया।

डॉक्टर को उस पर बड़ा तरस आया—वह अपनी जवानी की पहली भूल तय कर चुकी थी। पता नहीं, वह क्या लम्हात थे कि उसने अपनी इज़्ज़त किसी मर्द के हवाले कर दी और अब पछता रही है और इतना परेशान हो रही है।

उसके पास इससे पहले ऐसे कई केस आ चुके थे, मगर उसने यह कहकर साफ़ इनकार कर दिया था कि वह जीव हत्या नहीं कर सकता; यह बहुत बड़ा गुनाह और जुर्म है।

मगर शोलापुर की उस लड़की ने उस पर कुछ ऐसा जादू किया कि वह उसकी ख़ातिर यह जुर्म करने पर तैयार हो गया—उसने उसके लिए एक अलहदा कमरा चुना। किसी नर्स को उसके अन्दर जाने की इजाज़त न थी, इसलिए कि वह उस लड़की के राज़ को खोलना नहीं चाहता था।

गर्भपात बहुत ही तकलीफ़देह होता है—जब उसने दवाइयाँ वग़ैरह देकर वह काम कर दिया तो शोलापुर की वह मरियल सी लड़की, जिसने आख़िर अपना नाम बता दिया था, बेहोश हो गयी—जब वह होश में आयी तो कमज़ोरी का यह आलम था कि वह अपने हाथ से पानी भी नहीं पी सकती थी।

वह चाहती थी कि जल्द घर वापस चली जाये, मगर डॉक्टर उसे कैसे इजाज़त

दे सकता था, जबकि वह चलने-फिरने के क़ाबिल ही नहीं थी—उसने मिस ललिता खटमेकर से कहा, “तुम्हें कम-अज़-कम दो महीने आराम करना पड़ेगा...मैं तुम्हारे बाप को लिख दूँगा कि तुम जिस सहेली के पास आयी थीं, वहाँ अचानक बीमार हो गयी थीं और अब मेरे हस्पताल में तुम्हारा इलाज हो रहा है, चिन्ता की कोई बात नहीं।”

ललिता मान गयी।

वह दो महीने डॉक्टर शिरोडकर की देख-रेख में रही—जब रुख़सत का वक़्त आया तो उसने महसूस किया कि वह गड़बड़ फिर पैदा हो गयी है। उसने डॉक्टर शिरोडकर को इससे आगाह किया।

डॉक्टर मुस्कुराया, “फ़िक्र की कोई बात नहीं...मैं तुमसे आज ही शादी कर लूँगा।”

महताब ख़ाँ

शाम को मैं घर में बैठा अपनी बच्चियों के साथ खेल रहा था कि मेरे दोस्त ताहिर साहब बड़ी अफ़रा-तफ़री में आये।

कमरे में दाख़िल होते ही अपने मैंटल पीस पर से मेरा फ़ाउंटेन पैन उठाकर मेरे हाथ में थमाया और कहा, "हस्पताल के किसी डॉक्टर के नाम चिट लिख दीजिये।"

मुझे कुछ पूछने की फ़ुर्सत भी न दी गयी—मैंने एक डॉक्टर के नाम पत्र लिखना शुरू कर दिया।

मज़मून ताहिर साहब ने लिखवाया, जिसका मतलब यह था कि पत्रवाहक ख़तरनाक तौर पर बीमार है, इसलिए इसे फ़ौरन हस्पताल में दाख़िल कर लिया जाये।

मुझसे जो लिखवाया गया, मैंने लिख दिया।

थोड़ी देर के बाद ताहिर साहब फिर तशरीफ़ लाये।

मुझे चिंता थी कि जिस मरीज़ की मैंने सिफ़ारिश की थी, वह हस्पताल में दाख़िल हो सका है या नहीं, लेकिन वह बड़े निश्चिन्त थे—मेरे बार-बार पूछने पर उन्होंने कहा, "जहन्नुम में जायें...मैंने आपकी चिट उसके परिजनों को दे दी है।"

यह सुनकर मैं ख़ामोश हो गया, लेकिन थोड़ी देर के बाद मैंने उनसे पूछा, "यह महताब ख़ाँ कौन हैं जिनको हस्पताल में दाख़िल कराने के लिए आप इतने बेताब थे?"

ताहिर साहब मुस्कुराये, "अव्वल दर्जे का हरामी है।"

अगर महताब ख़ाँ तीसरे दर्जे का हरामी भी होता तो क्या फ़र्क़ पड़ता, लेकिन मुझे उससे फ़ौरन दिलचस्पी पैदा हो गयी, चुनांचे मैंने ताहिर साहब से पूछा, "उसे रोग क्या है?"

उन्होंने जवाब दिया, "इश्क़!"

इसके बाद उन्होंने अलग ढंग से बातूनी होकर महताब ख़ाँ के इश्क़ की दास्तान बयान करनी शुरू कर दी।

आपने बताया कि महताब ख़ाँ की उम्र अट्ठारह-उन्नीस बरस के क़रीब है।

जैसा कि उसका नाम ज़ाहिर करता है, वह पठान है, काफ़ी हट्टा-कट्टा। चौबुर्जी के क़रीब उसके बड़े भाई की चाय की दुकान है, जहाँ उससे काम लेने की कोशिश की जाती है।

ताहिर साहब ने उस नौजवान के सम्बन्ध में बताया, "मंटो साहब, यह शख़्स अजीबोग़रीब है...मिज़ाज इस क़दर आशिक़ाना है कि मैं बयान नहीं कर सकता...हर वक़्त अपने भाई के होटल के चूल्हे में पंखे से कोयले सुलगाता रहता है, मगर बाज़ार में हर आने-जानेवाली लड़की को ऐसी नज़रों से देखता है, जैसे वह उस पर अगर उसी वक़्त नहीं तो थोड़े अर्से में ज़रूर आशिक़ हो जायेगी और बहुत मुमकिन है, वह उसके इश्क़ में घर जाकर ख़ुदकुशी भी कर ले..."

इस प्रस्तावना के बाद ताहिर साहब ने मुझे बताया कि महताब ख़ाँ होटल से बाहर लोगों के लिए चाय ले जाया करता था—एक दिन उसे स्कूल की एक टीचर ने, जो फ़िज़ीकल इंस्ट्रक्टर थी और होटल के पास ही रहती थी, चाय की ट्रे लाने के लिए कहा—उसके वहाँ पहुँचते ही वह उस लड़की पर आशिक़ हो गया।

लेकिन महताब ख़ाँ का बयान जुदा है—उसने ताहिर साहब और उनके दोस्तों से ठेठ पठानी लहज़े में कहा था, "ख़ू वह जन जो स्कूल में पढ़ाती है, मुझे देखते ही गरम हो गयी...ख़ू अम ख़ूबसूरत है, जवान है...देखो अब क्या होता है...जान के लाले पड़ जायेंगे।"

महताब ख़ाँ की जान के लाले पड़े—वह यूँ कि उसने अपने भाई के होटल के गल्ले से पचास रुपये उड़ा लिये और किसी और होटल में बड़े ठाट से बैठकर अपने दोस्तों को यह बात सुनाई, "मिस मुराद (यह उस लड़की का नाम है) बहुत बड़ी पीले रंग की मोटर में अनार कली से गुज़र रही थी और वह एक दुकान पर खड़ा नुस्वार ले रहा था कि मिस मुराद ने ऐन उसके क़रीब अपनी मोटर रुकवाई, फिर बाहर निकलकर सरे-बाज़ार उससे हाथ मिलाया और अपने पर्स से पचास रुपये निकालकर उसको दिये और यह जा, वह जा।" महताब ख़ाँ का बयान था कि जब मिस मुराद ने उससे हाथ मिलाया था, उस वक़्त वह मुहब्बत के जज़्बे से थर-थर काँप रही थी।

उसी रात जब महताब ख़ाँ चोरी के पचास रुपये कुछ तो होटलों में और बाक़ी के हीरा मंडी में ख़र्च कर चुका था, उसके बड़े भाई ने जाने किस जगह उसकी गर्दन नापी और ऐसे ज़ोर से नापी कि वह दो दिन तक बिलबिलाता रहा, लेकिन उसने किसी पर यह ज़ाहिर न किया (हालाँकि हक़ीक़त का इल्म हर आने-जानेवाले को था) कि उसने रुपये चुराये थे—वह बराबर यही कहता रहा कि उसकी जवानी और उसके हुस्न से प्रभावित होकर मिस मुराद उसे रुपये देती रहती है।

दूसरी मर्तबा उसने साथ वाले दुकानदार के सौ रुपये चुराये और अनार कली

के एक होटल में बैठकर अपने दोस्तों से कहा कि मिस मुराद ने उसे यह रक़म ऐश करने के लिए दी है। महताब ख़ाँ के दोस्त बहुत खुश हुए, लेकिन वह दूसरे ही रोज़ पकड़ा गया और चन्द रोज़ हवालात में रहा—मुक़दमा चला; चूँकि सुबूत कोई न था, इसलिए बरी हो गया।

इस हादसे के बाद उसका मिस मुराद से इश्क़ और ज़्यादा बढ़ गया, बल्कि यूँ कहिये कि अब वह अपनी रिवायती आशिक़ाना उन्मुक्तता छोड़ कर मिस मुराद को हर वक़्त याद करने लगा—चूल्हा सुलगाते वक़्त, या सुबह को झाड़ देते वक़्त वह मिस मुराद का नाम लेता : "ख़ू मिस मुराद, तू ही हमारी मुराद पूरी करेगी।"

अब उसने रुपये-पैसे की चोरी बन्द कर दी, लेकिन मक्खन की चोरी शुरू कर दी। हर रोज़ वह अपने भाई के होटल से कम-अज़-कम मक्खन की दो टिकियाँ उड़ा लेता। आस-पास के जो और होटल थे, उनसे भी वह सिर्फ़ मक्खन चुराता और खाता—हर रोज़ इस क़दर मक्खन खाने का यह असर हुआ कि महताब ख़ाँ अच्छा-ख़ासा डेरी फ़ार्म बन गया।

उसके बदन से, उसके मुँह से, उसके लिबास से मक्खन की बू आने लगी—वह अपनी सेहत बना रहा था—उसका कहना था कि हर औरत सेहत और जवानी पर मरती है—लेकिन ताहिर साहब का कहना है कि हर मक्खनचोर कृष्ण कन्हैया नहीं हो सकता—महताब ख़ाँ की आँखें वैसी की वैसी चुंधी थीं।

अब कुछ मिस मुराद के सम्बन्ध में सुन लीजिये।

ताहिर साहब ने जब मिस मुराद के परिवार के बारे में इधर-उधर पूछताछ की तो उन्हें मालूम हुआ कि मिस मुराद की माँ भंगन है और अभी तक कोठे कमाती है; दूसरे अल्फ़ाज़ में लोगों का मल-मूत्र उठाती है। चूँकि वह और उसका ख़ाविंद ईसाई हो गये थे, इसलिए उनकी लड़की मिस मुराद ने थोड़ी-सी तालीम हासिल की और एक स्कूल में फ़िज़ीकल इंस्ट्रक्टर हो गयी—मिस मुराद सुन्दर थी, इसलिए उसके कई चाहनेवाले पैदा हो गये जो उसकी तमाम सुविधाओं का ख़याल रखते थे।

महताब ख़ाँ उसके इश्क़ में बुरी तरह गिरफ़्तार था—वह होटल में कोयले जलाता और आहें भरता—इसके बावजूद जब वह अपने यार-दोस्तों से बातें करता तो बड़े फ़ख़्र से इस बात का ऐलान करता कि मिस मुराद उस पर बहुत बुरी तरह मरती है।

जैसा कि आप जानते हैं, हक़ीक़त इसके विपरीत थी—मिस मुराद, जो बेशुमार आशिक़ों के दरमियान घिरी रहती थी, को महताब ख़ाँ की मौजूदगी का इल्म ही क्या हो सकता था। इसके अलावा उस बेचारे की हक़ीक़त ही क्या थी।

एक दिन महताब ख़ाँ चाय की ट्रे लेकर मिस मुराद के यहाँ गया—जिस जगह वह रहती थी, वहाँ छोटा-सा एक बाग़ था। उस बाग़ में लौकाट के वृक्ष थे—महताब ख़ाँ को यह फल बेहद पसन्द था, मालूम नहीं, क्यों—जब वह ट्रे लेकर अन्दर गया

तो वहाँ मिस मुराद के दोस्त बैठे लौकाट खा रहे थे—मिस मुराद ने महताब ख़ाँ को लौकाटों के चार-पाँच दाने शायद इसलिए दिये कि मौसम का पहला मेवा था—वह बहुत ख़ुश हुआ।

जब वह वापस होटल आया तो उसका बड़ा भाई भी लौकाट खा रहा था, जो मिस मुराद की दी हुई लौकाटों के मुक़ाबले में ज़्यादा बड़ी और रसीली थीं, लेकिन वह यह बात नहीं मानता था—उसकी बड़े भाई से क़रीब-क़रीब बहस हो गयी।

उसके बड़े भाई ने ताव में आकर कहा, "अगर तुम्हें अपनी मिस मुराद की लौकाट पसन्द हैं, और जैसा कि तुम कहते हो, वह तुम पर मरती है तो जाओ और एक बूटा वहाँ से ले आओ और होटल के सामने लगा दो।"

रात भर महताब ख़ाँ ग़ायब रहा।

उसके दोस्तों का ख़याल था कि उसे मिस मुराद ने बुला लिया होगा, या फिर उसके लिए पचास रुपये भेज दिये होंगे और वह कहीं ऐयाशी कर रहा होगा—मगर सुबह सड़क पर आने-जाने वाले यह देखकर हैरान हो गये कि उसके भाई के होटल के साथ, जहाँ एक गड्ढा हुआ करता था, वहाँ लौकाट का एक दरख़्त लगा हुआ है।

वह दरख़्त महताब ख़ाँ ने रात-रात में वहाँ से, जहाँ मिस मुराद रहती थी, उखाड़ा था—मालूम नहीं, कितनी मशक़्क़त करनी पड़ी होगी उसे—मगर अपने दोस्तों से उसने यही कहा कि मिस मुराद ने उसे वह पेड़ खुद अपने हाथों से दिया है, इसलिए कि मिस मुराद उस पर सौ जान से फ़िदा है।

वह पेड़ चन्द दिनों के अन्दर-अन्दर मुरझा गया, लेकिन उसकी चर्चा बहुत दिनों तक रही।

ताहिर साहब का यह कहना है कि वह महताब ख़ाँ के इस मदारीपने से ख़ासे प्रभावित हुए थे—लेकिन जब उन्होंने अपनी रिवायती ज़ुल्म पसन्दी से काम लेते हुए महताब ख़ाँ से कहा था, "तुम बकवास करते हो...ज़रा आईने में अपनी शक्ल देखो... मिस मुराद तुम्हें कभी मुँह नहीं लगा सकती..." तो महताब खाँ ने अपना मक्खन खाया हुआ सीना तानकर जवाब दिया था, "ख़ू तुम कैसा बात करता है... ख़ू तुमने वह फ़िल्म नहीं देखा...'परखाईं', नहीं 'परछाईं'...ख़ू उसमें एक ख़ूबसूरत लड़की एक अंधे से मुहब्बत करती है...अम अंधा नहीं है...आँखें थोड़ी-सी ख़राब हैं, पर इससे क्या हुआ...मिस मुराद अम से मुहब्बत करता है..."

जैसा कि ताहिर साहब का कहना है, यार लोगों की मेहरबानी या नामेहरबानी से मिस मुराद तक आख़िर यह बात पहुँच गयी कि महताब ख़ाँ, जिसकी आँख में फोले हैं, उससे बेपनाह इश्क़ कर रहा है—इसकी प्रतिक्रिया आशा के विपरीत यह हुई कि वह अपना मकान छोड़कर कहीं और चली गयी, इसलिए कि वह नहीं चाहती थी, उसके दूसरे चाहने वाले, जो महताब ख़ाँ के मुक़ाबले में आँखों के नहीं, अक़्ल

के अंधे थे, उसके यहाँ आना-जाना छोड़ दें।

जब महताब ख़ाँ को मालूम हुआ कि मिस मुराद चली गयी है तो उसको इस क़दर सदमा हुआ कि उस रोज़ उसने होटल में जितनी मक्खन की टिकियाँ मौजूद थीं, सबकी-सब खा लीं।

इसके बाद उसका ग़म जब और बढ़ा तो मक्खन खाने की मात्रा और बढ़ गयी—नतीजा इसका यह हुआ कि उसकी तोंद बढ़ गयी—वह बड़ा आलसी हो गया—चूल्हे में कोयले सुलगाते-सुलगाते वह ऊँघने लगता। कभी-कभी ऐसी बातें करना शुरू कर देता कि लोगों को यह एहसास होता, वह विक्षिप्त हो गया है।

ताहिर साहब का यह कहना है कि उसे हुआ-हुवाया कुछ भी नहीं था। कश्मीरियों की ज़बान में वह महज़ 'डाम' लगाता था।

जब कुछ दिन गुज़रे तो उसने शे'र कहने शुरू कर दिये—वे शे'र उसकी अपनी रचना नहीं होते थे। बस वह इधर-उधर से फ़िल्मी गानों के बोल तोड़-मरोड़कर गुनगुना देता कि सुननेवालों पर यह साफ़ हो जाये कि वह उन्माद की हालत तक पहुँच चुका है, या बहुत जल्द पहुँचने वाला है।

उसका एक शे'र, जो ताहिर साहब को याद था, उन्होंने मुझे सुनाया :

दो दिलों को यह दुनिया जीने ही नहीं देती।
मेरी फटी सलवार को सीने ही नहीं देती।

उसकी सलवार, जो काफ़ी घेरदार थी, यूँ तो हमेशा फटी रहती थी, पर जब से उसकी मिस मुराद आँखों से ओझल हुई थी, बिलकुल लीर-लीर हो गयी थी—लेकिन उसकी मक्खनख़ोरी दिन-ब-दिन बढ़ती गयी थी और उसका चेहरा और ज़्यादा सुर्ख़ हो गया था।

एक दिन ताहिर साहब ने महताब ख़ाँ से कहा, "तुम्हारी रगों में इतना ख़ून जमा हो गया है, क्यों नहीं चन्द औंस ब्लड बैंक में दे आते।"

वह फ़ौरन मान गया।

डॉक्टरों ने उसका ख़ून लिया जो बड़ा सेहतमन्द था—इसके बाद वह एक मर्तबा और हस्पताल गया—उसका ख़ून लेने के लिए सब डॉक्टर हर वक़्त तैयार रहते थे।

एक मर्तबा उसे ख़ासतौर पर बुलाया गया कि उसके ताज़ा-ताज़ा ख़ून की ज़रूरत थी।

जब वह हस्पताल पहुँचा तो उसे मालूम हुआ कि एक मरीज़ के लिए उसके ख़ून की ज़रूरत है—उसे कोई रोग नहीं था।

जब उसे फ़ीमेल वार्ड में ले जाया गया और उसका ख़ून मरीज़ के अन्दर दाख़िल करने का प्रबन्ध किया गया तो उसने बराबर के बिस्तर पर देखा कि मिस मुराद नीम बेहोशी की हालत में पड़ी हुई है।

महताब ख़ाँ को महसूस हुआ कि शायद उसे चाय मँगवाने के लिए बुलाया गया है।

उसका हाथ पकड़कर उसे बिस्तर पर लिटाया गया और उसके ख़ून के कई औंस मिस मुराद के जिस्म में दाख़िल किये गये।

चन्द लम्हों के बाद वह किसी क़िस्म की दुर्बलता महसूस किये बग़ैर उठा और कहने लगा, "ख़ू यह अमारा बहन है...अम चला।"

हाफ़िज़ हसन दीन

हाफ़िज़ हसन दीन, जो दोनों आँखों से अन्धा था, ज़फ़रशाह के घर चला आया। ज़फ़रशाह का पटियाला का एक दोस्त रमज़ान अली था जिसने उससे हाफ़िज़ हसन दीन का परिचय कराया था।

वह हाफ़िज़ साहब से मिलकर बहुत ख़ुश हुआ। गो उनकी आँखें देखती नहीं थीं, मगर ज़फ़रशाह ने यूँ महसूस किया कि उसको एक नयी रौशनी मिल गयी है।

ज़फ़रशाह अंधविश्वासी था। उसको पीरों-फ़क़ीरों से बड़ी आस्था थी। जब हाफ़िज़ हसन दीन उसके यहाँ चला आया तो उसने उसको अपने फ़्लैट के नीचे मोटर गैराज में, जिसको वह व्हाइट हाउस कहा करता था, ठहरा लिया।

ज़फ़रशाह सैयद था, मगर उसको ऐसा महसूस होता था कि वह शुद्ध आत्मा नहीं है, चुनांचे उसने हाफ़िज़ हसन दीन की ख़िदमत में गुज़ारिश की कि वह उसकी तकमील (पूर्णता) कर दे।

हाफ़िज़ साहब ने थोड़ी देर अपनी बेनूर आँखें घुमाकर उसको जवाब दिया : "बेटा, तू पूरा सैयद बनना चाहता है तो ग़ौसे आज़म जीलानी से इजाज़त लेनी पड़ेगी।"

"तो आप कृपया इजाज़त ले लीजिये।"

हाफ़िज़ साहब ने फिर अपनी बेनूर आँखें घुमाईं, "उनके हुज़ूर तो फ़रिश्तों पर जलते हैं।"

ज़फ़रशाह को बड़ी नाउम्मीदी हुई, "आप अन्तर्यामी हैं...कोई समाधान तो होगा।"

हाफ़िज़ साहब ने अपने सिर को हल्की-सी जुंबिश दी, "हाँ...चिल्ला काटना (तंत्र अनुष्ठान) पड़ेगा मुझे।"

"अगर आपको ज़हमत न हो तो अपने इस ख़ादिम के लिए चिल्ला काट लीजिये।"

"सोचूँगा।"

हाफ़िज़ हसन दीन एक महीने तक सोचता रहा।

इस दौरान में ज़फ़रशाह ने उसकी सेवा-सत्कार में कोई कसर उठा न रखी—हाफ़िज़ साहब के लिए वह सुबह उठते ही डेढ़ पाव बादाम तोड़ता; उनके मग्ज़ निकाल के

सदाई तैयार करता; दोपहर को एक सेर गोश्त भुनवा के उनकी खिदमत में पेश करता; शाम को उन्हें मलाई मिली हुई चाय पिलाता; रात तो एक मुर्ग़ मुसल्लम हाज़िर करता।

ख़ातिर-तवाज़ो का यह सिलसिला चलता रहा।

आख़िर हाफ़िज़ हसन दीन ने ज़फ़रशाह से कहा, "अब मुझे आवाज़ें आनी शुरू हो गयी हैं।"

ज़फ़रशाह से पूछा, "कैसी आवाज़ें महोदय?"

"तुम्हारे बारे में।"

"क्या कहती हैं?"

"तुम ऐसी बातों के बारे में मत पूछा करो।"

"माफ़ी चाहता हूँ।"

हाफ़िज़ साहब ने टटोल-टटोलकर मुर्ग़ की एक टाँग उठाई और उसे दाँतों से काटते हुए कहा, "तुम असल में अविश्वासी हो...आज़माना चाहते हो तो किसी कुएँ पर चलो।"

ज़फ़रशाह थरथरा गया, "हुज़ूर, मैं आपको आज़माना नहीं चाहता...आपका हर लफ़्ज़ सत्यता से लबरेज़ है।"

हाफ़िज़ साहब ने सिर को ज़ोर से जुंबिश दी, "नहीं...हम चाहते हैं कि तुम हमें आज़माओ...खाना खा लें तो हमें किसी कुएँ पर ले चलो।"

"वहाँ क्या होगा महोदय?"

"मेरा जिन्न आवाज़ देगा और वह कुआँ पानी से लबालब भर जायेगा और तुम्हारे पाँव गीले हो जायेंगे...डरोगे तो नहीं?"

ज़फ़रशाह डर गया था—हाफ़िज़ हसन दीन जिस लहजे में बातें कर रहा था, बड़ा भयावह था।

ज़फ़रशाह ने अपने ख़ौफ़ पर क़ाबू पाकर हाफ़िज़ साहब से कहा, "जी नहीं... आपकी पवित्र उपस्थिति मेरे साथ होगी तो डर का सवाल ही पैदा नहीं होता।"

जब सारा मुर्ग़ ख़त्म हो गया तो हाफ़िज़ साहब ने ज़फ़रशाह से कहा, "मेरे हाथ धुलवाओ और मुझे किसी कुएँ पर ले चलो।"

ज़फ़रशाह ने उसके हाथ धुलवाये, तौलिए से पोंछे और उसे एक कुएँ पर ले गया जो शहर से काफ़ी दूर था।

हाफ़िज़ हसन दीन चादर लपेटकर कुएँ की मुँडेर के पास बैठ गया—ज़फ़रशाह भी साथ ही बैठने लगा था कि हाफ़िज़ साहब ने चिल्लाकर कहा, "पाँच-छह कदम पीछे हट जाओ...मैं पढ़नेवाला हूँ...कुएँ का पानी लबालब भर जायेगा और तुम डर जाओगे।"

ज़फ़रशाह डर के दस क़दम पीछे हट गया।

हाफ़िज़ साहब ने पढ़ना शुरू कर दिया।

हाफ़िज़ साहब ने कुएँ पर आने से पहले ज़फ़रशाह से कहा था कि दो सेर चावल, डेढ़ सेर शक्कर और पाव भर काली मिर्चों की ज़रूरत होगी जो उनका जिन्न खायेगा—वे तमाम चीज़ें हाफ़िज़ साहब की चादर में बँधी हुई थीं।

देर तक हाफ़िज़ हसन दीन, मालूम नहीं, किस ज़बान में क्या पढ़ता रहा, मगर उसके जिन्न की कोई आवाज़ न आयी और न ही कुएँ का पानी ऊपर चढ़ा। उसने चावल, शक्कर और मिर्चें कुएँ में फेंक दीं, फिर भी कुछ न हुआ।

चन्द लम्हात पूरी जड़ता छायी रही—फिर हाफ़िज़ हसन दीन पर उन्माद की-सी कैफ़ियत छा गयी और वह बुलन्द आवाज़ में बोला, "ज़फ़रशाह से अभी पाँच सौ रुपये लो!"

ज़फ़रशाह ने पाँच सौ रुपये हाफ़िज़ साहब की ख़िदमत में पेश कर दिये। हाफ़िज़ साहब ने रुपये अपनी जेब में डालकर बड़े क्रोध में कहा, "ज़फ़रशाह, तू यह रुपये देकर समझता है कि तूने मुझ पर कोई एहसान किया है..."

ज़फ़रशाह ने विनयपूर्वक कहा, "नहीं हुज़ूर, मैंने तो आपके आदेश का पालन किया है।"

हाफ़िज़ हसन दीन का लहज़ा ज़रा नर्म हो गया, "देखो, सर्दियों का मौसम है...हमें एक धुस्से की ज़रूरत है।"

"चलिये, अभी ख़रीद लेते हैं।"

"दो घोड़े (मार्का) की टेरीकोट की क़मीज़ और एक पम्प शू।"

ज़फ़रशाह ने गुलामों की तरह कहा, "हुज़ूर, आपके हुक्म की तामील हो जायेगी!"

हाफ़िज़ साहब के हुक्म का पालन हो गया—धुस्सा, टेरीकोट की क़मीज़ और पम्प शू ख़रीदकर उनके हवाले कर दिये गये—ज़फ़रशाह ख़ुश था कि उसने एक पहुँचे हुए बन्दे की ख़िदमत की है।

एक दिन हाफ़िज़ साहब व्हाइट हाउस में सो रहे थे कि अचानक बड़बड़ाने लगे।

इत्तिफ़ाक़ से ज़फ़रशाह मौजूद था—वह कुर्सी पर बैठा हुआ था और उसकी आँख लगने ही वाली थी कि वह चौंक गया।

हाफ़िज़ साहब कह रहे थे, "हुक्म हुआ है...अभी-अभी हुक्म हुआ है...हाफ़िज़ हसन दीन, तुम दरिया-ए-रावी पर जाओ और वहाँ चिल्ला काटो...चिल्ला काटो, चिल्ला काटो (तंत्र अनुष्ठान करो)...वहाँ तुम अपने जिन्न से बात कर सकोगे..."

ज़फ़रशाह टैक्सी में हाफ़िज़ साहब को दरिया-ए-रावी पर ले गया।

दरिया-ए-रावी पर हाफ़िज़ हसन दीन छियालीस घंटे तक, मालूम नहीं, क्या कुछ पढ़ता रहा—इसके बाद उसने ऐसी आवाज़ में, जो उसकी अपनी नहीं थी, ख़ुद

अपने आपसे कहा, "ज़फ़रशाह से तीन सौ रुपये और लो..."

ज़फ़रशाह ने तीन सौ रुपये दे दिये।

हाफ़िज़ हसन दीन ने अपनी बेनूर आँखें घुमाईं जिनमें ख़ुशी की झलक नज़र आ सकती थी और कहा, "हमसे जो कुछ कहा जाता है, वह हमें करना पड़ता है...पहले के पाँच सौ और तीन सौ यह...कुल आठ सौ हुए...गाँव के डाकख़ाने में हमारे बारह सौ रुपये जमा हैं...तुम कुछ फ़िक्र न करो, हम तुम्हें आठ सौ रुपये अदा कर देंगे...इन आठ सौ रुपयों का तो हम कुछ भी नहीं कर सकते, जब तक कि हमसे कुछ कहा नहीं जाता..."

ज़फ़रशाह बहुत प्रभावित हुआ, "जी नहीं...अदाइगी की क्या ज़रूरत है...आपकी ख़िदमत मेरा फ़र्ज़ है।"

ज़फ़रशाह बहुत दिनों तक हाफ़िज़ हसन दीन की ख़िदमत करता रहा—और हाफ़िज़ हसन दीन ने ज़फ़रशाह की उस ख़िदमत के एवज़ चालीस दिन का तंत्र अनुष्ठान किया।

अब ज़फ़रशाह ने कई मर्तबा महसूस किया कि वह पूरा सैयद बन गया है और उसकी शुद्धि हो गयी है, मगर फिर उसको मायूसी होती क्योंकि वह अपने में कोई फ़र्क़ न देखता—उसकी सन्तुष्टि नहीं होती थी।

उसने समझा कि शायद उसने हाफ़िज़ साहब की ख़िदमत पूरी तरह अदा नहीं की है जिसकी वजह से उसकी इच्छा पूर्ति नहीं हुई। चुनांचे उसने हाफ़िज़ साहब की ख़िदमत में दिन-रात एक कर दिये।

एक दिन उसने हाफ़िज़ साहब से कहा, "पीर साहब, मेरे हाल पर करम फ़रमाइये...मेरी मुराद कभी पूरी होगी या नहीं?"

हाफ़िज़ हसन दीन ने बड़े पीराना अन्दाज़ में जवाब दिया, "होगी, ज़रूर होगी...हम इतने चिल्ले काट चुके हैं...ऐसा मालूम होता है कि अल्लाह ताला तुमसे नाराज़ हैं...तुमने ज़रूर अपनी ज़िन्दगी में कोई गुनाह किया होगा।"

ज़फ़रशाह ने कुछ देर सोचा, "हुज़ूर, मैंने ऐसा कोई गुनाह नहीं किया जो..."

हाफ़िज़ साहब ने उसकी बात काटकर कहा, "नहीं, ज़रूर किया होगा...ज़रा सोचो।"

ज़फ़रशाह ने फिर कुछ देर सोचा, "एक मर्तबा मैंने अपने वालिद साहब के बटुवे से आठ आने चुराये थे।"

"यह कोई इतना बड़ा गुनाह नहीं...और सोचो...कभी तुमने किसी लड़की को बुरी निगाहों से देखा था?"

ज़फ़रशाह ने हिचकिचाहट के बाद जवाब दिया, "हाँ पीरो-मुर्शिद...सिर्फ़ एक मर्तबा।"

"कौन थी वह लड़की?"

"जी, मेरे चचा की।"

"कहाँ रहती है?"

"जी, इसी घर में।"

हाफ़िज़ साहब ने हुक्म दिया, "बुलाओ उसको...क्या तुम उससे शादी करना चाहते हो?"

"जी हाँ...हमारी मँगनी क़रीब-क़रीब तय हो चुकी है।"

हाफ़िज़ साहब ने बड़े आक्रोशित लहज़े में कहा, "ज़फ़रशाह, बुलाओ उसको... तुमने मुझसे पहले ही यह बात कह दी होती तो मुझे बेकार इतना वक़्त ज़ाया न करना पड़ता।"

ज़फ़रशाह दुविधा में पड़ गया—न वह हाफ़िज़ साहब का हुक्म टाल सकता था और न ही अपनी होने वाली मंगेतर से यह कह सकता था कि वह हाफ़िज़ साहब से मिले। भरे दिल से वह ऊपर गया।

बिलक़ीस बैठी नॉविल पढ़ रही थी—ज़फ़रशाह को देखकर वह ज़रा सिमटी और फिर उसने कहा, "आप आज मेरे कमरे में कैसे आ गये?"

ज़फ़रशाह ने दबे-दबे लहज़े में जवाब दिया, "वह जो हाफिज़ साहब आये हुए हैं ना।"

बिलकीस ने नॉविल एक तरफ़ रख दिया, "हाँ-हाँ...मैंने उन्हें कई मर्तबा देखा है...क्या बात है?"

"बात यह है कि वह तुमसे मिलना चाहते हैं।"

बिलक़ीस ने हैरत का इज़हार किया, "लेकिन उनकी तो आँखें नहीं हैं...और वह मुझसे क्यों मिलना चाहते हैं।"

"वह तुमसे चन्द बातें करना चाहते हैं...बड़े अन्तर्यामी बुज़ुर्ग हैं...उनकी बरकत से, मुमकिन है, हम दोनों का भला हो जाये।"

बिलक़ीस मुस्कुराई, "मालूम नहीं, आप इतने अंधविश्वासी...क्यों हैं...चलिये...वह तो देख नहीं सकते, उनसे क्या पर्दा..."

ज़फ़रशाह के साथ बिलक़ीस नीचे व्हाइट हाउस में आ गयी। हाफ़िज़ हसन दीन बैठा चिलग़ोज़े खा रहा था—जब उसने क़दमों की चाप सुनी तो बोला, "आ गये ज़फ़रशाह!" ज़फ़रशाह ने ससम्मान जवाब दिया, "जी हाँ हुज़ूर!"

"लड़की आयी है?"

"जी हाँ!"

हाफ़िज़ साहब ने अपनी बेनूर आँखों से बिलक़ीस को देखने की कोशिश की और कहा, "बैठ जाओ मेरे सामने।"

बिलक़ीस सामने कुर्सी पर बैठ गयी।

हाफ़िज़ साहब ने ज़फ़रशाह से कहा, "अब तुम्हारी मुराद पूरी होगी...हम इस लड़की को मंत्र बतायेंगे...इंशाअल्लाह सब काम ठीक हो जायेंगे।"

ज़फ़रशाह बहुत ख़ुश हुआ—उसने फलों की प्लेट बिलक़ीस की तरफ़ बढ़ाते हुए कहा, "हाफ़िज़ साहब, मालूम नहीं, कितनी देर लगायें...इनकी ख़िदमत करना न भूलना।"

हाफ़िज़ साहब ने कहा, "देखो, हम तुमसे बहुत ख़ुश हैं...आज हमारी तबियत चाहती है कि तुम्हें भी ख़ुश कर दें...जाओ बाज़ार से चार तोले नौशादर, एक तोले चूना, दस तोले गंधक और एक मिट्टी का बर्तन ले आओ।"

ज़फ़रशाह भागा-भागा बाज़ार गया और तमाम चीज़ें ख़रीदकर ले आया।

जब वह अपने व्हाइट हाउस में पहुँचा तो उसने देखा कि किवाड़ खुले हुए हैं और अन्दर कोई भी नहीं है।

वह ऊपर गया तो उसे मालूम हुआ कि बिलक़ीस भी नहीं है।

फ़ोजा हराम दा

टी हाउस में हरामियों की बातें शुरू हुईं तो यह सिलसिला बहुत देर तक जारी रहा। हर एक ने कम-अज़-कम एक हरामी के बारे में अपने विचार बयान किये, जिससे उसको अपनी ज़िन्दगी में वास्ता पड़ चुका था—कोई जालंधर का था, कोई सियालकोट का; कोई लुधियाना का और कोई लाहौर का; मगर सबके-सब स्कूल या कॉलेज की ज़िन्दगी के बारे में थे।

मेहर फ़िरोज़ साहब सबसे आख़िर में बोले, "अमृतसर में शायद ही कोई ऐसा आदमी हो जो फ़ोजे हराम दे के नाम से नावाक़िफ़ हो। यूँ तो उस शहर में और भी कई हरामज़ादे थे मगर उसके पल्ले के नहीं थे। वह नम्बर एक हरामज़ादा था। स्कूल में उसने तमाम मास्टरों की नाक में दम कर रखा था। हेडमास्टर, जिसको देखते ही बड़े-बड़े शैतान लड़कों का पेशाब निकल जाता था, फ़ोजे से बहुत घबराता था, इसलिए कि उस पर उनके मशहूर डंडे का कोई असर ही नहीं होता था; यही वजह है कि उन्होंने तंग आकर उसको मारना छोड़ दिया था..."

"यह दसवीं क्लास की बात है...एक दिन यार लोगों ने उससे कहा : 'देखो फ़ोजे, अगर तुम कपड़े उतारकर नंग-धड़ंग स्कूल का एक चक्कर लगाओ तो हम तुम्हें एक रुपया देंगे...' फ़ोजे ने रुपया लेकर कान में उड़सा, कपड़े उतारकर बस्ते में बाँधे और सबके सामने नंग-धड़ंग चलना शुरू कर दिया। वह जिस क्लास के पास से गुज़रता, वह हैरत की मूर्ति बन जाती...चलते-चलते वह हेडमास्टर साहब के दफ़्तर के पास पहुँच गया। उसने चिक़ उठाई और गड़ाप से अन्दर दाख़िल हो गया। मालूम नहीं, क्या हुआ कि हेडमास्टर साहब सख़्त बौखलाये हुए बाहर निकले और उन्होंने चपरासी को बुलाकर उससे कहा : 'जाओ, भाग के फ़ोजे के घर जाओ और उसके कपड़े ले आओ...कहता है, मस्जिद के सिक़ाबे में नहा रहा था कि कोई चोर उसके कपड़े उठाकर ले गया...'"

"धार्मिक शिक्षा के मास्टर मौलवी पोटेटो थे...मालूम नहीं, उन्हें पोटेटो किस कारण से कहते थे क्योंकि आलुओं के तो दाढ़ी नहीं होती...उनसे फ़ोजा ज़रा दबता

था...एक दिन ऐसा हुआ कि अंजुमन (संस्था) में मेम्बरों के सामने, जो स्कूल चलाते थे, मौलवी साहब ने ग़लती से फ़ोजे से एक आयत का तरजुमा पूछ लिया। चाहिए तो यह था कि वह ख़ामोश रहता मगर फिर फ़ोजा हराम दा पहचाना कैसे जाता। उसके मुँह में जो आया, उसने ऊल-जलूल बक दिया। मौलवी पोटेटो के पसीने छूट गये। मेम्बरों के जाते ही उन्होंने अपना डंडा उठाया और फ़ोजे को वह चार चोट की मार मारी कि वह बिलबिला उठा मगर फिर भी बड़े अदब से कहता रहा, 'मौलवी साहब, मेरा कोई कुसूर नहीं...मुझे कलमा ठीक से नहीं आता और आपने एक पूरी आयत का मतलब पूछा लिया...' मारने से भी मौलवी पोटेटो साहब का जी हल्का न हुआ। वह फ़ोजे के बाप के पास गये और उनसे शिकायत की। फ़ोजे के बाप ने उनकी सब बातें सुनीं और बड़े दुखी लहज़े में कहा, 'मौलवी साहब, मैं उससे खुद तंग आ गया हूँ। मेरी समझ में नहीं आता कि उसका सुधार कैसे हो सकता है...अभी कल की बात है। मैं पाख़ाने गया तो उसने बाहर से कुंडी चढ़ा दी। मैं अन्दर से बहुत गरजा और उसे बेशुमार गालियाँ दीं। वह यही कहता रहा कि अगर मैं अठन्नी देने का वादा करूँगा तो दरवाज़ा खुलेगा और अगर वादा करके फिर जाऊँगा तो वह अगली मर्तबा कुंडी में ताला भी डाल देगा...लाचार होकर पहले वादा करना पड़ा, फिर अठन्नी देनी पड़ी। अब बताइये, मैं ऐसे अयोग्य लड़के का क्या करूँ...' "

"अल्लाह ही बेहतर जानता था कि उसका क्या होगा...पढ़ता-वढ़ता ख़ाक भी नहीं था...इंटरेंस के इम्तिहान हुए तो सबको यक़ीन था कि बहुत बुरी तरह फ़ेल होगा, मगर नतीजा निकला तो सबसे ज़्यादा नम्बर उसी के थे। वह चाहता था कि कॉलेज में दाख़िल हो, मगर उसके बाप की यह ख़्वाहिश थी कि वह कोई हुनर सीखे। नतीजा यह निकला कि वह दो बरस तक आवारा फिरता रहा...इस दौरान में उसने जो हरामज़दगियाँ कीं, उनकी फ़ेहरिस्त बहुत लम्बी है..."

"तंग आकर उसके बाप ने अन्ततः उसे कॉलेज में दाख़िल करा दिया। पहले ही दिन उसने यह शरारत की कि मैथेमेटिक्स के प्रोफ़ेसर की साइकिल उठाकर एक दरख़्त की सबसे ऊँची टहनी पर लटका दी। सब हैरान कि साइकिल वहाँ पहुँची क्योंकर, मगर वे लड़के, जो स्कूल में फ़ोजे के साथ पढ़ चुके थे, अच्छी तरह जानते थे कि यह कारस्तानी फ़ोजे के सिवा और किसी की नहीं हो सकती। उस एक शरारत ही से उसका पूरे कॉलेज से परिचय हो गया..."

"स्कूल में उसकी सरगर्मियों का मैदान सीमित था। कॉलेज में यह मैदान बहुत व्यापक हो गया...पढ़ाई में, खेलों में, मुशायरों और परिचर्चाओं में, क़यामत की शरारतों में, हर जगह फ़ोजे का नाम रौशन था और थोड़े ही दिनों में उसका नाम इतना रौशन हुआ कि सारे शहर में उसके गुंडेपने की धाक बैठ गयी और वह बड़े धाकड़

बदमाशों के कान काटने लगा..."

"उसका क़द नाटा था मगर बदन कसरती था। उसका विशेष प्रहार बहुत मशहूर था। वह ऐसे ज़ोर से सामने वाले के सीने में या पेट में अपने सिर से टक्कर मारता कि सामने वाले के सारे वुजूद में भूकंप आ जाता..."

"एफ़.ए. के दूसरे साल में उसने मज़ाक में प्रिंसिपल की नयी मोटर के पैट्रोल टेंक में चार आने की शक्कर डाल दी जिसने कार का सारा इंजन खराब कर दिया। प्रिंसिपल को किसी-न-किसी तरीक़े से मालूम हो गया कि यह ख़तरनाक शरारत फ़ोजे की है, मगर हैरत है कि उन्होंने उसको माफ़ कर दिया। बाद में मालूम हुआ कि फ़ोजे को उनके बहुत से राज़ मालूम थे..."

"यह वह ज़माना था, जब कांग्रेस का बहुत ज़ोर था...अंग्रेज़ों के ख़िलाफ़ खुल्लमखुल्ला जलसे होते थे। हुकूमत का तख़्ता उलटने की कई नाकाम साज़िशें हो चुकी थीं। गिरफ़्तारियों की भरमार थी। सब जेल बाग़ियों से भरे थे। आये दिन रेल की पटरियाँ उखाड़ी जाती थीं। बम बनाये जा रहे थे। पिस्तौल बरामद होते थे। ग़रज़ कि एक हंगामा बरपा था जिसमें स्कूलों और कॉलेजों के छात्र भी शामिल थे..."

"फ़ोजा सियासी आदमी बिलकुल नहीं था...मेरा ख़याल है, उसको यह भी मालूम नहीं था कि महात्मा गाँधी कौन हैं, लेकिन जब अचानक एक रोज़ उसे पुलिस ने गिरफ़्तार कर लिया और वह भी एक साज़िश के सिलसिले में, तो सबको बड़ी हैरत हुई..."

"इससे पहले कई साज़िशें पकड़ी जा चुकी थीं, सांडर्स के क़त्ल के सिलसिले में भगत सिंह और दत्त को फाँसी हो चुकी थी। इसलिए यह नया मामला भी कुछ संगीन ही मालूम होता था...इल्ज़ाम यह था कि अनेक कॉलेजों के लड़कों ने मिलकर एक खुफिया जमात बनायी है जिसका मक़सद ब्रिटिश सरकार की सल्तनत का तख़्ता उलटना है..."

"कुछ लड़कों ने कॉलेज की लेबोरेटरी से पिकरिक एसिड चुराया था जो बम बनाने के काम आता है...फ़ोजे के बारे में संदेह था कि वह उस चोरी में भागीदार था और उसको तमाम ख़ुफ़िया बातों की जानकारी थी..."

"उसके साथ कॉलेज के दो और लड़के भी पकड़े गये थे। उनमें एक, मशहूर बैरिस्टर का लड़का था और दूसरा रईसज़ादा। दोनों डॉक्टरी जाँच के मुताबिक़ मरीज़ थे, इसलिए पुलिस की मारपीट से बच गये...शामत ग़रीब फ़ोजे हराम दे की आयी। थाने में उसको उल्टा लटका-लटकाकर पीटा गया। बर्फ़ की सिलों पर खड़ा किया गया। ग़रज़ कि हर क़िस्म की शारीरिक यातना उसे पहुँचाई गयी कि वह राज़ की बातें उगल दे, मगर वह भी कुत्ते की एक हड्डी था, टस से मस न हुआ, बल्कि थाने में भी कमबख़्त अपनी शरारतों से बाज़ न आया..."

"एक मर्तबा जब वह मार बर्दाश्त न कर सका तो उसने थानेदार से हाथ रोक लेने की दरख़्वास्त की और वादा किया कि वह सब कुछ बता देगा...वह बिलकुल निढाल था, इसलिए उसने गर्म-गर्म दूध और जलेबियाँ माँगीं। जब उसकी तबियत क़दरे-बहाल हुई तो थानेदार ने काग़ज़-क़लम सँभाला और उससे कहा, 'अब बताओ...' फ़ोजे ने अपने मार खाये हुए शरीरांगों का जायज़ा अँगड़ाई लेकर लिया और जवाब दिया : 'अब क्या बताऊँ ताक़त आ गयी है...चढ़ा दो फिर मुझे टकटकी पर...' "

"ऐसे और भी कई क़िस्से हैं जो मुझे याद नहीं रहे, मगर यह क़िस्सा बहुत आनन्ददायक है...मलिक हफ़ीज़, जो हमारा सहपाठी था, उसकी ज़बान से आप सुनते तो और ही मज़ा आता..."

"एक दिन पुलिस के दो सिपाही फ़ोजे को अदालत में पेश करने के लिए ले जा रहे थे कि कचहरी में उसकी नज़र मलिक हफ़ीज़ पर पड़ गयी जो किसी काम से वहाँ आया था...मलिक हफ़ीज़ को देखते ही फ़ोजा पुकारा : 'अस्सलाम अलैकुम हफ़ीज़ साहिब...' मलिक हफ़ीज़ चौंका। फ़ोजा हथकड़ियों में उसके सामने खड़ा मुस्कुरा रहा था : 'मलिक साहिब, बहुत उदास हो गया हूँ...जी चाहता है, आप भी आ जायें मेरे पास...बस मेरा नाम ले देना ही काफ़ी है..."

"मलिक हफ़ीज़ ने जब फ़ोजे की बात सुनी तो उसकी जान निकल गयी...फ़ोजे ने मलिक हफ़ीज़ को ढारस दी, 'घबराओ नहीं मलिक, मैं तो मज़ाक कर रहा हूँ...वैसे मेरे लायक़ कोई ख़िदमत हो तो बताओ...' अब आप ही बताइये कि फ़ोजा किस लायक़ था। मलिक हफ़ीज़ घबरा रहा था और कन्नी कतरा के भागने ही वाला था कि फ़ोजे ने कहा : 'भई और तो हमसे कुछ हो नहीं सकता, कहो तो तुम्हारे बदबूदार कुएँ की गार निकलवा दें'..."

"मलिक हफ़ीज़ ही आपको बता सकता है कि फ़ोजे को उस कुएँ से कितनी नफ़रत थी...उस कुएँ के पानी से ऐसी दुर्गन्ध आती थी जैसी मरे हुए चूहों से आती है...मालूम नहीं, लोग उसे साफ़ क्यों नहीं कराते थे..."

"एक हफ़्ते के बाद, जैसा कि मलिक हफ़ीज़ का बयान है, वह बाहर नहाने के लिए निकला तो क्या देखता है कि दो-तीन कर्मी कुएँ की गन्दगी निकालने में व्यस्त हैं...मलिक हफ़ीज़ बहुत हैरान हुआ कि माजरा क्या है। कर्मियों को बुलाया किसने है...पड़ोसियों का ख़याल था कि बड़े मलिक साहब को बैठे-बैठे ख़याल आ गया होगा कि चलो कुएँ की सफ़ाई हो जाये, लोग भी क्या याद रखेंगे...लेकिन पड़ोसियों को जब यह मालूम हुआ कि छोटे मलिक को इस बारे में कुछ इल्म नहीं और यह कि बड़े मलिक साहब तो शिकार पर गये हुए हैं तो उन्हें भी हैरत हुई...पुलिस के बेवर्दी सिपाहियों से पूछा गया तो मालूम हुआ कि वह फ़ोजे हराम दे की निशानदेही पर कुएँ में से बम निकलवा रहे हैं..."

"बहुत देर तक गन्दगी निकलती रही। पानी साफ़-शफ़्फ़ाफ़ हो गया, मगर बम तो क्या, एक छोटा-सा पटाखा भी बरामद न हुआ। पुलिस बहुत भिन्नाई। चुनांचे फ़ोजे से पूछताछ हुई। उसने मुस्कुराकर थानेदार से कहा : "भोले बादशाहो, हमें तो अपने यार का कुआँ साफ़ कराना था, सो हमने करा लिया..."

"बड़ी ख़ूबसूरत शरारत थी, मगर पुलिस ने फ़ोजे को वह मारा, वह मारा कि मार-मारकर अधमुआ कर दिया...और फिर एक दिन यह ख़बर आयी कि फ़ोजा सरकारी गवाह बन गया है। उसने वादा कर लिया है कि वह सब कुछ बक देगा..."

"कहते हैं, उस पर बड़ी ला'न-ता'न हुई...उसके दोस्त मलिक हफ़ीज़ ने भी, जो हुकूमत से बहुत डरता था, उसको बहुत गालियाँ दीं : 'हरामज़ादा डर के मारे ग़द्दार बन गया है...मालूम नहीं, अब किस-किसको फँसायेगा...'"

"बात असल में यह थी कि वह मार खा-खाकर थक गया था। जेल में उसको किसी से मिलने नहीं दिया जाता था। पौष्टिक भोजन खाने को दिया जाता था, मगर सोने नहीं दिया जाता था। कमबख़्त को नींद बहुत प्यारी थी, इसलिए तंग आकर उसने सच्चे दिल से वादा कर लिया कि वह बम बनाने की साज़िश के कुल हालात बता देगा।"

"रखा तो उसे जेल ही में गया, मगर अब उस पर कोई सख़्ती न थी। कई दिन तो उसने आराम किया कि उसके शरीर के अंग ढीले हो चुके थे...अच्छी ख़ुराक मिली और बदन पर मालिशें हुईं तो वह बयान लिखवाने के क़ाबिल हो गया।"

"सुबह लस्सी के ये दो बड़े गिलास पीकर वह अपनी दास्तान शुरू कर देता। थोड़ी देर के बाद नाश्ता आता तो उससे फ़ारिग़ होकर वह पन्द्रह-बीस मिनट आराम करता और फिर कड़ी-से-कड़ी मिलाकर अपना बयान जारी रखता..."

"आप मुहम्मद हुसैन स्टेनोग्राफ़र से पूछिये, जिसने फ़ोजे का बयान टाइप किया था...उसका कहना है कि फ़ोजे हरामदे ने पूरा एक महीना लिया और वह सारा जाल खोल के रख दिया जो साज़िशियों ने मुल्क के इस कोने से उस कोने तक बिछाया हुआ था और भी अधिक बिछाने का इरादा रखते थे। उसने सैकड़ों आदमियों के नाम लिये और ऐसी हज़ारों जगहों का पता बताया जहाँ साज़िशी, लुक-छुप के मिलते थे और हुकूमत का तख़्ता उलटने की तरकीबें सोचते थे।"

"वह बयान, मुहम्मद हुसैन स्टेनोग्राफर का कहना है, फुल स्केप के ढाई सौ सफ़हों पर फैला हुआ है...जब फ़ोजे का बयान ख़त्म हुआ तो पुलिस ने उसे सामने रखकर प्लान बनाया। चुनांचे फ़ौरन नयी गिरफ़्तारियाँ अमल में आयीं और एक बार फिर फ़ोजे को गालियाँ दी जाने लगीं।"

"अख़बारों ने भी दबी ज़बान में फ़ोजे के ख़िलाफ़ काफ़ी ज़हर उगला...अधिकतर जनता सरकार के ख़िलाफ़ थी, इसलिए फ़ोजे की ग़द्दारी की हर जगह निंदा होने लगी।"

"फ़ोजा जेल में था जहाँ उसकी ख़ूब ख़ातिर-तवाज़ो हो रही थी...वह बड़ी तुर्रेवाली कलफ़ लगी पगड़ी सिर पर बाँधे, दो घोड़े मार्का बोसकी की क़मीज़ और लट्ठे की घेरदार सलवार पहने वह जेल में यूँ टहलता था जैसे कोई अफ़सर मुआयना कर रहा हो।"

"जब सारी गिरफ़्तारियाँ अमल में आ गयीं और पुलिस ने अपनी कार्रवाई मुकम्मल कर ली तो साज़िश का यह महत्त्वपूर्ण केस अदालत में पेश हुआ। लोगों की भीड़ जमा थी।"

"पुलिस की हिफ़ाज़त में जब फ़ोजा प्रकट हुआ तो गुस्से से भरे नारे बुलन्द हुए : 'फ़ोजा हराम दा : मुर्दाबाद...फ़ोजा हराम दा : मुर्दाबाद :...' हुजूम बहुत उत्तेजित था और ख़तरा था कि फ़ोजे पर टूट न पड़े, इसलिए पुलिस को लाठीचार्ज करना पड़ा जिसके कारण कई आदमी ज़ख़्मी हुए।"

"अदालत में मुक़द्दमा पेश हुआ...जब फ़ोजे से पूछा गया कि वह उस बयान के बारे में क्या कहना चाहता है जो उसने पुलिस को दिया था तो वह साफ़ मुकर गया, 'जनाब, मैंने कोई बयान-वयान नहीं दिया है...इन लोगों ने खुद ही एक पुलंदा-सा तैयार किया था और ज़बर्दस्ती मुझसे दस्तख़त करवा लिये थे...' यह सुनकर इंस्पेक्टर पुलिस के, बक़ौल फ़ोजे, हाथ-पाँव फूल गये। और जब यह ख़बर अख़बारों में छपी तो सब चकरा गये कि फ़ोजे हराम दे ने यह क्या नया चक्कर चलाया है।"

"चक्कर नया ही था, क्योंकि अदालत में उसने एक नया बयान लिखवाना शुरू कर दिया जो पहले बयान से बिलकुल भिन्न था...नया बयान क़रीब-क़रीब पन्द्रह दिन में ख़त्म हुआ, और जब ख़त्म हुआ तो फुल स्केप के एक सौ अट्ठावन सफ़्हे काले हो चुके थे... फ़ोजे का कहना है कि उस नये बयान से जो हालत पुलिसवालों की हुई, नाक़ाबिले-बयान (अवर्णनीय) है...पुलिस ने जो इमारत खड़ी की थी, कमबख़्त ने उसकी एक-एक ईंट उखाड़ के रख दी..."

"सारा केस चौपट हो गया...नतीजा यह निकला कि उस साज़िश में जितने लोग गिरफ़्तार हुए थे, उनमें से अक्सर बरी हो गये।"

"दो को तीन-तीन बरस की और पाँच को छह-छह महीनों की सज़ाये-क़ैद हुई।"

जो लोग यह क़िस्सा मेहर फ़िरोज़ साहब से सुन रहे थे, उनमें से एक ने पूछा, "और फ़ोजे को?"

मेहर फ़िरोज़ साहब ने कहा, "फ़ोजे को क्या होना था...वह तो वादा माफ यानी सरकारी गवाह था।"

सबने फ़ोजे की कुशाग्र बुद्धि को सराहा कि उसने पुलिस को किस सफ़ाई से ग़च्चा दिया।

एक ने, जिसके दिलो-दिमाग़ को फ़ोजे हराम दे की शख़्सियत ने बहुत ज़्यादा प्रभावित किया था, मेहूर फ़िरोज़ साहब से पूछा, "फ़ोजा आजकल कहाँ है?"

"यहीं लाहौर में है...आढ़त की दुकान करता है।"

इतने में बैरा बिल लेकर आया और मेहर फ़िरोज़ साहब के सामने रख दिया, क्योंकि चाय वग़ैरह का ऑर्डर उन्होंने दिया था।

फ़ोजे की शख़्सियत से प्रभावित साहब ने बिल देखा और उनका बढ़ता हुआ हाथ रुक गया, इसलिए कि रक़म ज़्यादा थी। चुनांचे वह ऐसे ही मेहूर फ़िरोज़ से मुख़ातिब हुए, "आपके इस फ़ोजे से कभी मिलना चाहिए।"

मेहूर फ़िरोज़ उठे, "आप उससे मिल चुके हैं...यह ख़ाकसार ही फ़ोजा हराम दा है...बिल आप अदा कर दीजियेगा...अस्सलामअलैकुम" यह कहकर वह तेज़ी से बाहर निकल गये।"

अनार कली

नाम उसका सलीम था मगर उसके यार दोस्त उसे शहज़ादा सलीम कहते थे। शायद इसलिए कि उसकी क़द-कठी मुग़लई थी। ख़ूबसूरत था। चाल-ढाल से दंभ टपकता था।

उसका बाप पी.डब्लू.डी. के दफ़्तर में मुलाज़िम था। तनख़्वाह ज़्यादा-से-ज़्यादा दो सौ रुपये होगी, मगर बड़े ठाट से रहता। ज़ाहिर है कि रिश्वत खाता था। यही वजह है कि सलीम अच्छे-से अच्छा कपड़ा पहनता। जेब ख़र्च भी उसको काफ़ी मिलता था, इसलिए कि वह अपने माँ-बाप का इकलौता लड़का था।

बहुत बन-ठन के रहता। उसके पास कई सूट, कई कमीज़ें थीं, जो बदल-बदल के पहनता। शू कम-अज़-कम बीस के क़रीब होंगे। जब कॉलेज में था तो कई लड़कियाँ उस पर जान छिड़कती थीं—मगर वह लापरवाही बरतता। आख़िर उसकी आँख एक शोखो शंग लड़की जिसका नाम सीमा था, से लड़ गयी। सलीम ने उससे प्रेम-व्यवहार पैदा करना चाहा। उसे यक़ीन था कि वह उसका प्रेम हासिल कर लेगा—नहीं, वह तो यह तक समझता था कि सीमा उसके कदमों में गिर पड़ेगी और उसकी एहसानमंद होगी कि उसने मुहब्बत की निगाहों से उसे देखा।

एक दिन कॉलेज में सलीम ने सीमा से पहली बार कहा, "आप किताबों का इतना बोझ उठाये हुए हैं—लाइये मुझे दे दीजिये—मेरा ताँगा बाहर मौजूद है, आपको और इस बोझ को घर तक पहुँचा दूँगा।"

सीमा ने अपनी भारी भरकम किताबें बग़ल में दाबते हुए बड़े ख़ुश्क लहज़े में जवाब दिया, "आपकी मदद की मुझे कोई ज़रूरत नहीं—बहरहाल शुक्रिया अदा किये देती हूँ।"

शहज़ादा सलीम को अपनी ज़िन्दगी का सबसे बड़ा सदमा पहुँचा—चन्द लम्हात के लिए वह अपनी झेंप मिटाता रहा। इसके बाद उसने सीमा से कहा, "औरत को मर्द के सहारे की ज़रूरत होती है—मुझे हैरत है कि आपने मेरी पेशकश को क्यों ठुकरा दिया।"

सीमा का लहज़ा और ज़्यादा खुश्क हो गया, "औरतों को मर्द के सहारे की ज़रूरत होगी—मगर फ़िलहाल मुझे ऐसी कोई ज़रूरत महसूस नहीं होती—आपकी पेशकश का शुक्रिया मैं अदा कर चुकी हूँ—इससे ज़्यादा आप और क्या चाहते हैं।"

यह कहकर सीमा चली गयी। शहज़ादा सलीम जो अनार कली के ख़्वाब देख रहा था, आँखें झपकाता रह गया। उसने बहुत बुरी तरह शिकस्त खायी थी।

इससे पहले उसकी ज़िन्दगी में कई लड़कियाँ आ चुकी थीं, जो उसके इशारे पर चलती थीं...मगर यह सीमा क्या समझती है अपने को! इसमें कोई शक नहीं कि ख़ूबसूरत है। जितनी लड़कियाँ मैंने अब तक देखी हैं उनमें सबसे ज़्यादा हसीन है, मगर मुझे ठुकरा देना...यह बहुत बड़ी ज़्यादती है...मैं ज़रूर इससे बदला लूँगा...चाहे कुछ भी हो जाये।

शहज़ादा सलीम ने उससे बदला लेने की कई स्कीमें बनायीं, मगर सफल न हुईं। उसने यहाँ तक सोचा कि उसकी नाक काट डाले। वह यह जुर्म कर बैठता, मगर उसे सीमा के चेहरे पर यह नाक बहुत पसन्द थी। कोई बड़े-से-बड़ा चित्रकार भी ऐसी नाक की कल्पना नहीं कर सकता था।

सलीम तो अपने इरादों में कामयाब न हुआ, मगर तक़दीर ने उसकी मदद की। उसकी माँ ने उसके लिए रिश्ता ढूँढना शुरू किया। निगाह आख़िर सीमा पर पड़ी जो उसकी सहेली की सहेली की लड़की थी।

बात पक्की हो गयी, मगर सलीम ने इनकार कर दिया। इस पर उसके माँ-बाप बहुत नाराज़ हुए। घर में दस-बारह रोज़ तक हँगामा मचा रहा।

सलीम के पिता ज़रा सख़्त तबियत के थे उन्होंने उससे कहा, "देखो तुम्हें, हमारा फ़ैसला कुबूल करना होगा।"

सलीम हठधर्मी था जवाब में यह कहा, "आपका फ़ैसला कोई हाईकोर्ट का फ़ैसला नहीं...फिर मैंने क्या जुर्म किया है जिसका आप फ़ैसला सुना रहे हैं।"

उसके पिता को यह सुनकर तैश आ गया, "तुम्हारा यह जुर्म है कि तुम अवज्ञाकारी हो...अपने माँ-बाप का कहना नहीं मानते। मैं तुमसे सम्बन्ध विच्छेद कर लूँगा।"

सलीम का जोश थोड़ा ठंडा हो गया, "लेकिन अब्बा जान, शादी मेरी मर्ज़ी के मुताबिक़ तो होनी चाहिए।"

"बताओ तुम्हारी मर्ज़ी क्या है।"

"अगर आप ठंडे दिल से सुनें तो मैं अर्ज़ करूँ।"

"मेरा दिल काफ़ी ठंडा है—तुम्हें जो कुछ कहना है फ़ौरन कह डालो...मैं ज़्यादा देर इन्तज़ार नहीं कर सकता।"

सलीम ने रुक-रुक कर कहा, "मुझे...मुझे...एक लड़की से मुहब्बत है।"

उसका बाप गरजा, "किस लड़की से?"

सलीम थोड़ी देर हिचकिचाया, “एक लड़की है।”

“कौन है वह? क्या नाम है उसका?”

“सीमा...मेरे साथ कॉलेज में पढ़ती है।”

“मियाँ इफ़्तिख़ारुद्दीन की लड़की?”

“जी हाँ, उसका नाम सीमा इफ़्तिख़ार है...मेरा ख़याल है वही है।”

उसके पिता बेतहाशा हँसने लगे, “ख़याल के बच्चे...तुम्हारी शादी इसी लड़की से करार पायी है...क्या वह तुम्हें पसन्द करती है?”

सलीम बौखला-सा गया...यह सिलसिला कैसे हुआ उसकी समझ में नहीं आता था। कहीं उसका बाप झूठ तो नहीं बोल रहा है?...सलीम से जो सवाल किया गया था उसका जवाब उसके पिता को नहीं मिला था। चुनांचे उन्होंने कड़ककर पूछा, “मुझे बताओ क्या सीमा तुम्हें पसन्द करती है।”

सलीम ने कहा, “जी नहीं।”

“तुमने यह कैसे जाना”

“उससे...उससे एक बार मैंने दूसरे शब्दों में...मुहब्बत का इज़हार किया...लेकिन उसने मुझे...”

“तुम्हें ध्यान देने योग्य न समझा।”

“जी हाँ...बड़ी बेरुख़ी बरती।”

सलीम के पिता ने अपने गंजे सर को थोड़ी देर के लिए खुजलाया और कहा, “तो फिर यह रिश्ता नहीं होना चाहिए...मैं तुम्हारी माँ से कहता हूँ कि वह लड़कीवालों से कह दे कि लड़का रज़ामन्द नहीं।”

सलीम एकदम जज़्बाती हो गया, “नहीं अब्बाजान...ऐसा न कीजियेगा। शादी हो जाये तो सब ठीक हो जायेगा। मैं उससे मुहब्बत करता हूँ। और किसी की मुहब्बत अकारत नहीं जाती...लेकिन आप उन लोगों को...मेरा मतलब है सीमा को यह पता न लगने दीजिये कि उसका ब्याह मुझसे हो रहा है, जिससे वह बेरुखी और उपेक्षा का इज़हार कर चुकी है।”

उसके बाप ने अपने गंजे सर पर हाथ फेरा, “मैं इसके बारे में सोचूँगा।”

यह कहकर वह चले गये कि उन्हें एक ठेकेदार से रिश्वत वसूल करनी थी। अपने बेटे की शादी के खर्चों के सिलसिले में।

शहज़ादा सलीम जब रात को पलँग पर सोने के लिए लेटा तो उसे अनार की कलियाँ ही कलियाँ नज़र आयीं। सारी रात वह इनके ख़्वाब देखता रहा।

घोड़े पर सवार बाग़ में आया है...शाहाना लिबास पहने। सीढ़ियों से उतरकर बाग़ के एक मार्ग पर जा रहा है...क्या देखता है कि सीमा अनार के बूटे की सबसे ऊँची शाख़ से एक कच्ची कली तोड़ने की कोशिश कर रही है...उसकी भारी भरकम

किताबें ज़मीन पर बिखरी पड़ी हैं...जुल्फ़ें उलझी हुई हैं। और वह उचक-उचककर उस शाख़ तक अपना हाथ पहुँचाने की कोशिश कर रही है मगर हर बार नाकाम रहती है।

वह उसकी तरफ़ बढ़ा। अनार की झाड़ी के पीछे छुपकर उसने उस शाख़ को पकड़ा और झुका दिया। सीमा ने कली तोड़ ली जिसके लिए वह इतनी कोशिश कर रही थी...लेकिन फ़ौरन उसे इस बात का एहसास हुआ कि वह शाख़ नीचे कैसे झुक गयी।

वह अभी यह सोच ही रही थी कि शहज़ादा सलीम, उसके पास पहुँच गया। सीमा घबरा गयी, लेकिन सँभलकर उसने अपनी किताबें बगल में दाब लीं, अनार कली अपने जूड़े में उड़स ली और यह खुश्क अल्फ़ाज़ कहकर वहाँ से चली गयी, "आपकी मदद की मुझे कोई ज़रूरत नहीं थी...बहरहाल शुक्रिया अदा किये देती हूँ।"

तमाम रात वह इसी क़िस्म के ख़्वाब देखता रहा। सीमा, उसकी भारी भरकम किताबें, अनार की कलियाँ और शादी की धूमधाम।

शादी हो गयी। शहज़ादा सलीम को इस समारोह में अपनी कली की एक झलक भी नहीं दिख पायी थी। वह उस लम्हे के लिए तड़प रहा था जब सीमा उसके आगोश में होगी। वह उसके इतने बोसे लेगा कि वह तंग आकर रोना शुरू कर देगी।

सलीम को रोने वाली लड़कियाँ बहुत पसन्द थीं। उसका यह फ़लसफ़ा (दर्शन) था कि औरत जब रो रही हो तो बहुत हसीन हो जाती है। उसके आँसू शबनम (ओस) के क़तरों की तरह होते हैं जो मर्द के जज़्बात के फूलों पर टपकते हैं जिनसे उसे ऐसी राहत ऐसी फ़रहत मिलती है जो और किसी वक़्त नसीब नहीं हो सकती।

रात के दस बजे दुल्हन को उसके कमरे में दाख़िल कर दिया। सलीम को भी इजाज़त मिल गयी कि वह उसके कमरे में जा सकता है। लड़कियों की छेड़छाड़ और दीगर रस्में सब ख़त्म हो गयी थीं। वह कमरे के अन्दर दाख़िल हुआ।

फूलों से सजी हुई मसहरी पर दुल्हन घूँघट काढ़े रेशम की गठरी-सी बनी बैठी थी। शहज़ादा सलीम ने ख़ास प्रबन्ध कराया था कि फूल, अनार की कलियाँ हों...वह धड़कते हुए दिल के साथ मसहरी की तरफ़ बढ़ा और दुल्हन के पास बैठ गया।

काफ़ी देर तक वह अपनी बीवी से कोई बात न कर सका...उसको ऐसा महसूस होता था कि उसकी बग़ल में किताबें होंगी, जिनको वह उठाने नहीं देगी। आख़िर उसने बड़ी जुर्अत से काम लिया और उससे कहा, "सीमा..."

यह नाम लेते ही उसकी ज़बान खुश्क हो गयी। लेकिन उसने फिर साहस किया और अपनी दुल्हन के चेहरे से घूँघट उठा दिया और भौंचक्का रह गया...यह सीमा नहीं थी, कोई और ही लड़की थी...अनार की सारी कलियाँ उसको ऐसा महसूस हुआ कि मुरझा गयी हैं।

❑❑❑